南 英男

謀殺遊戯
警視庁極秘指令

実業之日本社

実業之日本社文庫

目次

謀殺遊戯　警視庁極秘指令

第一章　接点のない男女

1

悲鳴が耳を劈いた。

女の声だった。車のタイヤの軋み音も聞こえた。新橋の赤レンガ通りだ。ＪＲ新橋駅から、それほど離れていない。

十二月上旬のある夜だ。九時半過ぎだった。夜気は凍てついている。猛烈に寒い。

歩行中の剣持直樹は足を止めた。

振り返る。知的な顔立ちの美女が、無灯火の黒いＲＶ車に撥ねられかけていた。数十メートル先だった。

「どうしたんです？」

剣持は大声で問いかけた。

だが、返事はなかった。三十歳前後の美女は逃げ惑っている。応じる余裕はなかったのだろう。剣持は女に駆け寄って、無言で片腕を摑んだ。そのまま相手を道端に退避させる。

RV車が勢いよくバックしはじめた。ドライバーの男の顔かたちは判然としない。同乗者はいないようだ。

RV車が脇道に逃げ込んだ。

一瞬の出来事だった。ナンバープレートには、茶色いビニールテープが貼られていた。数字は一字も読めなかった。

轢かれそうになった美女は、片方だけしか靴を履いていない。剣持は視線を巡らせた。路のほぼ中央に、黒いハイヒールが転がっている。

「ここから動かないほうがいいな」

剣持は人目を惹く女性に言って、手早く路上のハイヒールを拾い上げた。

美女が怯えた表情で短く礼を述べ、靴を履く。顔面蒼白だった。

「何があったんです？」

剣持は訊いた。

「わからないんですよ」

「狙われた理由に思い当たることは？」

「特にありません。救けていただいて、ありがとうございました」

相手が頭を下げた。

「どこか怪我はしなかった？」

「大丈夫です。申し遅れましたが、わたし、別所未咲といいます。あなたのお名前と連絡先を教えていただけませんか。後日、お礼状を差し上げたいのです」

「こっちは、当たり前のことをしただけだよ」

剣持は、くだけた口調で言った。相手がだいぶ年下だと判断したからだ。

「個人情報に関わることですけど、あなたは命の恩人ですので……」

「いいんだよ、礼状なんかくれなくても」

「ですけど、それではわたしの気持ちが済みません」

別所未咲が困惑顔になった。

会話が途切れたとき、近くのオフィスビルから六十年配の男が走り出てきた。見覚えのある顔だった。誰だったか。剣持は記憶の糸を手繰った。

すぐに思い出した。人権派弁護士として知られた川端道人だった。六十二歳の硬骨漢は数々の冤罪（えんざい）の弁護を引き受け、無罪判決を勝ち取っていた。

川端は、マスコミにしばしば登場している著名人だ。銀髪で、紳士然としている。上背もあった。

「川端弁護士の知り合いだったのか」

「わたし、川端法律事務所で居候弁護士（イソベン）をやっているんです。きょうは先生の昔からの顧問企業を譲っていただけることになりましたので、一緒にご挨拶に伺（うかが）ったんですよ」

「それで、きみは先に外に出たわけか」

「ええ、そうです。ビルの前で先生を待っていたら、さっきのＲＶ車がわたしをめがけて突進してきたんですよ。怖かったわ」

未咲が両腕を胸の前で交差させた。まだ血の気が戻っていない。

「きみの悲鳴が聞こえたんで、急いで飛び出してきたんだよ。何があったの？」

川端が心配顔で未咲の顔を覗（のぞ）き込んだ。未咲が経緯をつぶさに語る。

「あなたのおかげで、わたしの事務所のスタッフが命拾いしたんですね。わたしからも、お礼を申し上げます。申し遅れましたが、弁護士の川端です」

「存じ上げています」

「そうですか。あなたのお名刺をいただけないだろうか」

「お気遣いは無用です。では、お気をつけて！」

剣持は二人の弁護士に目礼すると、踵を返した。

背後で、美しい弁護士が何か言った。剣持は聞こえなかった振りをして、歩を進めた。数十メートル離れてから、小さく振り向く。

川端と未咲がちょうど角を曲がったところだった。

未咲はわずかながら、片足を引き摺っている。RV車に追い回されたとき、足首を捻ったようだ。

剣持は歩度を速めた。

それから間もなく、後方でタイヤの摩擦音がした。音は、未咲たち二人が足を踏み入れた脇道から響いてきた。またもや美人弁護士は、ライトを消したRV車に撥ねられそうになったのか。剣持は体を反転させ、勢いよく駆けはじめた。

前髪が逆立つ。向かい風が吹いていた。

尖った外気が頬を刺す。吐いた息は、たちまち白く固まった。

ほどなく剣持は裏通りに達した。

脇道には街路灯が少なかった。闇が濃い。剣持は暗がりを透かして見た。

川端弁護士が路面にうずくまって、右の足首を押さえている。捻挫したのだろうか。

未咲が川端を引き起こそうとしていた。

不審な車は、二人の十七、八メートル向こうに停車中だった。助走をつけて、弁護士たちを撥ね上げる気なのではないか。

「道の端に早く逃げてください」

剣持は未咲たちに声をかけ、RV車に向かって疾駆しはじめた。スラックスの裾がはためく。

RV車がいったん三十メートルほど後退し、それから突進してきた。高いエンジン音が耳を撲つ。侮れないが、別に身は竦まなかった。

剣持は車の進路に立ち塞がった。両手を水平に掲げる。

RV車は少しも減速しない。それどころか、逆にスピードを上げた。

剣持は身に危険を感じ、素早く横に跳んだ。なんとかRV車を躱すことができた。

RV車は凄まじい風圧を置き去りにして、瞬く間に走り去った。忌々しかったが、追う術がない。

「先生は足首を捻挫したようなんです。女のわたしでは、先生を立ち上がらせることは無理みたいなんですよ。手をお借りできないでしょうか？」

未咲が剣持に救いを求めてきた。

剣持は快諾し、しゃがみ込んでいる人権派弁護士をゆっくりと引き起こした。川端のベルトを摑んで体を支える。

「迷惑をかけて申し訳ない。右の足首を傷めてしまった。逃げた車は別所弁護士を先に撥ねようとして、次にわたしにも襲いかかってきたんです」

「危ない目に遭いましたね。お二人は、裁判のことで誰かに逆恨みされてるのかもしれません」

「確信に満ちた言い方ですね」

川端が訝しんだ。剣持は名乗って、素姓を明かした。

「あなたは警察官だったのか。本庁勤めなんですか？」

「ええ。現在は総務部企画課に属していますが、以前は現場捜査に携わっていました。警察に被害届を出されたほうがいいと思います。わたしが事件通報しましょうか？」

「大怪我を負わされたわけじゃないんで、わたしは被害届は出さないことにしよう。仕事が忙しくて、事情聴取を受ける時間も惜しいんですよ」

「そうだとしても……」

「きみは被害届を出しなさい」

川端が未咲に言った。半ば命令口調だった。しかし、なぜだか未咲は師の言葉に従わなかった。

「別所さんは二度も轢かれそうになったんですよ。また命を狙われるかもしれませんので、被害届は出しておくべきでしょう」

剣持は説得を試みた。だが、無駄だった。

「怯えて泣き寝入りするわけではないんですよ。警戒心を緩めなければ、最悪な事態にはならないでしょう」

「わかりました。もう余計なことは言いません。タクシーを拾って、お二人をご自宅まで送りましょう」

「剣持さんでしたね？」

「ええ」

「あなたにそこまでは甘えられません。わたしがタクシーで先生を高輪のお宅まで送り届けます」

未咲が言った。

「無理ですよ。きみも少し片足を引き摺ってるじゃないか」

「平気です」

「ここで待っててくれないか」

剣持は川端の体を未咲に預け、赤レンガ通りまで走った。

数分待つと、運よく空車が通りかかった。そのタクシーに乗り込み、脇道に引き返す。

剣持は先に川端を後部座席に乗せ、かたわらに未咲を坐らせた。剣持は助手席に腰を沈めた。

タクシーが走りだした。

十分足らずで、川端宅に着いた。気後れしそうな豪邸だった。敷地が広く、庭木も多い。

剣持は素早く車を降りた。川端を支えながら、自宅の前まで付き添う。川端が剣持に謝意を表し、別所未咲にそっと二枚の一万円札を手渡した。

「整形外科クリニックで診てもらったほうがいいでしょう。お大事に！」

剣持は川端に言って、タクシーのリアシートに乗り込んだ。美人弁護士が横に並び、問いかけてきた。

「剣持さんは、どちらにお住まいなんですか？」

「代々木公園の近くにある賃貸マンションで暮らしてるんだ」

「それでは、ご自宅まで送らせてもらいます。先生から車代を預かっていますので」

「それじゃ、あべこべですよ。こっちが先に別所さんを自宅まで送る。住所は？」

「わたしは、恵比寿二丁目にあるマンションを借りているのですが……」

「恵比寿に向かってください」

剣持は、五十代後半に見える運転手に早口で告げた。タクシーが動きはじめる。

「なんだか悪いわ」

「気にしなくてもいいんだ。どうせ通り道みたいなもんだから」

「だいぶ遠回りさせてしまいますね」

「そんなことより、学生時代に司法試験に通ったのかな？」

「わたし、そんなに優秀ではありません。ロースクールに通って、やっと合格したんですよ」

未咲が答えた。謙虚さが好ましい。

「それでも、たいしたもんですよ。こっちも法学部を出たんだが、同じクラスでパスした奴は二人か三人しかいないからね」

「新制度が導入されてから、通りやすくなったんですよ。その分、弁護士がおよそ四万二千人まで増えてしまったので、独立するのは難しくなりましたけど」

「そうだろうな。川端法律事務所は、いわゆるローファームなんでしょ？　所属弁護士はどのくらいいるの？」

「わたしを含めて十四人です」

「それだけスタッフがいるんだったら、刑事事件の弁護だけじゃ、とても遣り繰りできないだろうな」

「先生はもっぱら刑事事件を手がけていますけど、事務所では民事の弁護もいろいろ引き受けてるんですよ」

「それだから、川端さんは高輪の邸宅街に居を構えてられるんだろうな」

剣持は小声で呟いた。

タクシーは赤信号に引っかかって、減速中だった。白金台四丁目に差しかかっていた。

「あそこは、先生のご実家なんです」

「そうだったのか。川端弁護士の親は相当な資産家だったようだね」

「先生のお父さんは、貿易の仕事で財を成したそうです。親の遺産を相続したので、先生は民事裁判でがつがつ稼ぐ必要がなかったのでしょう」

「羨ましい話だな。そんなことで、川端さんは若い時分から刑事事件の被告人の弁護を積極的に引き受け、冤罪で苦しんでた男女を次々に救ってきたわけか」

「ええ。先生は、青年のような熱血漢なんです。社会的弱者に注ぐ眼差しは常に温かいですね。子供がいないせいか、不器用な生き方しかできない若者たちには特に優しいんですよ。といっても、平気でスタンドプレイをやるような偽善者なんかではありませんけどね」

「別所さんは、ずいぶん川端さんを尊敬してるようだな」

「ええ、リスペクトしています。だから、押しかけの弟子になったわけです」

「そう」

「剣持さんは、いまのお仕事を志望されていたのでしょうか？」

「そういうわけじゃないんだ。成り行きでなんとなくね」

剣持は口を閉じた。

二人の間に沈黙が落ちた。別に気詰まりになったのではない。

剣持は、東京の深川で生まれ育った。

都内の有名私大の法学部を卒業すると、警視庁採用の一般警察官（ノンキャリア）になった。もともと正義感は強かったが、青臭い使命感に衝（つ）き動かされたわけではない。単に勤め人にはなりたくなかっただけだ。事実、妙な気負いはなかった。ただ、なんとなく刑事には憧れていた。

剣持は一年間の交番勤務を経て、幸運にも刑事に昇任されて池袋署刑事課強行犯係に転属になった。そうした例はあまり多くない。栄転だろう。

その後、剣持は築地署、高輪署と移り、二十七歳のときに本庁捜査一課第五強行犯捜査殺人犯捜査第七係に抜擢された。所轄署時代に手柄を多く立てたことが高く評価されたようだ。

本庁の殺人犯捜査係は、所轄署に設置された捜査本部に出張る。第一期捜査では地元署の刑事たちと協力し合って聞き込みに励んで、真相に迫るわけだ。

通常、第一期捜査は一カ月である。その期間内に事件が解決しない場合は、その時点で地元署の捜査員たちはそれぞれの持ち場に戻る。

その代わり、第二期捜査には本庁の殺人犯捜査係が追加投入される。第一係から第九係のいずれかの班が捜査本部に派遣されている。

さらに一カ月が過ぎても事件が落着しないときは、新たな支援捜査員が捜査本部に送り込まれる。凶悪な犯罪になると、延べ数百人の刑事が投入される。

剣持は一貫して殺人事案の捜査を担い、二年七カ月前に第三強行犯捜査殺人犯捜査第五係の係長になった。主任のころに警部に昇格していたとはいえ、満三十六歳になったばかりだった。スピード出世だろう。

出世頭だったが、剣持に上昇志向はなかった。

それどころか、ポストにはまったく拘っていない。現場捜査のメンバーから外されなければ、それだけで満足だった。

殺人犯を割り出し、身柄を確保したときの達成感は大きい。捜査が難航した末の犯人逮捕は何よりも嬉しいものだ。勝利感にも浸れる。

係長になって一年近く経ったころ、剣持は担当管理官に高級レストランの個室席に呼び出された。それ以前、食事に誘われたことは一度もなかった。

上司に当たる担当管理官は鼻持ちならない警察官僚で、実に尊大だった。苦手なエリートが深々と頭を下げ、信じられないような話を切り出した。親友の引き起こした事件を迷宮入りにしてくれないかと囁いたのだ。

剣持は一瞬、自分の耳を疑った。

担当管理官の親友は愛人のクラブホステスと痴話喧嘩をした際、相手を突き飛ばして脳挫傷を負わせてしまったらしい。愛人は数日後に息を引き取った。

剣持は、加害者を傷害致死容疑で検挙する段取りをつけていた。当然、担当管理官の頼みは聞き入れなかった。

裁判所に逮捕状を請求する直前、担当管理官に目をかけている警察庁幹部から圧力がかかった。せめて上司の親友を過失致死容疑にしてやれという指示だった。事実上の命令だろう。

剣持は憤りで全身が震えた。あまりにも理不尽ではないか。実に腹立たしかった。

しかし、巨大組織を牛耳っている六百数十人の警察官僚たちの権力は強大だ。まともには太刀打ちできない。剣持は圧力に屈した振りをした。上司や警察庁幹部は、それで事が済んだと高を括っていたようだ。

剣持は土壇場で、うっちゃりを打った。捜査一課の参謀である理事官の許可を得て、担当管理官の親しい友人を傷害致死容疑で逮捕した。

剣持は、権力や権威におもねることを最大の恥だと考えている。反骨精神を棄て、真相をうやむやにすることはできない。そんなことをしたら、男が廃る。

信念を貫いた代償は大きかった。

上司と警察庁幹部を欺いた形の剣持は、次の人事異動で本庁交通部運転免許本部に飛ばされた。露骨な仕返しだった。剣持は怒りを覚えたが、あえて尻は捲らなかった。

そうしていたら、上司たちの思う壺だ。早晩、辞表を書く羽目になるだろう。剣持は転属先で、黙々と職務を果たした。

当然のことながら、ストレスは溜まる一方だった。夜ごと酒を浴びるように飲み、憂さを晴らした。

そんなある夜、捜査一課長の鏡恭太郎警視正と理事官の二階堂泰彦警視正が打ち揃って剣持の自宅マンションを訪れた。剣持は緊張しながら、鏡課長に来訪の目的を訊ねた。

課長は、予想だにしないことを打ち明けた。

非公式に捜査一課別室極秘捜査班を結成し、第一期捜査で解決できなかった捜査本部事件や迷宮入りしかけている殺人事案をチームメンバーに極秘捜査させることになったという。すでに警視総監、副総監、刑事部長は承認済みだという話だった。

まとめ役の班長は、二階堂理事官が務めるらしい。別室の刑事部屋として、西新橋三丁目にある雑居ビルのワンフロアを借り上げたそうだ。

剣持は、現場捜査チームの主任にならないかと打診された。

チーム入りした場合は、本庁総務部企画課に異動させる手筈になっているらしい。要するに、カモフラージュ人事だ。

剣持は迷うことなく、首を縦にした。殺人事件の現場捜査に復帰できるなら、俸給が下がってもかまわないという気持ちがあったからだ。それほど現場捜査が好きだった。

こうして剣持は、一年七カ月前に極秘捜査班の主任になったのである。

三人の部下はおのおの個性的だが、有能な刑事ばかりだ。最初の一、二カ月はどこかぎこちなかったが、いまはチームワークにみじんの乱れもない。

剣持たち四人は、これまでに九件の難事件を解決させた。だが、チームの活躍ぶりが公にされたことはない。

「ここで結構です」

別所未咲が八階建ての南欧風のマンションの前で、タクシーを停止させた。

「またRV車に撥ねられそうになったら、警察に相談したほうがいいな」

「そうするかもしれません。剣持さん、先生から渡されたお金で支払いをお願いします」

「こっちが勝手におせっかいをしたんだ。その二万円は引っ込めてくれないか」

「それでは甘えすぎです。どうか受け取ってください」

「早くマンションの中に入ったほうがいいよ」

剣持は、美しい弁護士を車の外に押し出した。

未咲は困惑顔で、手にした紙幣を見つめている。

「ドアを閉めてください。それで、代々木上原方面に向かってほしいんです」

剣持は運転手を急かした。

ドアが閉められ、タクシーが動きだした。剣持は未咲に片手を挙げ、背凭れに上体を預けた。未咲の残り香が馨しかった。

2

退屈だった。

朝食を摂り終えると、何もすることがなかった。生欠伸が止まらない。

剣持は自宅マンションの居間のソファに腰かけ、ぼんやりとテレビの旅行番組の録画を観ていた。

美人弁護士を自宅に送り届けた翌日の午前十一時過ぎである。特に旅番組に興味があるわけではなかった。洋画のＤＶＤやテレビのドキュメンタリー番組の録画映像をちょくちょく観るのは、単なる時間潰しだった。

極秘捜査班のメンバーは登庁する必要がなかった。ふだんはアジトの刑事部屋にも顔を出さない。出動指令が下らなければ、毎日が非番と同じだった。

それでも剣持たち四人のメンバーが殉職したときは、遺族に五千万円の弔慰金が支払われる。ただし、俸給のほかに危険手当の類が付くわけではない。

年間の実働日数は、せいぜい百数十日だった。割はよかった。だが、時間を持て余してばかりいるのは苦痛なものだ。そこはよくしたもので、体が鈍りはじめたころにたいていて出動指令が下る。

剣持はセブンスターをくわえた。煙草に火を点けたとき、脈絡もなく別所未咲の整った顔が脳裏に浮かんだ。彼女は聡明そうだったが、とても女っぽかった。大人の色気を漂わせていた。好みのタイプだった。

剣持は男臭い顔立ちだが、物腰は柔らかい。知力と体力もある。都会育ちらしく、ダンディーでもあった。

そんなことで、二十代のころから女性には好かれている。剣持自身も女性は嫌いではなかった。恋愛経験は豊富だった。だが、交際相手が結婚を仄めかせると、そのつど別れ話を切り出してきた。

といっても、数多くの異性と戯れたかったのではない。もともと結婚願望はなかった。

それに加えて、警察学校で同期だった刑事が上野署勤務時代に殉職した。その影響で、さらに結婚する気が失せた。同期だった男は、わずか三十二年で生涯を閉じた。妻は夫が急死したことで精神が不安定になり、幼な子を道連れに無理心中してしまった。

それまで剣持は、いつかかけがえのない女性と所帯を持つだろうと漠然と考えていた。しかし、危険な現場捜査に関わっていたら、自分も殉職してしまうかもしれない。

そう思ったとたん、剣持は結婚することが怖くなった。

妻子に生きる張りを失わせ、路頭に迷わせるのは罪深いことではないか。そうした思いが次第に膨らみ、結婚観がすっかり変わってしまったのだ。

誰の身にも何が起こるかわからない。自分の考えは禁欲的すぎるかもしれないが、極秘捜査に携わっているうちは誰とも結婚する気はなかった。

とはいえ、生身の男だ。時には、女の柔肌が無性に恋しくなる。美しい花を見れば、つい手折ってみたくもなる。恋愛そのものを封じているわけではなかった。現に剣持は割り切った恋愛を重ねてきた。しかし、いま特定の恋人はいなかった。

別所未咲は魅惑的な女性だ。当然、もう交際している相手がいるだろう。ひょっとしたら、人妻なのかもしれない。

剣持はそう思いながらも、美しい弁護士のことが気になって仕方がなかった。いつか彼女とどこかで再会したいものだ。

「まさか一目惚れしたんじゃないだろうな」

剣持は声に出して呟き、短くなった煙草の火を灰皿の底で揉み消した。

そのすぐ後、コーヒーテーブルの上で官給品の刑事用携帯電話が着信音を発した。剣持は遠隔操作器を使ってテレビの電源を切り、ポリスモードを摑み上げた。

ディスプレイを見る。発信者は捜査一課長の鏡警視正だった。

課長は五十四歳で、ノンキャリア組の出世頭だ。中堅私大の二部を卒業した苦労人である。鏡課長は長いこと捜査畑を歩いてきた。落としの名人として、数え切れないほどの伝説を持っている。

外見は厳つい(いかつい)が、神経は繊細そのものだ。周り(まわり)の人間の気持ちを汲み(くみ)取り、さりげなく労る(いたわる)。部下たちにはいつも犒い(ねぎらい)の言葉を忘れない。侠気(おとこぎ)もあった。実際、頼りになる上司だ。鏡警視正は一男一女を育て上げ、同い年の妻と杉並区内にある戸建て住宅で暮らしていた。

酒には、めっぽう強い。だが、酒席で乱れたことはただの一遍(いっぺん)もなかった。

「お待たせしました。出動指令ですね？」

剣持は、まず確かめた。

「そうなんだ。声が弾んでるな」

「毎日が休日じゃ、心も体もだれちゃいますんでね」

「そうだろうな。十月二十九日の深夜に厚生労働省のキャリア官僚だった独立行政法人の理事長が自分の車の助手席にキャバ嬢を乗せて、杉並区内にある陸橋の橋脚に激突した事故、いや、事件を憶え(おぼえ)てるかな。男は五十八歳、女は二十二歳だった」

「ええ。所轄の杉並署は当初、事故と判断したんでしたよね？」

「そう。しかし、いくつか不自然な点があったんだよ」

「ええ、そうでしたね。車の運転席側のドアは、ロックされてなかったんでしょ？」

「それだけじゃないんだよ。アクセルペダルには、コンクリート片で擦ったと思われる痕があった」

「それから、死んだ二人の手指の股には注射痕があったんでしょう？」

「そう。即死した二人は麻酔注射で眠らされてから、元キャリア官僚のマイカーに乗せられたことが明らかになったんだよ。二人を事故死に見せかけて殺った実行犯は紐で縛ったコンクリート片をアクセルに載せ、すぐさま手許に引き寄せたにちがいない」

鏡が言った。

「そう思って間違いないでしょうね。それだから、車のドアはロックされていなかった」

「ああ、そうなんだろう。杉並署の要請で、本庁は捜査本部を設置して殺人犯捜査四係の連中に第一期捜査に当たらせた。しかし、容疑者の絞り込みはできなかった」

「それで、第二期捜査には六係の十三人が追加投入されたんでしたっけ？」

「その通りだ。四係と六係のメンバーが頑張ってはくれてるんだが、いまも容疑者は捜査線上に浮かんでないんだよ」

「で、極秘捜査班に出番が回ってきたわけか」

「そういうことだ。午後一時に西新橋の例のアジトに二階堂理事官と一緒に出向くから、きみはメンバーたちに呼集をかけてくれないか」

警察関係者は、召集を呼集と言い換えている。

「わかりました」

「捜査資料と鑑識写真は理事官に揃えてもらってあるから、すぐに動けるだろう」

「それでは、後ほどお目にかかりましょう」

剣持は通話を切り上げた。出動指令が下った瞬間から、全身の細胞が活気づきはじめていた。自分は根っからの刑事なのではないか。

剣持は、年上の部下である徳丸茂晴警部補に最初に電話をすることにした。

四十二歳の徳丸はチーム入りするまで、捜査三課スリ係の主任だった。職人気質の刑事である。長野県出身の徳丸は頑固な性格だが、立場の弱い男女には心優しい。

親分肌でもあった。スリの常習者たちの更生に情熱を傾け、身銭を切ることもよくあったようだ。働き口まで見つけてやっていたらしい。

徳丸は三年四カ月前に離婚している。妻は夫の浪費癖に呆れ、別れる気になったようだ。徳丸は他人に奢られることが嫌いだった。懐が淋しくても、見栄を張る。信州育ちだが、江戸っ子以上に気前がよかった。そのせいか、ほとんど貯えはなさそうだ。

徳丸は目下、行きつけの小料理屋『はまなす』の女将に想いを寄せている。それでいながら、女将の保科佳苗と顔を合わせるたびに憎まれ口をたたく。照れ隠しであることは間違いないだろう。

姐御肌の佳苗も少々、屈折している。

徳丸に恋情を懐いているくせに、よく神経を逆撫でするような言葉を投げつける。どちらもシャイな性格のため、素直には振る舞えないようだ。そういう意味では、二人は似た者同士と言えるのではないか。

徳丸は典型的な食み出し者である。

警察社会の不文律に従う気は、まるでないのだろう。職階がどんなに上でも、自分よりも年下の者には絶対に敬語を使わない。

相手が警察官僚であっても、そのルールは崩さなかった。その徹底ぶりは小気味いいほどだ。警察は階級社会である。たとえ年下であってもキャリアを呼び捨てにできる一般警察官は、おそらく徳丸しかいないだろう。早く昇級したがっているノンキャリアには真似のできないことではないか。

剣持は、徳丸のポリスモードを鳴らした。

コールサインが響きつづけるだけで、いっこうに電話は繋がらない。徳丸は二日酔いで、まだベッドの中にいるのか。

通話終了ボタンを押しかけたとき、徳丸の声が耳に届いた。

「剣持ちゃん、野暮だぜ」

「野暮？」

「そうだよ。東京っ子なら、もっと粋になれや。おれは真昼の情事を娯しんでたんだぜ。昨夜、酒場で知り合った色っぽい女を部屋に連れ込んだんだよ」

「そういうことなら、手短に話を済ませましょう」

「嘘だよ、いまの話は。きのう飲み屋で喰った赤貝で、どうも食中りしたみてえなんだ。トイレで唸ってたんだよ」

「そうだったのか。実は呼集がかかったんですよ」

剣持は、鏡警視正から聞いた話をかいつまんで徳丸に伝えた。

「その事件には興味持ってたんだ。春名勝利って元キャリア官僚は退官するまで、厚生労働省の医薬・生活衛生局局長のポストに就いてた。本省のトップの事務次官にはなれなかったが、エリート中のエリートだった奴だ」

「そんな男がキャバ嬢と一緒に始末されたんで、こっちも関心を持ってたんですよ。助手席にいたのが高級クラブのホステスというなら、なんの違和感も覚えなかったんですがね」

「確かに元キャリア官僚とキャバ嬢との取り合わせは、ちぐはぐだよな。どう考えても、結びつかねえ」

「ええ。報道によると、死んだ二人にはまったく接点がなかったようです」

「そのことは、おれも知ってらあ。春名は五十二歳で退官して、その後は外郭団体の独立行政法人に天下った」

徳丸が言った。

「そうですね。さらに二年ごとに独立行政法人を渡り歩いて理事を務め、甘い汁を吸いつづけてたんでしょう」

「ああ、そうみてえだな。三雲すみれというキャバ嬢も初心な客たちにうまいことを言って、だいぶ金品を貢がせてたようだ。どっちも狡い生き方をしてたんで、殺られることになっちまったんだろう。けど、二人に接点が全然ないのは妙だな。剣持ちゃん、何かからくりがあるんじゃねえのか」

「そう考えられますね。ちょっと骨が折れそうですが、それだけ捜査のし甲斐(がい)はあるでしょう」

「やる気が出てきたよ。下痢止めの薬を服(の)んで、必ずアジトに行かあ」

「徳丸(トク)さん、あんまり無理しなくてもいいですよ」

「元スリ係じゃ、頼りにならねえってか？」

「僻(ひが)まないでくださいよ。おれ、徳丸(トク)さんの体を気遣ったつもりだったんだがな」

「こっちは、そんなやわな男じゃねえ。這(は)ってでも、秘密の刑事部屋に行くよ」

「それじゃ、アジトで落ち合いましょう」

剣持はいったん通話終了ボタンを押し、次に城戸裕司(きどゆうじ)に電話をした。城戸は三十一歳で、階級は巡査部長だ。

強面(こわもて)の巨漢である。身長は百九十センチ近く、体軀(たいく)も逞(たくま)しい。筋骨隆々としていて、肩はアメリカンフットボールのプロテクターを着けたように分厚かった。

城戸は組織犯罪対策部第四・五課に長く所属していた。暴力団係(マルボウ)刑事だったから、暗黒社会に精(くわ)しい。その筋の知り合いも多かった。

風体(ふうてい)は、やくざと変わらない。実際、城戸は暴力団関係者によく間違えられている。

だが、人柄は穏やかだった。酒好きだが、スイーツにも目がない。

恋人は競艇選手である。よく地方のボートレース場に遠征しているとかで、頻繁(ひんぱん)にメールを送信していた。電話をすることも多い。

通話可能状態になった。

「リーダー、チームに呼集がかかったんすね」

「そうだ。何か不都合なことがあるのか？」

「亜希(あき)が四、五日オフなんで、ちょっと沖縄に行こうかなんて話してたんすけど、まだ飛行機やホテルを予約したわけじゃないんすよ。ですんで、別に問題はありません」

「残念だったな。愛(いと)しの彼女にうまく謝っといてくれ」

剣持は言ってから、極秘捜査の内容をざっと城戸に話した。

「元キャリア官僚とキャバ嬢がカップルに仕立てられて殺害されたんだから、加害者は悪知恵を絞ったんでしょう。リーダー、面白い犯罪(ヤマ)じゃないっすか。おっと、こういう言い方はちょっと不謹慎だな」

「そうだが、聞き流そう。殺された二人は、だいぶ他人に迷惑かけてたようだから、善良な市民だったとは言えないんだろう」

「でも、自分の言い方はよくなかったっすよ。反省します。指定された時刻までには、必ず『桜田企画』のオフィスに出向きます」

城戸が通話を切り上げた。

ペーパーカンパニーの『桜田企画』は広告デザイン会社を装っているが、むろん営業活動はしていない。ダミーの事務所は、極秘捜査班の刑事部屋になっている。

フロアの広さは、およそ七十畳だ。出入口に近い事務フロアには四卓のスチールのデスクが置かれ、その右手には八人掛けの応接セットが据えられていた。

窓側には、会議室、無線室、銃器保管室が横一列に並んでいる。部屋の鍵はメンバー全員が持っているが、ガンロッカーのキーは主任の剣持しか持っていなかった。

普通の警察官には、シグ・ザウエルＰ230ＪＰ、Ｓ＆ＷのＭ360のいずれかの拳銃が貸与されている。

といっても、いつも携行しているわけではない。たいがい被疑者の身柄を確保するときに貸し出されている。実包も同じだ。

しかし、極秘捜査班のメンバーは例外だった。特別にアメリカ製のコルト・ディフェンダー、ブローニング・アームズＢＭＤ、オーストリア製のグロック25・28・31・32、イタリア製のベレッタ92ＦＳなどの常時所持が認められている。発砲も自由だった。犯罪者が刃物や銃器をちらつかせなくても、威嚇射撃ができるのだ。

メンバーの過剰防衛が問題化した場合は、上層部が後処理をしてくれることになっている。囮（おとり）捜査にも特に制限はなかった。

剣持は柔剣道の有段者だ。どちらも三段だが、射撃術は上級だった。三十メートルも先の十五センチの標的に二十発のうち十五発以上命中させなければ、上級とは判定されない。

射撃術上級者の数は多くなかった。特殊訓練を受けたSAT（サット）（特殊急襲部隊）やSIT（シット）（特殊犯捜査係）隊員には及ばないが、剣持の射撃術は要人の護衛に当たっているSP（セキュリティー・ポリス）並だった。

メンバーの四人は状況に応じて、拳銃を使い分けている。時には、二挺ずつ携行することもあった。

剣持は、最後に雨宮梨乃（あまみやりの）巡査長のポリスモードを鳴らした。

二十七歳の梨乃はチームに入る前、本庁捜査二課知能犯係として大型詐欺、汚職、企業犯罪を担当していた。整った容姿は女優並だ。

梨乃は頭の回転が速いが、それだけではない。肉感的な肢体（したい）で、どんな男たちも蕩（とろ）かす。それでいて、梨乃は男に媚（こ）びたりしない。常に凜（りん）としていた。

私生活は謎だらけだった。恋人がいるのかどうかさえ、チームメイトは誰も知らない。

雨宮梨乃は犯罪心理学を習得していた。

事件関係者の表情、仕種、喋り方などで、心の動揺や虚言を怖いほど見抜く。それこそ嘘発見器も顔負けだ。

さらに梨乃の腕力は、並の男以上だ。得意の少林寺拳法で荒くれ者たちを軽々と地に這わせることができる。ただ、射撃術は苦手だった。命中率はあまり高くない。

「そろそろ出番が来るころだろうと思ってたんですよ」

梨乃が開口一番に言った。剣持は、極秘捜査の内容に触れた。

「その事件は興味深いわ。父と娘以上に年齢差がある二人がレクサスに同乗してたんですからね。被害者たちは一面識もなかったらしいから、犯人がカップルであるかのように見せたかったことは明らかだと思います」

「そう考えるべきだろうな」

「犯行動機のない複数の殺人事件なら、交換殺人の疑いが濃いですよね？」

「そうだな。しかし、本事案はその線じゃない。接点のない男女が心中を装って葬られた事例はあるが、キャリア官僚だった男とキャバクラで働いてた若い娘が同じ犯人に恨まれてたとは考えにくいからな」

「ひょっとしたら、二人の被害者はたまたま凶悪な犯罪を目撃したのかもしれませんね」

「だから、事故に見せかけて二人とも消されてしまった？」

「そうなんじゃないのかな」

梨乃は確信ありげな口ぶりだった。

「雨宮、予断は禁物だぞ」

「ええ、そうですね」

「そっちが遅刻したことはないが、一時前にアジトに入ってくれ」

剣持はポリスモードをコーヒーテーブルに置くと、浴室に足を向けた。風呂に入ってから、秘密の刑事部屋に出向くつもりだ。

3

周囲を見回す。

報道関係者の姿は目に留まらない。警察官と思われる人影も見当たらなかった。

剣持は苦笑した。いつものことだが、犯罪者になったような気分だった。

西新橋三丁目の舗道に立っていた。二十メートルほど先の右側に八階建ての雑居ビルがそびえている。その五階に極秘捜査班の秘密刑事部屋があった。『桜田企画』というプレートしか掲げられていない。

剣持は焦茶(こげちゃ)のレザーコートのポケットに両手を突っ込み、大股で歩きだした。

コートの下には、カシミヤの黒いタートルネック・セーターを着込んでいる。厚手のチノクロスパンツはオフホワイトだった。靴は茶系のブーツだ。

いつもカジュアルな恰好(かっこう)をしていた。そのほうが動きやすい。

剣持は雑居ビルに足を踏み入れた。

エレベーターホールには誰もいなかった。剣持は函(ケージ)に乗り込み、五階に上がった。

『桜田企画』に近づくと、ドア越しに部下たちの笑い声が響いてきた。

徳丸がいつものように与太話で、城戸や梨乃を笑わせているのだろう。

剣持は入室した。

徳丸が応接ソファの横で下腹を押さえつつ、妙な歩き方をしていた。切迫した便意を催したときの様子をオーバーに再現して見せているようだ。城戸と梨乃はソファに坐り、腹を抱えている。

課長と理事官の姿はなかった。まだ午後一時八分前だった。

「徳丸(トク)さん、大丈夫ですか？」

剣持は元スリ係に声をかけた。

「洩らしたりしねえよ。肛門にコルクの栓を突っ込んで、その上に医療用テープを貼っておいたからな」

「マジっすか!?」

城戸が素っ頓狂な声を発した。

「冗談だよ。おまえは体ばかりでっかくて、脳が小せえんだろうな。小学生だって、わかる冗談じゃねえか」

「徳丸さんは変わり者だから、本当に肛門にコルク栓を嵌めたのかと思ったんすよ」

「二人とも、もうストップ！　わたし、昼食を摂ったばかりなんですっ」

梨乃が笑顔で城戸と徳丸に抗議して、ソファから立ち上がった。チャコールグレイのパンツスーツが似合っている。ファッションセンスは悪くない。

美人刑事は、ポットやマグカップの載っているワゴンに歩み寄った。剣持にコーヒーを淹れてくれる気になったのだろう。

コーヒーテーブルには、三つのマグカップが置かれている。

「もう心配ねえよ。下痢止めが効いてきてるからな」

徳丸が剣持に言って、ソファにどっかと腰を下ろした。剣持は徳丸の前に坐った。

「みんなと顔を合わせるのは久しぶりっすよね。なんか新学期になって、クラスの仲間たちと会ったみたいな感じだな」

かたわらの城戸が剣持に話しかけてきた。

「極秘捜査班が暇なほうがいいんだが、開店休業状態が長くつづくと、無性に働きたくなるよな」

「ですね。自分、週に一度はここに来て、掃除をしてたんすよ。遊んでばかりいるのはなんか申し訳ない気がしたんで」

「そうだったのか」

「梨乃ちゃんも同じ気持ちになったらしく、先週の木曜の午後、ここで鉢合わせしたんすよ」

「二人が時々、アジトの掃除をしてくれてるとは知らなかったよ。そういえば、埃は溜まってないな。城戸と雨宮に礼を言おう」

「おれはほぼ毎日、夕方にアジトを見上げてたぜ」

徳丸が会話に割り込んだ。すかさず剣持は茶化した。

「徳丸さんの場合は、すぐ近くにある馴染みの『はまなす』に行くついでに五階の窓をちらりと見ただけなんでしょ？」

「ちゃんと立ち止まって、アジトを見上げたよ。それから、床をワックスで磨き上げたいとも思ったな」

「いかにも嘘っぽいですよ」

「聞き流してくれや。四、五日前に佳苗っぺが、チームのみんなに会いたがってたよ」

「おれもたまには『はまなす』に顔を出したいと思ってたんですが、徳丸さんとママの甘やかな一刻を邪魔したくなかったんですよ」

「妙な気は回さねえでくれ。ママのことは嫌いじゃねえよ。でもな、出来の悪い妹か従妹のように思ってるだけなんだ。本当だって。佳苗っぺのことを特別な異性と意識してるわけじゃねえんだよ」

「そうなら、毎晩、店には通わないでしょ？」

「佳苗っぺは商売が下手だから、少しばかり売上に協力してるだけさ。そう、そうなんだ」

徳丸がしどろもどろに答えた。削げた頬が少し赤い。

剣持は目を細めた。ちょうどそのとき、マグカップを手にした梨乃がソファセットに近づいてきた。マグカップは剣持の前に置かれた。梨乃が徳丸の横に坐る。

剣持は梨乃に礼を言って、コーヒーを啜った。マグカップが空になる前に『桜田企画』のドアが開けられた。

先に入室したのは鏡課長だった。後につづく二階堂理事官は、水色のファイルを四冊抱えていた。

二階堂は警察官僚（キャリア）である。もうひとりの理事官と一緒に十三人の管理官を束ねる要職に就いているが、少しも威張（いば）ってはいない。誰とも分け隔てなく接している。謙虚で、賢さをひけらかすような真似もしない。真のエリートなのだろう。

二階堂はまだ四十九歳だが、額は禿（は）げ上がっている。細身で、知的な面差（おもざ）しだ。キャリアには珍しく、上昇志向はなかった。警察官僚たちとは一定の距離を置いているが、別に変人ではない。常識的な付き合いはしていた。

理事官は早婚だったせいで、一歳十カ月の孫娘がいる。ひとり娘が大学を中退し、シングルマザーになったのである。

娘と孫は、実家に身を寄せているそうだ。シングルマザーの娘は介護施設で働いている。しかし、給料は安いらしい。しばらく実家に厄介になるのではないか。

二階堂理事官の妻は人気絵本作家だ。著作の印税が年に二千万円ほど入るようだが、その半分は匿名（とくめい）で福祉施設に寄附しているらしい。

「五、六分、遅刻してしまったな。すまない！」

鏡課長が剣持たち四人に詫（わ）びた。四人は、ほぼ同時に椅子から立ち上がった。

「いつものように奥の会議室で話をさせてもらおう」

二階堂が剣持に告げた。剣持はうなずき、三人の仲間たちと会議室に向かった。

四人は窓側の椅子に並んで腰かけた。細長いテーブルの反対側に二人の警視正が着席する。

「これまでの捜査資料と鑑識写真に、ざっと目を通してもらったほうがいいだろう」

二階堂が中腰になって、剣持たち四人にファイルを差し出した。各自がファイルを受け取る。

剣持はファイルの間に挟まれていた鑑識写真を手に取って、一葉ずつ繰っていった。

灰色のレクサスは大破していた。橋脚にまともにぶつかったフロントグリルは大きくひしゃげ、エンジンフードは折れ曲がっている。潰れたラジエーターは食み出し、湯気を吐いていた。

車台そのものが歪み、破損部分は大きい。なぜか運転席と助手席のエアバッグは萎んだままだ。犯人が犯行前にエアバッグに何か細工をして、作動しないようにしたのではないか。

運転席の春名勝利はシートベルトをきちんと掛けているが、上体は破れたフロントガラスに突っ込むような形だった。ステアリングの軸は折れかけていた。

犯人は予めシートベルトの目立たない場所に切れ込みを入れ、千切れやすいようにしておいたのか。キャリア官僚だった男の顔面は血みどろだ。シートベルトの尖った先端が頬に食い込んでいる。

助手席の三雲すみれも、春名と似たような姿勢だった。

ただ、死んだキャバクラ嬢のほうが春名よりも前にのめっている。ハンドルがない分だけ、衝突時に大きく上体が前に飛び出したのだろう。

「レクサスが橋脚に激突したのは、十月二十九日の午後十一時四十分ごろだったそうだ。現場近くに住む五十代の男性が凄まじい衝突音を聞いて、すぐ家の外に飛び出したらしい。それで、ただちに一一九番したんだよ」

二階堂が剣持に言った。

「救急車が現場に到着したのは？」

「資料にも記されてるが、およそ七分後だった。レスキュー車と消防車が駆けつけたんだ。しかし、救急隊員がレクサスの車内を覗いたときにはもう春名勝利と三雲すみれは心肺停止状態に陥ってた。二人は杉並区内の救急病院に搬送されたんだが、蘇生することはなかった」

「死因は？」

「鑑識写真を見ただけではわからないんだが、二人の被害者の頸骨は折れてた。その損傷による呼吸不全だったんだ」

「麻酔液は判明したんでしょ？」

剣持は理事官に問いかけた。

「全身麻酔薬のチオペンタール・ナトリウム溶液を注射されたんだよ、二人とも指の股にね。検視を代行した所轄署のベテラン刑事はそれを見落としてしまったんだが、東京都監察医務院の解剖医はすぐに注射痕に気づいた」

「さすがだな」

「そうだね。春名勝利と三雲すみれは別々の場所で麻酔注射をうたれて意識が混濁してから、レクサスのシートに坐らされたんだろう」

「犯人はそうしてから、現場まで春名の車を押していったんでしょうね。その後、ブレーキペダルに重いコンクリート片を置き、イグニッションキーを捻った。ギアをDレンジに入れ、コンクリート片をいったんアクセルペダルの上に置いてから手早く紐を引き手繰ったんでしょう」

「きみの推測は当たってると思うよ。事故車の運転席側のドアフレームとドアの内側の下部に微量ながら、コンクリートの破片が付着してたんだ」

「それなら、そうしたトリックで事故に見せかけようとしたにちがいありませんよ。しかし、危ない偽装工作だな。一瞬でも遅れたら、犯人は暴走しだしたレクサスに引き摺（ず）られる恐れがあったわけですから」

「そうだね。手の込んだ細工をした犯人（ホシ）は、ただのアウトロージゃなさそうだな」

鏡課長が剣持を見ながら、話に加わった。

「軍事訓練か、何か特殊訓練を受けた人間が犯行（ヤマ）を踏んだのかもしれません。暴走しかけたレクサスから敏捷（びんしょう）に離れるのは難しいでしょう？」

「そうだろうね。並の人間は、そんなことは簡単にできやしない」

「付近の路面に犯人の遺留品（リュウ）はなかったんですか？」

「なかったそうだよ、何もね。それから、加害者の血痕も見られなかったというから、無傷だったんだろう」

「事件当夜の目撃情報は第二期捜査に入ってからも、まるで得られてないんですか？」

「残念ながら、そうなんだよ。事故そのものを目撃した者はひとりもいなかったし、不審者の目撃情報も得られてないんだ」

「初動捜査の段階で当然、現場付近の防犯カメラの映像の解析はしてますよね？」

「もちろんだよ。しかし、何も手がかりは得られなかった。四係と所轄署の刑事が地取りを重ねたんだが、徒労に終わった。第二期捜査に投入した六係の連中が再聞き込みをしてるんだが、有力な情報はまだ入手してないんだ」

「厄介な事件なのかもしれませんね。ちょっと捜査資料を読ませてください」

剣持は鏡捜査一課長に断って、水色のファイルを手前に引き寄せた。

チームメンバーの三人は、おのおの熱心に捜査資料の頁を繰っている。剣持もプリントアウトされた文字を目で追いはじめた。

春名勝利は富山県出身だった。地元の県立高校から現役で東大に合格し、経済学部四年生のときに国家公務員総合職試験（旧I種）に通った。

卒業した年に旧厚生省に入り、保険局に配属された。わずか数年で企画官になり、順調に室長に昇格した。その二年後に薬務（現医薬・生活衛生）局に異動になり、三十代の後半に経済課の次長に就いた。

旧薬務局経済課は、製薬会社との薬価交渉に当たっているセクションだ。薬品メーカー力関係で言えば、役所側のほうが強い。薬価がわずか数十円違っても、薬品メーカーの売上高は大きく変わってくる。

新薬が認可されると、どの製薬会社も旧薬務局経済課と薬価の交渉を開始する。薬品メーカーは新薬の開発に長い年月と莫大な研究費を注ぎ込んでいるから、少しでも高い薬価をつけたい。それに対して、厚労省は薬価基準制度を基本ベースにし、価格を抑えようとする。医療費が嵩むことを恐れ、薬価を下げたいのだ。

大手製薬会社には、旧厚生省のエリート官僚たちが何人も再就職している。会社はそうしたOBを後輩の役人に働きかけさせ、有利な薬価にさせている。昔から担当役人の接待は行われてきた。

以前は経済課の担当者を一流料亭や高級クラブでもてなし、ベッドパートナーを与えて、止めに札束を渡すという接待の仕方が多かった。

だが、そうした癒着は発覚しやすい。最近は製薬会社が勉強会という名目で、たびたび懇親会を開く。その集まりで厚労省の役人に何か喋らせて、一回四、五十万円の〝講演料〟を払う。課長や次長になると、その倍額の謝礼を貰っているようだ。

そのことを裏付けるように、春名は次長になった二年後に公務員住宅から世田谷区用賀の高級建売住宅に転居している。

経済課の課長になった翌年には銀座のクラブで働いていたホステスを愛人にし、彼女の手当を大手製薬会社四社に肩代わりさせていたようだ。薬務局は組織改編で、医薬・生活衛生局になった。春名は同局局長になって間もなく、別荘とゴルフ会員権を手に入れている。癒着している薬品会社にねだって、無償で貰ったにちがいない。

退官するまでに春名は、何人かのライバル官僚を汚い手で蹴落としてきたようだ。また退官後は厚労省所轄の独立行政法人を渡り歩き、出入りの納入業者から賄賂を受け取っていた疑いがあるらしい。

キャバクラ嬢だった三雲すみれは千葉県生まれで、デザイン専門学校を出てから短い間、アパレルメーカーに勤務していた。しかし、職場の人間関係がうまくいかなかったらしく、その後、水商売の世界に飛び込んだ。

歌舞伎町のキャバクラ『シャングリラ』に入ったのは、ちょうど二年前だ。キュートな容姿と明るい性格で店の売れっ子キャバクラ嬢になり、女擦れしていない独身男性たち三人を手玉に取っていた。

「キャリア官僚だった春名は大手製薬会社から賄賂を貰いまくって、天下り先の備品納入業者からも金品をせしめてやがったんじゃねえか」

徳丸が剣持に顔を向けてきた。

「そうだったでしょうね。キャバ嬢だった三雲すみれも、純情な客たちに甘いことを言ってたんだろうな」

「すみれは、悪女だったんだと思うぜ。狡い生き方をしてたにちがいねえ二人が事故を装って殺られたことは間違いないんだろう。ま、自業自得だな」

「徳丸さんの言う通りなんですが、殺人犯を捜さないわけにはいかないでしょ？　日本は一応、法治国家ですので」

「そうなんだが、なんか複雑な気持ちになるよな。人殺しはよくねえけど、死んだ二人は悪人だったんだろうからさ」

「自分も、似たような気持ちっすよ。春名勝利も三雲すみれも他人を踏み台にして要領よく立ち回ってきたんだろうし、騙したりもしてたんでしょう」

　城戸が徳丸に同調した。すると、梨乃がどちらにともなく言った。

「確かに二人の被害者に好感は持てませんけど、命を奪われてしまったんですよ。わたしたちの立場としては、加害者を大目に見るわけにはいかないでしょ？」

「でもさ、どっちも厭な人間だったんだろう」

「城戸さん、少し冷静になって。仮に被疑者に同情の余地があったとしても、罪は罪でしょう？」

「そうなんだけど、自分らも人の子じゃないか。血も涙もある」

「わたしたちの仕事は、センチメンタリズムに陥ってはいけないんじゃない？」

「梨乃ちゃんは冷徹なんだな」

「だって、わたしたちの職務は罪を暴くことなんですよ。どんな理由や動機があったとしても、人間が勝手に他者の命を奪うなんてことは赦されないわ」

「その正論にケチをつける気はないけど、なんか捜査に熱心になれないような気持ちなんだよな」

「城戸、感傷に流されるな。おれたちは、あらゆる犯罪を憎むべきだよ。加害者側に同情の余地があったとしても、捜査に手心を加えてはいけないんだ」

剣持は言い諭した。

「でも、刑事はロボットじゃないっすよ」

「人間なら、情に絆されることもある。でもな、おれたちは刑事なんだ。犯罪は憎むべきだよ。おれたちは別に人を裁いてるわけじゃない。それは裁判官たちの仕事だ。愚直なまでに犯罪を憎み、それを少しでも減らそうと努める。おれたちは、それだけを考えてればいいんじゃないのか。事件の背景を知ることは意義があるが、刑事は個人的な感情で被害者や加害者のどちらか一方に加担すべきじゃないだろう」

「主任の言った通りですよ」

梨乃が城戸と徳丸の顔を等分に見た。剣持は、つい偉そうなことを口走ってしまったことを悔んでいた。

「いろんな考え方があってもいいと思うね。しかし、剣持君が言ったことは間違ってはいないな」

鏡警視正が口を開いた。

剣持は面映(おもはゆ)かった。できることなら、会議室から逃げ出したかった。

「課長、徳丸、城戸の両君が捜査の手を緩めるわけありませんよ」

二階堂が執(と)り成(な)すように言った。

「そうだろうね。四人とも刑事魂(デカだましい)は持ってるからな」

「捜査資料をじっくり読み込んでもらって、ただちに極秘捜査に取りかかってもらいましょう」

「そうしてもらおう。理事官から、今回の捜査費を渡してあげてくれないか」

鏡課長が促した。二階堂が横の椅子に置いた茶色い蛇腹(じゃばら)封筒を持ち上げ、卓上に置いた。

「前回と同じように二百万円の現金が入ってる。例によって、領収書は必要ない。情報を金で買っても差し支えはないよ。捜査費が足りなくなったら、いつでも申し出てくれないか。すぐに補充する」

「わかりました。お預かりします」

剣持は、押し出された蛇腹封筒に両手を添えた。

4

捜査資料を読み終えた。

二度目だった。剣持は紫煙をくゆらせはじめた。会議室だ。

鏡と二階堂が本庁舎に戻ったのは、三十数分前だった。三人の部下はテーブルの向こう側に移動していた。梨乃は、徳丸と城戸に挟まれる形だった。

「やっぱり、春名は救いようのないエゴイストだったみてえだな」

徳丸が吐き捨てるように言って、水色のファイルを閉じた。

「同期の根深賢一(ねぶかけんいち)に先を越されることを恐れて、旧薬務局経済課課長時代に春名がブラックジャーナリストを使い、職場に怪文書を流させたことを言ってるんですね？　徳丸(トク)さんは、そのことが汚すぎると思ってるんだろうな」

「そう。剣持ちゃんだって、そう思うだろうが？　新薬の許認可審査を担当してたライバルの根深賢一が製薬会社から高額な賄賂を受け取ってたなんて話はまったくのデマだったわけだから。優秀な根深が自分よりも早く局長や審議官になったんじゃ困るんで、春名はライバルを出世レースから蹴落としたんだよ」

「それは間違いないんでしょう。しかも、春名勝利はライバルの根深賢一が中堅薬品メーカーに合成麻薬を作らせて、闇社会に流してるなんて中傷もしたようです」

「デマや中傷とわかってても、根深のイメージは悪くなる。現に怪文書が出回った翌年、根深は降格されてるよな」

「ええ、そうですね。根深賢一は四十三歳のときに依願退職して、自宅で損害保険の代理店をやるようになった」

「東大法学部出のキャリア官僚だったんだから、デマさえ流されてなければ……」

「春名よりも早く局長か、事務次官になってたでしょうね」

「その可能性はあっただろうな。けど、根深は悪いイメージを持たれて格下げになった。デマを飛ばされてなかったら、厚労省所管の独立行政法人に天下れただろうし、民間会社に好条件で迎えられたにちがいねえよ」

「しかし、そうはならなかった。根深は職場に居づらくなって、自宅をオフィスにして損保の代理業務で細々と喰わなきゃならなかったんでしょう」

剣持は言った。

「根深は、春名に人生を台なしにされたと言ってもいいよな」

「徳丸さんは、根深賢一が春名の死に関与してるかもしれないと思ってるの？」

「そうなんだが、おれの筋読みはどうだい？」

「根深が依願退職したのは十五年も前です。春名に対しては好感情は持ってなかったでしょうが、そんなに何年も恨みを懐きつづけられますか。自分を陥れた春名を憎んでたとしたら、もっと早く亡き者にしそうだな」

「そうしたら、根深は警察に怪しまれるじゃねえか。だから、殺意をずっと眠らせてたんじゃねえの」

「徳丸さんの推測にはうなずけないな」

「どうして？」

「歳月が流れれば、人の心も変わるものです。根深は退官した当時は、本気で春名勝利を抹殺してやりたいと思ってたかもしれません」

「けど、十五年も経ってる。憎悪や恨みも次第に薄れて、いまさら春名を葬りたいとは思わなくなってるはずだってことだな？」

「ええ、そうです。少なくとも、根深は春名殺しの実行犯ではないでしょう。事件当夜のアリバイは裏付けが取れてますんでね」

「根深が第三者に春名を始末してもらったのかもしれねえぜ」

徳丸が背凭れに寄りかかって、ハイライトをくわえた。そのとき、城戸が口を開いた。

「自分は、春名の元愛人の夏木由美、四十二歳が疑わしい気がするっすね」

「その根拠は？」

剣持は訊いた。

「夏木由美は、銀座の高級クラブで働いてた二十七歳のときに春名に囲われてます。愛人の手当は大手製薬会社四社がずっと肩代わりしてきたわけっすけど、要するに由美は四十一まで愛人だったんですよ。なのに、一方的に春名に別れ話を切り出され、たったの百万円しか手切れ金を貰えなかった」

「だから？」

「愛人と別れたいなら、パトロンは相手が小さな商売をやれるぐらいの手切れ金は渡すべきでしょ？　わずか百万じゃ、何もできない」

「そうなんだが、夏木由美に何か落ち度があったのかもしれないぞ。たとえば、若い男と浮気をしてしまったとかな。そうだったとしたら、たくさん手切れ金を渡す気にはならないんじゃないか」

「そうでしょうね。愛人が年下の奴と浮気したと知ったら、春名は一円も出さないと思うっすよ。由美に特に非なんかなかったけど、春名は若い別の女性に心を奪われたんじゃないのかな」

「で、四十を過ぎた夏木由美を棄てる気になったんだろうか」

「そうなんじゃないっすかね。十四年も馴染んできた愛人だから、せめて引っ越し代ぐらいは渡してやらないとと考えたんじゃないかな」

「由美は春名と切れて広尾のマンションから千駄木のワンルームマンションに転居して、ホステス時代の仲間がやってる割烹で仲居として働いてるんだったな」

「そうっす。その店の女将は由美より三つ年下で、昔は後輩のホステスだったんですよね。そんな相手に頭を下げて雇ってもらったみたいだから、屈辱感を味わわされたはずっすよ」

「それは考えられるな」

「惨めな思いをさせられたのは、パトロンが充分な手切れ金をくれなかったせいだと由美が春名を恨みたくなっても不思議じゃないでしょ？」

「資料によると、夏木由美のアリバイも立証されてる」

「ええ。でも、由美が誰かに春名を殺ってもらったのかもしれないっすよ」

「由美は家賃の安いワンルームマンションに移って、割烹で仲居として地道に働いてるんだ。殺しの成功報酬なんか工面できないだろ？」

「金は数十万円しか渡せなかったかもしれないっすね。しかし、由美は熟れた四十女なんでしょう。肉体を提供すれば、殺人を請け負ってくれる野郎がいたんじゃないっすか？」

城戸が言葉を切って、横に坐った梨乃に話しかけた。

「梨乃ちゃんは、どう筋を読んだ？」

「根深賢一か夏木由美が第三者に春名勝利を殺害させた可能性は、確かにゼロじゃないと思うわ。でも、キャリア官僚だった男は二十二歳のキャバ嬢と一緒に殺されてるんですよ」

「そうだね」

「これまでの捜査で、二人の被害者(マルガイ)にはまったく接点がないことがわかりました。それだけじゃなく、根深と由美は三雲すみれとは一面識もないことが明らかになっています」

「そうなんだが、聞き込みが甘かったんじゃないのかな」

「本当は根深と由美の二人には、三雲すみれと接点があったかもしれない？　城戸さんは、そう思ってるのね」

梨乃が確かめた。

「ダイレクトな接点はなかったんだろうな。だけど、間接的な接点はあったんじゃないのか」

「それで、根深か夏木由美が第三者を使って春名とすみれを殺害させた？」

「自分は、由美が臭いと思ってるんだ。根深が早期退職したのは十五年も前だからね」

「城戸、自信たっぷりじゃねえか」

徳丸が眉根を寄せた。

「そういうわけじゃないっすよ」

「生意気な口を利くんじゃねえ」

「徳丸さん、いきり立たないでください」

剣持は年上の部下をやんわりと諫めた。

「おれの筋読みが外れてるかどうか、まだわからねえぜ。城戸は夏木由美を怪しんでるが、おれは春名の元愛人はシロだと思ってる」

「そう」

「春名から百万しか手切れ金を貰えなかったことでは腹を立ててただろうが、去っていったパトロンを誰かに殺らせようと思ったりしねえさ。女は順応性があるから、終わってしまったことにはいつまでも拘泥したりしねえよ」

「雨宮、そっちはどう筋を読んでる？」

剣持は梨乃に問いかけた。

「被害者たちに接点がないので、まだ筋の読みようがありませんね。でも、二人には間接的な繋(つな)がりはあったんでしょう。そうじゃないとしたら……」

「言いかけたことを喋ってくれ」

「それぞれが誰かにひどく恨まれていて、殺人を請け負った加害者が一緒に春名勝利と三雲すみれを事故を装い、始末したのかもしれませんよ」

「そうすれば、捜査当局を混乱させることはできるだろうな」

「ええ、被害者(マルガイ)たちにはダイレクトな接点はないわけですから」

「そういう推測もできるな」

「レクサスが橋脚に激突しても、エアバッグは膨らまなかったんですよね。犯人は事前にコンピュータに細工をして、作動しないようにしてたと思われます」

「エアバッグに穴は開けられてなかったと資料には書かれてたから、おそらく犯人が送風装置に何か細工を施(ほどこ)したんだろうな」

「そうしたことを考えると、頭脳プレイもできる新しいタイプの殺し屋(プロ)がどこかにいるのかもしれません」

梨乃が呟いた。

「春名と三雲すみれをこの世から消したいと願ってた二人の依頼人が、新タイプの殺し屋を雇ったんだろうか」

「まだ根拠はありませんけど、考えられないことではないと思います。主任の意見を聞かせてください」

「突飛(とっぴ)な発想だが、まるでリアリティーがないわけじゃないだろう。最近は殺人の手口も多様化してるし、意外な人物が実行犯だったりするケースが増えてるからな」

剣持は言った。

「捜査資料によると、春名勝利は大手製薬会社四社と不適切な関係を長年にわたって保ち、それぞれの会社にいろいろ便宜を図ってたようです」

「贈賄の事実を認めた薬品メーカーは一社もないが、癒着してたことは間違いないだろう。双方は持ちつ持たれつの関係だったはずだから、春名が大手製薬会社のどこかに恨まれてたとは考えにくいな」

「ええ、わたしもそう思います。ただ、春名は準大手や中小の製薬会社とも同じように接してたのかしら？　相手は大手と違って、不利な立場にあります」

「確かに、そうだな。春名は相手が弱い立場であることを知ってて、新薬の許認可を早めてやるとか、希望の薬価でまとめてやると言ってたとしたら、相手方は接待攻勢をかけるだろう」

「ええ。ただですね、春名が本気で準大手や中小のメーカーに便宜を図る気でいたかどうかは疑問です。そんなことをしたら、厚労省の役人たちだけではなく、製薬業界の人間にも汚職を疑われると思うんですよ」

「だろうな。雨宮は伊達に捜二の知能犯係をやってたわけじゃないな。おれは、そこまで考えが回らなかったよ。春名が、おいしい話で準大手や中小薬品メーカーから金品を吸い上げてた疑いもあるな。何年も遣らずぶったくりをやってたとしたら、騙された会社は春名に腹を立ててるにちがいない」

「そういう事実があったら、春名に巧みに騙された準大手か中小メーカーが殺し屋を雇ったとも考えられますね」

梨乃が剣持の顔を直視した。

「そうだな。春名が殺された理由はそうだったと仮定してみよう。では、なぜ三雲すみれは殺られることになったのか。雨宮は、どんなふうに推測してるんだ？」

「捜査資料によると、殺されたキャバ嬢は同棲してた売れないロック・ミュージシャンの浦上優太、三十二歳にぞっこんだったみたいですよね」

「十歳年上だが、浦上はイケメンで若く見える。大手レコード会社から八年前にシングルのＣＤを二枚出してるんで、インディーズ系のアーティストとは違う」

「一応、メジャーデビューしてますからね。その後、レコード会社と所属プロダクションに契約を更新してもらえなかったけど、芸能人の端くれです。そんな彼氏と同棲してることが三雲すみれには誇らしかったんでしょう」

「それだから、すみれは勤めてるキャバクラのキャバ嬢仲間や客たちに浦上優太と一緒に暮らしてることを言い触らしてたんじゃないのかな」

城戸が梨乃の語尾に言葉を被せた。

「キャバ嬢が自分を指名してくれた客たちに彼氏のことなんか喋らないでしょ？　お気に入りのキャバ嬢に同棲してる男性がいると知ったら、どの客も興醒めして二度と指名はしなくなるはずよ」

「そうか、そうだろうな。でも、すみれはキャバ嬢仲間には浦上優太と生活してることを自慢してたんだろう。だけど、浦上は三雲すみれをうまく利用してるだけで、本気でつき合ってるわけじゃなかったんだろうな」

「それで、浦上優太はすみれの存在がうざったくなったと城戸さんは思ってるのね？」

「浦上は資産家のひとり娘をナンパして、そっちに乗り換える気になったんじゃないのか。その令嬢と結婚したら、妻の実家の財力で音楽業界で頭角を現わすこともできるかもしれないよな？」

「浦上は自分の野望のため、邪魔になった三雲すみれの始末を悪知恵の発達した殺し屋に頼んだのではないかってことね」

「そう。梨乃ちゃんはどう思う？」

「お金持ちの令嬢がパッとしないロック・ミュージシャンに口説かれたとしても、将来性のない男と結婚したいと思うかしら？　親が成功者なら、娘も相手に将来性があるかどうか厳しくチェックするんじゃないのかな」

「逆なんじゃないのか。なんの苦労も知らずに大きくなった令嬢は好きになった男に無条件でのめり込んで、何がなんでも結婚したいと思うんじゃないかな」

「いまどきそういう一途な娘なんかいないでしょ？」

　梨乃が言った。城戸は何か言いかけたが、言葉を呑んだ。

「すみれは、女擦れしてない独身の客たちを何人も手玉に取ってたみてえじゃねえか」

　徳丸が誰にともなく言った。最初に応じたのは梨乃だった。

「実はわたしも、三雲すみれにカモにされてた客が気になってたんですよ」

「すみれをいつも指名してた客のうち、おれは鷲塚亮介って奴が気になってたんだ。三十六歳で、建材メーカーの健康保険組合の事務局で働いてる。給料はそれほど高いとは思えねえし、親兄弟もそれほど豊かではなさそうだ。それなのに、なぜ毎晩のように『シャングリラ』に通えたのかね。そいつが不思議だな」

「わたしも、徳丸さんと同じようにそういう素朴な疑問を持ちました。鷲塚亮介は、社会人になってから少しずつ貯えてきたお金を散財してたのかな。すみれに気があるようなことを甘く囁(ささや)かれて、彼女の虜(とりこ)になったのかもしれません」

「それで最近、鷲塚はすみれにカモられてることを知って、愛しさが憎しみに変わったとも考えられるな。気がついたら、貯金は底をつきかけてたんで、頭に血が昇ってた。てめえで三雲すみれを殺(や)ろうと思ったのかもしれねえが、それを実行するだけの度胸はなかった」

「キャバ嬢の甘い言葉に惑わされるような純情男は、人なんか殺せないでしょうね」

「だと思うよ。で、鷲塚亮介はネットの裏サイトで見つけた殺人代行屋に自分の心を弄(もてあそ)んだキャバ嬢を殺してくれと頼んだんじゃねえのかな。春名に巧みに金品を吸い上げられた準大手か、中小の製薬会社が同じ殺し屋にキャリア官僚だった男を片づけさせた。そう考えりゃ、二人の被害者(マルガイ)に接点がなかったことの説明がつく。剣持ちゃん、そうだよな？」

「徳丸(トク)さんの推測がどうだということじゃないんですが、被害者(マルガイ)の周辺の人間をひと通り洗い直してみましょうよ。何か聞き逃したことがあるかもしれないので」

「主任の剣持ちゃんがそう考えてるんだったら、そうすべきだろうな。おれたち三人は部下なんだから、リーダーの方針に従うよ」

「徳丸さんと城戸には、春名勝利の妻にまず会ってもらいたいな」

「あいよ。週刊誌の特約記者に化けて、春名麗子、五十四歳に会ってみらあ」

「よろしく！　それで夫人から、亡夫が準大手か中小の製薬会社の関係者としばしば会ってたかどうか探りを入れてくれますか」

「ああ、わかった。どこかの薬品メーカーと癒着してることがわかったら、その会社の関係者に探りを入れてみらあ」

「春名がどの会社も騙してないようだったら、元愛人の夏木由美と接触してみてほしいんです」

「了解！」

「おれと雨宮は、最初に根深賢一の自宅兼オフィスを訪ねる。それで、『シャングリラ』の店長やホステスたちに聞き込みを重ねてみますよ。有力な手がかりを入手したら、すぐに連絡を取り合いましょう」

「ああ、わかった」

「いま、軍資金を配ります」

剣持は蛇腹封筒から二束の札束を取り出し、三人の仲間に五十万円ずつ手渡した。残った捜査費を自分の札入れに収める。

四人は相前後して、椅子から立ち上がった。

第二章　哀れな獲物たち

1

損保代理店の看板は小さかった。

根深賢一の自宅兼事務所は、世田谷区若林(わかばやし)二丁目の外れにあった。環七(かんなな)から少し奥に入った裏通りだ。

「車を根深宅の数軒先に停めてくれ」

剣持は助手席で、ハンドルを捌(さば)いている梨乃に指示した。間もなく午後三時になる。

相棒の美人巡査長が灰色のプリウスを民家の生垣(いけがき)に寄せた。『桜田企画』名義の車だ。

もう一台の黒いスカイラインは、徳丸・城戸コンビが使っていた。

警察車輛のナンバーの頭には、たいてい、さ行かな行の平仮名が冠されている。無線のアンテナも隠しようがなかった。そんなことでは、極秘捜査はできない。

剣持たちのチームはペーパーカンパニー名義の車か、レンタカーを使用していた。聞き込みの際も、民間人を装うことが多い。やむを得ない場合は警察手帳を短く呈示している。

梨乃が車のエンジンを切った。

「おれたちはフリーの犯罪ジャーナリストになりすまそう。雨宮はおれの助手って触れ込みにするから、そのつもりでな」

剣持は先にプリウスを降りた。

寒い。思わず身を縮める。梨乃が運転席から出てきた。

二人は四、五十メートル歩いて、根深宅の前に立った。右手に二階建ての自宅があり、左手の内庭にプレハブ造りの事務所が建っている。門扉は開いていた。

剣持は相棒を目顔で促し、先に根深宅の敷地に足を踏み入れた。梨乃が従いてくる。

剣持はプレハブ造りの事務所に歩み寄り、ドアをノックした。

すぐに男の声で応答があった。

「どちらさまでしょう？」

「フリーの犯罪ジャーナリストなんですが、根深賢一さんですね？」

「はい、そうです」

「十月二十九日の事件の件で、取材させてほしいんですよ。あなたは春名勝利さんと同じ年に旧厚生省に入られて、ともに出世街道を歩まれてました」

「何も話すことはありません」

「杉並署に設けられた捜査本部は、あなたを容疑者と特定しかけてるようですよ。そういう情報をキャッチしたんです」

剣持は際(きわ)どい嘘をついた。さすがに幾分、後ろめたかった。

「そ、そんなばかな⁉」

「わたし個人は、あなたはシロと見てます。しかし、春名さんをキャバ嬢と一緒に殺害した犯人がまだ透けてこないんですよ」

「わたしは事件には一切、タッチしてません！」

「そうなんでしょう。しかし、このままでは警察は根深さんに任意同行を求めることになると思うな」

「警察の事情聴取には正直に答えたし、わたしのアリバイも立証されたはずです。それなのに、どうしていまごろ疑われることになったんだろう？」

「どうも警察は、あなたが第三者に春名さんを事故に見せかけて殺させたという見方をしてるみたいだな」

「わたしは、絶対にそんなことはさせてないっ」

根深が腹立たしげに言った。

「あなたは潔白だと確信してますが、殺人教唆の嫌疑がかかってることは間違いないようです」

「わたしは、どうすればいいんだ⁉」

「取材に協力していただければ、真犯人を割り出せるかもしれません。わたしは捜査一課に知り合いがたくさんいるんですよ。根深さんのお力になれると思います。少し時間を割いていただけませんかね」

剣持は言って、梨乃と顔を見合わせた。梨乃が複雑な笑い方をした。

根深に嘘をついたわけだが、むろん悪意はなかった。事件の真相に迫るための方便だ。もちろん、フェアなやり方ではない。

ややあって、事務所のドアが開けられた。

「根深です」

「フリーの犯罪ジャーナリストの香月一成です。連れは助手の湯浅玲実といいます」

剣持は偽名を告げ、偽名刺を根深に差し出した。氏名と住所はでたらめだったが、スマートフォンの番号は自分のものだ。

「どうぞお入りください」

根深が剣持たち二人を事務所に請じ入れた。十畳ほどの広さだった。

出入口のそばにコンパクトなソファセットが置かれ、奥にスチールのデスクが見える。キャビネットもあった。

剣持と梨乃は並んでソファに腰かけた。根深が剣持の前に坐る。厚手のカーディガンをウールシャツの上に着込んでいるからか、元キャリア官僚のシャープさはうかがえなかった。

「早速ですが、本題に入らせてもらいます。捜査本部は、根深さんが春名さんにデマを流されて辞表を書かざるを得なくなったことをずっと恨んでたと見たようなんですよ」

「春名の奴が、わたしを中傷したことは事実です。その証拠も押さえましたんでね。だけど、わたしが製薬会社から賄賂を貰って新薬の許認可を早めてやったなんて話は事実無根です。ほかの中傷も嘘っぱちですよ」

「それなら、退職する必要はなかったと思うんですがね」

「できれば、退官なんかしたくなかったですよ。しかし、公務員は誰も同じでしょうが、悪い噂が流れただけで、前途を閉ざされてしまうんです。降格されたのは屈辱でした。

一応、有資格者（キャリア）だったんでね。それなりのプライドはありました。理不尽な扱いを受けたのに、職場に留（とど）まるのは惨めすぎると思ったんですよ」

「それで、損保の代理店をおやりになることにしたわけか」

「ええ、そうです。たいして稼げるわけではありませんが、いまの仕事には満足しています。世間的な尺度でいえば、春名が勝者で、わたしが敗者ということになるのでしょうがね」

「春名勝利さんは旧薬務局経済課次長のころから大手製薬会社四社の希望薬価を通すよう根回しをして、各社から多額の〝講演料〟を貰ってたんでしょ？」

「そこまで調べられていましたか。それは事実です。春名はそうした汚れた金で一億円を超える高級建売住宅を購入し、別荘やゴルフ会員権も手に入れたんです。そのことは、わたしの昔の部下が証拠を押さえています。春名は課長になってから間もなく、愛人を囲ったんですよ」

「その愛人というのは、銀座の高級クラブで働いてた夏木由美さんのことでしょう？」

剣持は訊いた。

「そうです。春名は、癒着してた大手四社に愛人のマンションの家賃と月々の手当を負担させてたんですよ。自分の飲食代も、その四社に付け回してたにちがいありません」

「多分、そうなんでしょうね。春名さんは準大手や中小の薬品メーカーにも便宜を図ってやると言って、さんざん甘い汁を吸ってたそうじゃないですか」

「準大手のグロリア薬品は別荘を買わされたみたいですよ」

「その情報は、かつての部下の方たちから得たんですか？」

　梨乃が話に加わった。

「ええ、そうです。中小のメーカーも春名のスーツの仕立て代や海外旅行の費用をせびられたようだが、まるで便宜は図ってもらえなかったはずです」

「グロリア薬品はどうなんでしょう？」

「春名が課長のころは、新薬の値段は希望通りになってましたね。しかし、あの男が局長になってからは部下に根回しをしといてやると空約束するだけで、グロリア薬品の希望価格よりずっと安くされつづけてたようだな」

「大手四社の薬価はどうだったんでしょう？」

「春名は、四社の希望は局長になっても通してたにちがいありません。ずぶずぶの関係でしたからね」

　根深が口を結んだ。剣持は梨乃を手で制して、先に喋った。

「グロリア薬品が春名さんに腹を立て、殺し屋を雇ったとは考えられませんか？」

「それは考えられないでしょうね。そこそこ名のある製薬会社が殺し屋を雇ったなんてことが発覚したら、社会的な信用を失って倒産に追い込まれてしまうかもしれません」

「ええ。話をちょっと戻しますが、春名さんは根深さんのほかにも、ライバルたちを何人か卑劣な手段で蹴落としてきたんではありませんか？」

「わたしのほかに二人の先輩キャリアが春名にイメージをダウンさせられましたね。ひとりは春名がよく知ってる水商売の女の色仕掛けに引っかかって、情事の音声をICレコーダーに録音されてしまったんですよ」

「その女は、春名さんとつるんでた？」

「そうなんですよ。その先輩は結婚していたのですが、とても生真面目（きまじめ）な人間だったんです。セクシーな美女に言い寄られたんで、ついホテルに行っちゃったんだろうな」

「春名さんは、情事の睦言（むつごと）を職場の部下たちや関連企業の連中に聴かせたんですか？」

「いや、そうではありません。淫らな音声をダビングして、事務次官、審議官、各局長の公舎や自宅に匿名で郵送したんですよ」

「偉いさんたちは罠に嵌（は）められたキャリアの私生活に乱れがあると判断して、次の人事異動で、その方は閑職に……」

「その通りです。その先輩はショックを受けて、依願退職してしまいました。いまは秋田の山奥で、仙人みたいな暮らしをしてるそうです。俗世間に厭気がさしたんでしょうね」

根深が溜息混じりに言った。

「もうひとりの方は？」

「その先輩は役所のマル秘データを民間企業に洩らしたというデマを春名に流されたんで、省内の要注意人物になってしまったんですよ。キャリア仲間も遠ざかる始末でした」

「あくまでデマだったんですよね？」

「ええ」

「いま、その方は？」

「もうこの世にはいません。旧厚生省を辞めると、奥さんに離縁を迫られたんですよ。先輩は妻子に去られて一年も経たないうちに、鉄道自殺を遂げてしまいました」

「気の毒な話だな」

剣持は口を閉じた。

会話が途切れた。梨乃が短い沈黙を先に破った。

「春名さんが十四年もつき合っていた愛人と別れたのは、新しい彼女ができたからなんでしょ？」

「そのあたりのことはわかりません。しかし、春名は女癖が悪かったんですよ。課長のころに部下の女性に手をつけてましたし、ホステスたちとも浮名を流してました」

「被害者に心と体を弄(もてあそ)ばれた女性が凶行に及んだんでしょうかね。いや、それはあり得ないだろうな」

「くどいようですが、わたしは潔白です。天地神明に誓って、春名の事件には関わっていません」

根深が昂然と言った。これ以上粘っても、収穫は得られないだろう。剣持はそう判断して、辞去することにした。

二人は根深に礼を述べ、プレハブ造りの事務所を出た。剣持は路上に出てから、梨乃に小声で話しかけた。

「そっちの心証は？」

「根深さんの表情や目の動きをずっと観察してましたけど、後ろめたさは感じ取れませんでしたね。何かを糊塗(こと)しようとしてる気配はうかがえませんでしたよ。シロでしょうね」

「おれも、そういう心証を得たよ。準大手のグロリア薬品は春名が局長になってからも、ずっと金品をたかられてたようだな」

「根深さんは、そう言ってましたね」

「それが事実なら、グロリア薬品は後半、春名に騙されたことになるよな。金品を毟られるだけで、希望の薬価にはしてもらえなかったわけだから」

「そうなんですけど、グロリア薬品は業界五位の製薬会社ですよね」

「根深氏が言ってたように、グロリア薬品が春名勝利の殺害に関与してるとは思えないか？」

「ええ」

「少しは知られた会社が殺し屋を雇うとは常識では考えられないか。だが、いまは常識や通念では測りきれない出来事が次々に起きてる。大手製紙会社の何代目かの社長が会社の金を勝手に引き出して、数十億円もカジノに注ぎ込んでた」

「そんなことがありましたね」

「もっと古い話だが、老舗鉛筆メーカーの三代目社長が愛人ともども覚醒剤中毒になって逮捕られた。なんでもありの時代だから、春名にさんざん利用されたグロリア薬品が殺し屋を雇った可能性はゼロじゃないと思うがな」

「そうなんでしょうか」

「なんでも疑ってみるのが捜査の基本だよ。おれは総会屋に化けて、グロリア薬品の重役に鎌をかけてみる。グロリア薬品の本社は、八丁堀(はっちょうぼり)にあったと思うが……」

「八丁堀二丁目にあるはずです。グロリア薬品の本社に向かいます」

梨乃が語尾とともに走りだし、先にプリウスの運転席に乗り込んだ。

剣持は大股で進み、助手席に腰を沈めた。

ドアを閉めたとき、刑事用携帯電話(ポリスモード)がレザーコートの内ポケットで鳴った。ポリスモードを摑み出し、ディスプレイに目をやる。発信者は徳丸だった。

「ちょっと前に用賀の春名の家(ヤサ)を出たところなんだ。高級建売住宅とは聞いてたが、ちょっとした豪邸だったぜ。春名は製薬会社から、多大な〝講演料〟をせしめてたんだろうな」

「徳(トク)丸さん、春名麗子には会えたの？」

「ああ、奥さんは家にいたよ。息子と娘は勤めに出てるんで、不在だったがな。剣持ちゃん、春名は夏木由美をお払い箱にして間もなく、元テレビタレントを愛人(レコ)にしてたみてえだぜ」

「新しい愛人(レコ)のことも、奥さんは知ってたんですね？」

「そう、知ってた。芸名は忘れちまったが、本名は柏原理恵(かしわばらりえ)で、ちょうど三十歳だってよ。春名が一週間も外泊したんで、かみさんは調査会社に旦那の素行調査をさせたんだってさ」

「それで、新しい愛人(レコ)のことがわかったのか」

「そうらしいよ。春名は理恵って愛人(レコ)を代官山の高級賃貸マンションに住まわせ、家賃はグロリア薬品に払わせてた。調査会社は、そこまで調べ上げたそうだよ。おそらく愛人の手当も、グロリア薬品に負担させてたんだろうな」

「でしょうね。グロリア薬品は、春名にいいように利用されてたみたいなんですよ」

剣持はそう前置きして、根深から聞いたことを徳丸に話した。

「そんなふうに甘い汁を吸われつづけてたんなら、第三者に春名勝利を始末してもらったのはグロリア薬品かもしれねえぞ」

「徳(トク)丸さん、奥さんから新情報を引き出したんですね？」

「そうなんだ。十月上旬にヤー公っぽい二人の男が春名宅を訪ねてきて、かみさんに『グロリア薬品をあんまり泣かせると、旦那は長生きできないぜ』と脅迫したらしいんだよ」

「そんなことがあったのか。なら、グロリア薬品が殺し屋に春名勝利を片づけさせた疑いがありますね」

「ちょっと臭えよな」

「おれは総会屋に化けて、グロリア薬品の重役に鎌をかけてみようと思ってたんですよ」

「こっちも同じことを考えてたんだ。城戸とおれのコンビのほうが総会屋に見えると思うぜ。グロリア薬品の本社には、おれたちが行かあ。それで、本部事件に関わってないようだったら、夏木由美に会いに行く。剣持ちゃん、そのほうがいいだろう。城戸は、やくざにしか見えねえからな。おれたち二人が揺さぶりをかけりゃ、先方の役員はビビるはずだよ」

「そうだろうね。なら、グロリア薬品のほうは徳丸さんと城戸に任せて、おれたちは三雲すみれの関係者に会うことにします」

「了解！」

徳丸が通話を切り上げた。

剣持は相棒に状況が変わったことを伝え、行き先を変更させた。まず初めは、三雲すみれと親しくしていたキャバクラ嬢仲間の大江留衣と会うつもりだ。

2

女が泣き喚(わめ)いている。

幻聴ではない。剣持は少し緊張した。

大江留衣の自宅マンションだ。『カーサ大久保』の三〇三号室の前に立ったとき、室内から切迫した声が聞こえてきた。泣き喚いているのは部屋の主だろう。

「大江留衣が誰かに荒っぽいことをされてるみたいですね」

相棒がすぐ横で言った。剣持は青いスチールのドアに耳を押し当てた。

「痛いよ。いっぱい血が出てるんだから、もう堪忍して！」

「留衣、もっと泣けよ。ビビってんなら、小便垂れ流せや」

「そんな恥ずかしいことできないわ」

「てめえ、おれに口答えする気かよっ。上等じゃねえか。頸動脈(けいどうみゃく)を掻(か)っ切ってやらあ。血しぶきが天井まで飛ぶな」

「こ、殺さないで！　あたし、なんでもする。だ、だから、赦(ゆる)してちょうだい。あたし、まだ二十一じゃない？」

「だから、なんだってんだよっ」

男が苛立たしげに吼え、短刀か何かで留衣の素肌をぴたぴたと叩く音がした。

「もう勘弁して！　刺されたとこがすごく痛いの」

「刺したわけじゃねえだろうが！　刃物の先っちょで、おまえの肩、背中、ヒップをついただけだろうがよ。オーバーな女だぜ」

「でも、血が出てるし、痛むのよ」

「死にたくなかったら、正直に話すんだな。おまえ、店の客と一昨日、風林会館の裏のラブホに入ったよな？」

「人違いだよ。あたし、『シャングリラ』の客と寝たことなんかないもん」

「嘘つくんじゃねえ。おれの舎弟のター坊が、おまえら二人がホテルに入ったのを見てるんだっ」

「えっ⁉」

「やっぱりな。てめえ、おれをなめてやがるな」

「お客さんにしつこく誘われたんで、ラブホに仕方なく入ったのよ。でもさ、あたし、キスもさせなかった。もちろん、アレもさせなかったよ」

「そんな話を真に受けるばかがどこにいるよっ。てめえは客のナニをしゃぶって、股をおっ広げたんだろうが！　正直に言わねえと、ぶっ殺すぞ」

「週に四日も店に来てくれてる上客だから、あたし、手で……」

「擦(こす)ってやったんだな？」

「ごめん！　あたし、うーんと売上をアップさせて、あんたに早くベンツを買ってあげたかったの。でも、それだけよ。一回もキスさせなかったし、裸も見せなかったわ」

「その野郎に電話して、すぐ部屋に呼べ。短刀(ドス)でそいつのマラをちょん斬って、おまえの右手首を落としてやらあ。右手で、擦ってやったんだな？」

「う、うん」

「浮気女め！　血塗(ちまみ)れにしてやらあ」

「あっ、うーっ」

部屋の主が長く唸った。切っ先で、どこかを傷つけられたようだ。

「留衣は、つき合ってる男に痛めつけられてるようだ。下手したら、匕首(あいくち)で深く刺されそうだな。雨宮、反則技を使うぞ」

剣持は梨乃に言って、レザーコートの内ポケットからピッキング道具を抓(つま)み出した。

二本の金属棒をそっと鍵穴に挿(さ)し入れる。

すぐに金属と金属が嚙(か)み合って、内錠が外れた。ノブを少しずつ回す。

「そっちは外で見張っててくれ」

剣持は梨乃に耳打ちして、ドアを静かに半分ほど開けた。三〇三号室に忍び込み、靴を脱ぐ。

玄関ホールに接した短い廊下の先は、リビングになっている。白い格子の仕切りドアは半開きだった。間取りは１ＬＤＫのようだ。

剣持は抜き足で進み、居間に入った。左側にダイニングキッチンがある。その向こうに浴室と洗面所があるようだ。居間は薄暗かった。リビングの右手に洋室があった。寝室だろう。

剣持は足音を殺しながら、洋室に接近した。

ノブに手を掛け、少しずつ回す。剣持はドアの隙間から寝室を覗き込んだ。

ダブルベッドの上には、全裸の男女がいた。両手首を黒い革紐（かわひも）で縛られて顔を長い枕に埋（うず）めているのは、大江留衣だろう。水蜜桃を連想させる白いヒップは高く突き出されている。染（し）み一つない。

背中に昇り龍の刺青（いれずみ）を入れた二十七、八歳の男が両膝立ちでパートナーと交わり、腰を躍らせていた。その右手には、刃渡り二十五、六センチの短刀が握られている。

女の両肩、背中、尻にはところどころ血の粒が散っている。刃（やいば）の先で突かれたのだろう。

「留衣、もう二度と客とラブホに行くんじゃねえぞ」

「うん、わかった。あたしが悪かったわ」

留衣は、もう涙声ではなかった。

「そろそろ痛みが快感に変わってきたんじゃねえか。中がぬるぬるだぜ。次は千枚通しで乳房（バイオツ）と大事なところをチクチクしてやろう」

「どうせなら、溶けたろうそくを留衣の体に垂らして」

「おまえはドMだね。いたぶられると、異常なほど興奮するもんな」

「だって、いじめられると、すごく感じちゃうんだもん」

「変態だな、留衣は。おれは別にSじゃなかったんだけど、おまえのせいで真性のサディストになっちまったみてえだ」

「うふふ」

「てめえ、勝手に腰を動かすんじゃねえ。じっとしてろ！」

「無理言わないで。気持ちいいんで、自然に腰が動いちゃうのよ。ああ、たまらない！ね、迎え腰を使ってもいいでしょ？」

「まだ動くんじゃねえ」

男が叱(しか)りつけ、ダイナミックに律動(りつどう)を加えはじめた。突き、捻り、また突く。

留衣は肉のクッションになった。深く突かれるたびに、切なげに呻(うめ)いた。

「動くなって言っただろうが！」

男が凄(すご)み、匕首の先端を留衣の背中に滑らせはじめた。留衣が上半身を反(そ)らせ、ヒップをくねらせる。

「もう我慢できねえか？」

「う、うん」

「だったら、好きなように動きな」

男が左腕を結合部分に回し、敏感な突起を指で刺激しはじめた。

留衣がリズミカルに腰をうねらせる。振るだけではなかった。秘めやかな場所を圧(お)し潰すようにパートナーの股間に強く密着させた。

湿った摩擦音が寝室に拡がった。淫猥(いんわい)な音だった。

「ろうそくの雫(しずく)を垂らす前に一発抜きたくなってきたな。留衣、それでも文句ねえだろ？」

「あんたの好きにして！」

二人の動きが速くなった。野暮な真似はしたくなかったが、情交は長引きそうだった。

「お娯しみはそれぐらいにしてくれ」

剣持は大声で言って、寝室のドアを大きく開けた。

背中を彫り物で飾った男が驚きの声を洩らし、留衣から離れた。膝を落としたまま、体を反転させた。

次の瞬間、反り返った陰茎から精液が迸った。乳白色の粘液は二メートル近く飛んだ。ゴールが近かったのだろう。黒々としたペニスは三、四度、嘶くように頭をもたげた。

「てめえ、なんだよ。押し込み強盗だなっ」

男が短刀を横ぐわえにして、刀身を舌の先で舐めた。

刀身を濡らすと、滑りがよくなる。それほど力を入れなくても、刃先は腸を貫く。暴力団組員なら、誰もが知っていることだ。

「この部屋の中から女の切迫した泣き声がしたんで、無断で入室させてもらっただけだ。おれは押し込み強盗なんかじゃない」

剣持は言った。

「どうやって内錠を外したんだよ。あん？」

「ちょっと手品を使ったのさ」

「ふざけんじゃねえ！」

男が息巻き、ダブルベッドから飛び降りた。男根は萎えかけていた。剣持は男に声を投げた。

留衣は後ろ向きになって、歯で革紐をほどこうとしている。

「どこに足をつけてるんだ？」

「関東誠真会仙波組の磯貝って者だ」

「まだ準構成員じゃないのか？」

「ちゃんと盃を貰ってらあ。てめえは筋者じゃねえよな？」

「警視庁の者だ。銃刀法違反には目をつぶってやるから、短刀を足許に落とせ！」

「刑事だって!?　フカシこくんじゃねえ」

磯貝と名乗った男が匕首を右上段に構えた。

「やめとけ」

「うるせえ！」

「マゾっ気のある彼女の裸身に切っ先を浅く沈めることはできても、チンピラやくざにゃ人を刺す度胸はなさそうだな」

剣持は嘲笑した。

案の定、磯貝が挑発に乗ってきた。刃物を勢いよく振り下ろした。

明らかに威嚇だった。切っ先は剣持から四十センチも離れていた。

「公務執行妨害罪も加わるな。手錠打たれたくなかったら、衣服をまとって消えろ。こっちは大江留衣さんに訊きたいことがあって、この部屋を訪ねてきたんだ。雑魚を検挙ても手柄にならないからな」

「おれを雑魚呼ばわりしやがって。もう勘弁ならねえ！」

「刺したきゃ、刺してみろ」

剣持は薄く笑って、前に踏み出した。フェイントだった。

磯貝が手許に引き戻した匕首を水平に薙いだ。刃風は高かった。白っぽい光が揺曳する。剣持は軽やかにバックステップを踏み、刃先を躱した。

「てめーっ、ぶっ殺してやる！」

磯貝が短刀を腰撓めに構えた。そのままの姿勢で突っ込んでくる。

剣持はサイドステップを踏み、すかさず横蹴りを見舞った。

蹴りは磯貝の左の太腿に極まった。磯貝が突風に煽られたように横に泳ぎ、ダブルベッドに倒れ込んだ。反動でベッドの下に転げ落ちる。

剣持は前に出て、磯貝の顎を蹴り上げた。骨が鈍く鳴った。磯貝が仰向けに引っくり返った。短刀は右手から零れていた。

剣持は刃物をダブルベッドの下に蹴り込み、腰のサックから手錠を抜き取った。

「本当に刑事だったのか⁉　それ、ポリスグッズの店で買った模造手錠じゃねえのかよ？」

「両手を前に出せ。手錠（ワッパ）打って、新宿署の連中に身柄（ガラ）を引き渡してやる」

「おれ、刃物（ヤッパ）を持ってたけど、ＳＭプレイの小道具だったんだ。だから、大目に見てくれねえか。雑魚扱いされてもいいからさ、今回は見逃してよ。頼む！」

「いいだろう。急いで服を着て、部屋から出ていけ」

「わかったよ」

磯貝が肘（ひじ）を使って半身を起こし、床にあった格子柄のトランクスを穿（は）いた。ラブチェアのある場所に這い進み、そそくさと衣類を身につけた。

「あんた、後で電話して」

ベッドに浅く腰かけた留衣が、磯貝に言った。彼女は素肌の上にアニマルプリントのガウンを羽織っていた。磯貝が生返事をして、逃げるように寝室から出ていった。

「無断で部屋に入って悪かったな。そっちが泣き喚いてたんで、何か事件が発生したと思ったんだよ。まさか彼氏とＳＭプレイに耽（ふけ）ってるとは考えもしなかったんでね」

「隣の部屋に住んでる娘（こ）も勘違いして、いつか一一〇番しちゃったの。あたし、ドＭなのよ」

「そうらしいな。短刀の先で突かれた箇所から血が出てたが、手当をしなくてもいいのか？」

剣持は訊いた。

「もう血は止まってるし、少し疼いてるだけ」

「まだパンティーも穿いてないんだろう？」

「うん」

「居間で待たせてもらうから、身繕いをしてくれないか。十月二十九日に死んだ三雲すみれさんに関する聞き込みをさせてほしいんだ」

「あたし、杉並署と警視庁の刑事さんにいろいろ話したよ」

「それはわかってる。しかし、まだ容疑者が捜査線上に浮かんでないんだ」

「おたくは、新たに捜査に加わった刑事さんなのね？」

留衣が質問した。剣持は殺人犯捜査六係の係員を装った。だが、名乗らなかった。

「ひとりで来たの？」

「いや、ペアを組んでる女性刑事と一緒だよ。その彼女と居間で待たせてもらう」

「わかったわ」

留衣がダブルベッドから立ち上がった。

寝室には腥(なまぐさ)い臭気が漂っていた。剣持はベッドルームを出て、玄関ホールに足を向けた。梨乃は玄関口にたたずんでいた。

「主任、やくざ風の男がこの部屋から出ていきましたけど、あいつが大江留衣に乱暴してたんでしょ？　身柄(ガラ)を確保しなくてもいいんですか？」

「その男は、留衣の彼氏の組員だったんだよ。二人はＳＭプレイに興じてたんだ。留衣は本物(モノホン)のマゾみたいだな」

「主任は行為を覗き見してたんですか⁉」

「野暮な真似をしたくなかったんで、きりのいいところまで見学させてもらってたんだ」

「悪趣味ですね。呆れた！」

「大江留衣は捜査に協力してくれるってさ。居間で待たせてもらうことになった。雨宮、上がらせてもらえよ」

剣持は言って、先にリビングに引き返した。

梨乃がじきにやってきて、剣持の横のソファに腰かけた。

それから間もなく、留衣が寝室から姿を見せた。梨乃が腰を浮かせ、部屋の主に挨拶した。すると、留衣がまじまじと梨乃を見た。

「女優みたいに綺麗だね。こんなにマブい女刑事がいるんだ」

「坐ってもいいかしら？」

梨乃が断ってから、腰をソファに戻した。留衣が剣持の真ん前に坐る。

「三雲すみれとは仲がよかったんだって？」

剣持は留衣に問いかけた。

「うん、まあ。年齢が一個違いだったから、すみれちゃんとは割に話が合ったのよ。でも、お店で親しくしてるだけで、個人的につき合う気はなかったわ」

「どうして？」

「彼女のこと、あんまし好きじゃなかったのよ。すみれちゃんは、遊び馴れてない客たちをカモにしてたの。キャバ嬢は自分目当てに通ってくる客にたくさんお金を遣わせるのが仕事なんだけど、やり方が露骨だったのよね。ブランド物のバッグや装身具をおねだりするのはいいとしても、親兄弟が難病に罹ったとか交通事故に遭ったなんて作り話をして、ひいきにしてくれてる客から多額の見舞い金を騙し取ってたの」

「性質がよくないな。鷲塚亮介という客も、だいぶ三雲すみれに入れ揚げてたらしいね」

「その彼は、いいカモにされてたわ。すみれちゃんは純情な鷲塚さんに本気で恋してるとか甘いことを言って、毎晩のように店に通わせてたのよ。ドンペリのピンクを何本も抜かせて、時々、ゴールドもおねだりしてたの」

「ドンペリのゴールドとなると、店では十万前後の値をつけてるんだろう?」

「ええ、そうね。それだけじゃなかったのよ。すみれちゃんは自分が拡張型心筋症という難病を患ってるんで、あと一、二年しか生きられないとか嘘をついて、アメリカで心臓移植手術を受けたいんだけど、一億数千万のお金が必要なのと泣いてみせたりしたの。彼女、どこかで手に入れた偽の診断書も鷲塚さんに見せたみたいなのよ」

「悪い女だな」

「鷲塚さんはその話をすっかり信じちゃって、すごく同情してしまったのよね。彼、建材メーカーの健康保険組合の会計業務に携わってるって話だけど、お金の出し入れは自分ひとりでやってるみたいなの」

「そう」

「ただの勤め人がキャバクラで連夜、派手な飲み方をしてるんで、あたしたちキャバ嬢は鷲塚さんが勤め先のお金を着服してるんじゃないかなんて噂し合ってたのよ。どう考えたって、そんなに豪遊できるわけないじゃん?」

「貯えを散財する気になったのかもしれないぞ、お気に入りのキャバ嬢に甘い言葉を囁かれたんでさ」

「ううん、そうじゃないと思うわ。すみれちゃんは長いこと住んでた東中野の賃貸マンションはそのまま借りてたんだけど、一年前から乃木坂の家賃百三十万円の超高級マンションに彼氏と一緒に住んでたの」

「彼氏というのは、ロック・ミュージシャンの浦上優太さんのことね？」

梨乃が確認した。

「うん、そう。浦上さんは音楽活動をいまもやってるんだけど、たくさん稼いではないと思う。すみれちゃんはナンバーワンをずっとキープしてたんで、売上のいい月は百三、四十万の月給を貰ってたの。だけど、二人の収入を併せても、とても乃木坂の超高級賃貸マンションには住めっこないわ」

「東中野のマンションの家賃や管理費も払わなきゃならないわけだものね」

「そうなのよ。だからね、あたしはすみれちゃんが鷲塚さんを唆して、勤め先のお金を横領させたんじゃないかと密かに疑ってたの」

「そうだったのかしら？」

「……」

「そうじゃないとしたら、鷲塚さんがすみれちゃんに頼りになる男だと思われたくて

「自発的に勤務先のお金をくすねたのかもしれない？」

「そうなんだろうな、多分。なにしろ鷲塚さんは、彼女にのめり込んでたからね。すみれちゃんに同棲してる男なんかいないと信じ切ってるようだったから、とことん尽くせば、彼女と結婚できると思ってたんじゃないのかな。キスぐらいはさせてもらったかもしれないけど、一度もすみれちゃんとは寝てないはずよ。鷲塚さん、中学生の坊やよりも擦れてないんじゃない？」

「そうなんでしょうね。そこまで相手に夢中になれるなんて素敵だとは思うけど、鷲塚さんが勤め先のお金を横領してたんだとしたら、愚かというほかないな」

「大ばかよ。鷲塚さんは世間知らずすぎるわ。拡張型心筋症といったら、心臓疾患の中でも最も重いんじゃない？　そんな難病を患ってたら、キャバクラで働けっこないのにね。そんな子供騙しの嘘を見抜けないなんて、最悪も最悪よ。はっきり言って、とろいわ」

「ま、賢くはないでしょうね。三雲すみれさんが亡くなってから、鷲塚さんは『シャングリラ』には一度も……」

「ええ、来てないわ。すみれちゃんが急死しちゃったんで、彼、生きる張りをなくしてるんだろうな。勤め先の金を横領してたんなら、そのうちバレちゃうじゃない？　そうなったら、鷲塚さんは刑務所行きね」

「三雲すみれさんは、超高級賃貸マンションに住んでたほかに何か贅沢してたのかな？」

「キャバ嬢仲間から聞いた話なんだけど、二千万円だか三千万円だかのピンクダイヤの指輪とロシアン・セーブルの毛皮のコートを買ったって自慢してたらしいわ。それからね、同棲してる彼氏に五百数十万円のバセロンの腕時計を買ってやったそうよ」

「故人は鷲塚のほかに金蔓にしてた上客がいたのかな？」

剣持は、相棒よりも先に口を開いた。

「カモにされてたのは十人ぐらいいたと思うけど、鷲塚さんほど貢いだ男性はいないんじゃないのかな。その連中も女擦れしてないんだけど、鷲塚さんほど入れ揚げてなかったから」

「そうだろうな。ベッドの下に磯貝の短刀があるが、処分してくれ。処分しなかったら、彼氏は銃刀法違反で捕まるよ」

「わかったわ。おたくは話のわかる刑事さんね。彼のことを大目に見てくれたんだから、あたし、刃物をこっそり棄てておく。約束するわ」

留衣が笑顔を向けてきた。剣持は梨乃に目配せして、先にソファから立ち上がった。

梨乃が倣う。

二人は留衣に謝意を表し、三〇三号室を出た。

「鷲塚は勤め先の金に手をつけたのかもしれないな。雨宮はどう思う？」

「その疑いはありそうですね。鷲塚は三雲すみれにカモにされてたことに気づいて、誰かにキャバ嬢を始末させたのかしら？」

「これから鷲塚の勤め先に行ってみよう」

剣持は梨乃に言って、エレベーターホールに向かって歩きはじめた。

3

理事長室に通された。

建材メーカーの健康保険組合の事務所だ。ＪＲ神田駅のそばにある雑居ビルの七階だった。ワンフロアを使っていた。

剣持たちペアは毎朝日報の記者になりすまし、理事長の元永久弥に取材を申し入れたのだ。理事長は六十年配で、小太りだった。赤ら顔だ。

「鷲塚の不始末がとうとうマスコミの方に知られてしまったか」

元永が長嘆息して、執務机から離れた。

剣持と梨乃は勧められて、応接ソファに並んで腰を下ろした。元永理事長が剣持と向かい合う位置に坐った。

「応対に現われた女性事務員の方の話ですと、鷲塚亮介さんは一昨日から無断欠勤したままだそうですね？」

剣持は元永に確かめた。

「そうなんですよ。わたしには、横領した金の残りを持って警察に一昨日の午前中に出頭すると約束してくれたんですが、鷲塚は行方をくらましてしまったんですよ。一昨日の午後二時過ぎに彼の赤羽のアパートに行ってみたんですが、いませんでした」

「鷲塚さんが着服した総額は、いくらだったんです？」

「記者さん、もうご存じなんでしょ？　人が悪いな」

「正確な額までは把握してないんですよ。鷲塚さんが歌舞伎町のキャバクラ『シャングリラ』に毎晩のように通って、お気に入りのキャバ嬢の三雲すみれに相当な金を貢いでるという情報を摑んだんで、勧め先の金を着服してるのではないかと見当をつけただけなんです」

「そうですか。いずれバレてしまうでしょうから、申し上げましょう。鷲塚が横領したのは、およそ五億六千万円です」

「そんな大金をくすねてたのか!?」

「電話で着服していることを鷲塚に打ち明けられたときは、わたしも自分の耳を疑いましたよ。あまりに高額だったのでね」

「元永さんは、すぐに帳簿を調べられたんでしょう?」

「ええ、もちろん。組合が会員会社から預かってる保険料の半分はプールしてあるんですが、残りの半分はさまざまな投資信託なんかに回してるんですよ。少しでもプール金を増やしたくて、その運営を財テクに明るい鷲塚に任せてたんです。彼は商学部で金融の勉強をしましたのでね」

「金の管理は、ほぼ鷲塚さんに任せてたのか」

「そうなんですよ。彼は真面目な人間なんで、絶対におかしなことはしないだろうと信用しきってましたんでね。それがいけなかったんだな」

「鷲塚さんは信託銀行や投資顧問会社に組合の金を振り込んだことにして、一億、二億と横領してたんだろうな」

「その通りです。鷲塚を信じきってたんで、金の流れをチェックもしませんでした。恥ずかしいことですが、わたしの監督不行き届きですね。弁解の余地はありません」

元永がうなだれた。梨乃が一拍置いてから、理事長に話しかけた。

「鷲塚さんは横領した大金の遣い途については、どう言ってました？」

「好きになったキャバ嬢は重い心臓疾患を抱えたうえ、彼女の身内も不運つづきなんで、およそ三億円を渡したと言ってました。でも、彼は三雲すみれというキャバ嬢の話が嘘だと知って、ひどく憤ってましたね。相手のキャバ嬢は、鷲塚に拡張型心筋症だという診断書を見せたらしいんですよ」

「そうみたいですね」

「だけど、相手が元気そうなんで、鷲塚は不審に思ったんだそうです。で、診断書を発行した公立病院循環器科の若い勤務医を問い詰めたら、自分はすみれが前に働いてたキャバクラの客だったと明かしたみたいですよ。それから、百万円の謝礼で偽の診断書を書いたこともね」

「ひどい話だわ」

「鷲塚は、性悪女に引っかかったんですよ。そのキャバ嬢の親兄弟が交通事故に遭ったなんて話も、すべてフィクションだったそうです。鷲塚はそんな作り話を信じてしまったんだから、初心も初心だな」

「好きになった相手に欺かれてたんですから、鷲塚さんは強い怒りを覚えたにちがいありません」

「ええ、すごく怒ってました。鷲塚は、すみれというキャバ嬢を殺してやりたいと何度も言ってましたよ」

「そうですか」

「女は魔物だね」

元永理事長が呟いた。剣持は目顔で相棒を制し、元永に声をかけた。

「理事長は、鷲塚さんのアパートの部屋に入られたんでしょ？」

「家主に立ち合ってもらって、部屋に入りました。残りの金が室内のどこかに隠されてるかもしれないと思ったんでね」

「着服したお金はありました？」

「部屋の中には小銭しかありませんでしたよ。毎晩、キャバクラに通ってたというから、数千万円はもう遣ってしまったんでしょうけど、まだ二億円以上の金が鷲塚の手許にあるはずなんです……」

「その残金を実家に秘匿してるとは考えられませんか？」

「そういうことも考えられると思って、きのう、スタッフを鷲塚の実家のある土浦に行かせたんですよ。しかし、家族と一緒に各室を検べても、どこにも大金は隠されてなかかったらしいんです。それから、親類宅もチェックしたそうですがね」

「鷲塚さんは隠し口座を持ってて、そこに二億円以上の金を預けてあるんだろうか。複数の口座に数千万円ずつ分けてね」

「そうなら、通帳と銀行印は鷲塚が常に持ち歩いてるんでしょう」

「そうじゃないとしたら、現金をキャリーケースにでも詰めて拐帯してるんだろうな」

「鷲塚は高飛びする気になったんだろうか。そうだとしたら、わたしとの約束を破ったことになります。もう一両日待っても彼が出頭しなかったら、刑事告訴しますよ。ええ、そうしますとも！　五億六千万円もの巨額を鷲塚一族だけで弁済できないでしょうからね」

元永が唸るように言った。

「鷲塚さんは、横領のことを親兄弟に打ち明けたんだろうか」

「それは誰にも言ってないようです。ただ、彼の実家を訪ねたスタッフが会った幼馴染みには、九月の末に鷲塚から久しぶりに電話があったらしいんですよ。そのとき、鷲塚は幼馴染みに『殺したいぐらい憎い女がいるんだけど、殺しを引き受けてくれそうな奴はいないかな。成功報酬はたっぷり払えるんだ』と言ったそうです」

「本気でそう言ったんだったら、鷲塚さんは自分の心を踏みにじった三雲すみれを抹殺したいと思ってたんでしょう」

「キャバ嬢は事故に見せかけて殺害されたという報道でしたが、春名とかいう厚労省の元キャリア官僚の車の助手席に乗せられてたんでしたよね?」

「ええ、そうです。被害者の二人は一面識もなかったことが警察の調べで明らかになってます」

「まるで接点のない男女が一緒に始末されたってことは、殺人請負組織があるんでしょうか。鷲塚はネットの裏サイトを次々に覗いて、殺人代行組織を見つけ出したんでしょうかね。それで、彼は恨みのあるキャバ嬢を片づけてもらったんだろうか。殺人の謝礼が仮に一千万か二千万円だとしても、着服した金がたっぷりあるわけですから、復讐代行は依頼できるわけでしょ?」

「そうですね。鷲塚さんは自首する気がなくなって、東京から遠く離れた場所に身を潜めるつもりなんだろうか」

「国内に潜伏してたら、いつか見つかるでしょ? ひょっとしたら、鷲塚は他人のパスポートを手に入れて、海外に逃亡する気になったのかな」

「そうなんでしょうか」

「鷲塚のせいで、わたしは職を辞さざるを得なくなりました。六十過ぎて、こんな運命が待ち受けてるとは思ってもみませんでしたよ」

「お気持ち、お察しします。取材に応じていただいて、ありがとうございました」

剣持は元永に謝意を表し、相棒に顔を向けた。梨乃が小さく顎を引き、腰を浮かせる。

二人は理事長室を出て、訪問先を辞した。

エレベーターで一階に降り、雑居ビルを出る。いつの間にか、街は暮色の底に沈んでいた。まだ六時前だったが、飲食店のネオンやイルミネーションが瞬きはじめていた。

剣持たちは数十メートル歩き、路上に駐めたプリウスに乗り込んだ。

「鷲塚は出頭する勇気がなくて、ひとまず逃げる気になったんでしょうね」

梨乃がエンジンをかけてから、小声で言った。その声には同情が込められていた。

「そうなんだろうな」

「女性を利用したり騙したりする男たちは少なくありませんけど、悪女もいるんですね。まさに犯罪の陰に女ありだわ」

「キャバ嬢に三億円も貢がされた鷲塚は抜けてるが、なんだか気の毒だよな。三雲すみれのような強かな女に手玉に取られてしまったわけだから」

「ええ。同じ女として、すみれのことは赦せないわ。鷲塚から騙し取った大金で浦上優太と乃木坂の高級賃貸マンションに住んで、贅沢な暮らしをしてたんですから」

「捜査資料によると、すみれが死んで間もなく、浦上は乃木坂のマンションは引き払ったんだったな?」

「そうです。ロック・ミュージシャンは、長く住んでた東中野の賃貸マンションに戻ってるはずですよ」

「雨宮、鷲塚は何らかの方法で殺し屋を見つけて、三雲すみれを始末してくれと依頼したと思うか?」

剣持は質問した。

「そうしたような気もするんですよね。鷲塚は、すみれにさんざん利用されたわけです。どんなに温厚な人柄でも、ものすごく腹を立てるでしょう」

「そうなんだが、地道に生きてきた男が殺し屋(プロ)を懸命に探して、自分を虚仮(こけ)にしたキャバ嬢を始末してくれと頼むかな?」

「そう言われると、自信がなくなります」

「鷲塚みたいなタイプの男は気が小さいんじゃないか。元永理事長に約五億六千万円も着服したことを告白できても、警察には出頭できなかったんだろうな」

「事件のことが新聞やテレビで大々的に報道されたら、血縁者が生きづらくなりますよね。自分の家族や親族が白眼視されることは予想できますんで、自首することをためらってしまったんじゃないのかしら」

「そうにちがいない。だから、ひとまず逃げる気になったんだろう。二億円以上の逃亡資金はあるんだろうから、その気になれば、十年や二十年は潜伏しつづけられる」

「金銭的には何も心配ありませんよね。だけど、何十年も逃亡生活を送れるほど鷲塚の神経は太いでしょうか？」

「いま、おれもそのことを言おうと思ってたんだ。気の弱い男がびくびくしながら、長いこと潜伏なんかできない気がするな」

「ということは、そのうち……」

　梨乃は、みなまで言わなかった。

「そう。鷲塚は罪の大きさに耐えられなくなって、逃亡中に命を絶(た)ってしまうかもしれないな」

「その可能性はあるでしょうね。鷲塚は自分が大それたことをしてしまったと深く反省し、悔んでるでしょうから。犯罪者が自死するのは卑怯(ひきょう)だと思うけど、刑務所で何年も過ごさなければならないと考えると、気が滅入ってしまうでしょうしね」

「おれは、鷲塚が逃亡先で人生に終止符(ピリオド)を打ってしまうような予感を覚えはじめてるんだ。姿をくらました男がもし殺し屋(プロ)に三雲すみれを殺(や)らせたんだったら、早く身柄を確保しないとな。鷲塚に自殺されたら、実行犯の特定が難しくなるだろう」

「主任、二階堂理事官に連絡して、緊急配備(キンパイ)してもらいましょうよ。まだ鷲塚は関東地方のどこかに隠れてるかもしれませんので」

「そうするか」

「電話、お願いします」

梨乃が急(せ)かした。

剣持はレザーコートの内ポケットから、刑事用携帯電話(ポリスモード)を取り出した。ほとんど同時に、徳丸からの着信があった。

「グロリア薬品の副社長に鎌をかけてみたぜ」

「どうでした？」

「春名は局長時代だけじゃなく、独立行政法人に天下ってからも便宜を図ってやるとうまいことを言って、何かと金品をせびってたらしいよ。けど、後輩の官僚たちには口利きもしなかったみてえだな」

「グロリア薬品は新薬の許認可を早めてもらえなかったし、希望薬価にもしてもらえなかったのか」

「そうなんだってよ。遣(や)らずぶったくりばかりなんで、会社の役員たちはさすがに頭にきたらしいんだ」

「それだから、柄の悪い二人組を春名の自宅に送り込んで、ちょいと凄ませたんだな」

「ああ、そうなんだろう。その二人は、会社の用心棒をやってる〝与党総会屋〟の知り合いの元組員だったそうだよ」

「徳丸さん、肝心の件は？　グロリア薬品が犯罪のプロに春名勝利をキャバ嬢と一緒に片づけさせた気配はうかがえたんですか？」

「それは、まったくうかがえなかったよ。グロリア薬品は、捜査本部事件にはタッチしてねえな。おれと城戸は、シロと判断したんだ」

「そう。春名の元愛人の夏木由美には接触できたんですか？」

「働いてる割烹の前で待ってて、少し前に探りを入れてみたとこだよ。由美は手切れ金を百万しか貰えなかったことでは、春名勝利のことを悪しざまに言ってた。けど、別れて一年も経つんで、意外にさばさばとしてたよ。由美が自分に好意を寄せてる野郎を誑かして春名を殺らせたのかもしれないと少し疑ってたんだが、読みは外れだな」

「由美に男の影はなかったんですね？」

剣持は訊いた。

「そう。バツイチの板前が由美に交際を申し込んだらしいんだが、自立することで精一杯で恋愛にうつつを抜かしてる余裕はないとはっきり断ったみてえだな」

「男に頼って生きていくことに不安を覚えたんで、逞しく自活する道を選んだんでしょうね」

「そうなんだろうな。安い給料では、とうてい殺しの報酬なんか捻出できねえだろう」

「夏木由美もシロっぽいのか」

「由美はシロだろうな。城戸も、そう見たようだぜ。剣持ちゃんたちペアは、何か掴んだのかい？」

　徳丸が問いかけてきた。剣持は手短に経過を伝えて、通話を切り上げた。

　ポリスモードを耳から離したとき、着信ランプが灯った。電話をかけてきたのは、二階堂理事官だった。

「ついさっき担当管理官から報告が上がってきたんだが、鷲塚亮介の水死体が南伊豆の石廊崎の断崖下で発見されたそうだ」

「えっ」

「捜査本部の連中が下田署に問い合わせたら、崖っぷちに置かれた鷲塚の靴の中に遺書が入ってたそうだよ。本人の筆跡だったらしいし、地元の人が何人か午後五時過ぎに海に身を投げた瞬間を目撃したという話だから、覚悟の自殺だったんだろうな」

「理事官、遺書の内容も聞いてます？」

「ああ、聞いたよ。鷲塚は勤め先の金を約五億六千万円横領し、およそ三億円はキャバ嬢の三雲すみれに騙し取られたと綴ってたそうだ」

「残りの二億六千万円の使途については？」

「それには触れてなかったそうだよ。すみれに対する恨みが連綿と記され、職場に多大な迷惑をかけてたことを詫びてたらしい。そして、両親に先立つ不孝を許してほしいと付記されていたという話だったね」

「二階堂さん、鷲塚は手ぶらだったんですか？　キャリーケースか、トラベルバッグを持ってたと思うんですが……」

「断崖の端にトラベルバッグがあったそうだよ。着替えの下に、七十数万円の紙幣の入った札入れがあったらしいよ」

「預金通帳や銀行印はなかったんでしょうか？」

「そういう物は入ってなかったようだね。湯河原のホテルの精算書、タクシーや飲食店のレシートはトラベルバッグのインナーポケットに突っ込んであったそうだが」

「二億六千万円近い着服金はどこに消えてしまったんだろうか。赤羽の自宅アパートにも大金はなかったんですよ。それから、実家や親類宅にもね」

「鷲塚は逃亡の途中で、二億六千万円もの大金を捨てたんだろうか。あるいは、どこかに隠したのかね」

「死のうとしてる人間が大金をどこかに隠す気にはならないでしょう？」

「そうだろうな。多分、処分に困って山林かどこか人目のつかない場所に捨てたんだろうね」

「そうじゃないとしたら、鷲塚の弱みを知ってる人間が二億以上の大金を横奪りしたんでしょう」

「剣持君、すみれと同棲してた浦上優太は鷲塚が職場の金をくすねてることを知ってたんじゃないのかな」

「そこまではわからなくても、鷲塚が何か後ろ暗い方法で大金を工面して、三雲すみれに渡してたことには気づいてたにちがいありません」

剣持は言った。

「そう考えてもいいだろうね。売れないロック・ミュージシャンが鷲塚の拐帯した大金を奪って、邪魔になった三雲すみれを誰かに片づけてもらったのかもしれないぞ。剣持君、わたしの筋読みは見当外れだろうか？」

「そうは思いませんが、そうだったとしたら、浦上は鷲塚の口も塞ぐ気になりそうですね」

「鷲塚の着服金を横奪りしたんなら、そうするだろう。ところで、きみたちチームは何か成果があったのかな？」

二階堂が報告を求めた。剣持は、チームの聞き込みの結果をかいつまんで伝えはじめた。

4

海は凪いでいた。

相模湾だ。陽光を吸った海がきらめいている。光の鱗は、どこか幻想的だった。

剣持は、左手に横たわる真鶴半島に視線を向けた。

湯河原町にあるホテルの駐車場に立っていた。スカイラインの助手席から出たばかりだった。鷲塚が投身自殺した翌日の午前十一時過ぎだ。

剣持は城戸とバディになり、鷲塚が自殺する前夜に泊まったホテルにやってきたのである。徳丸と梨乃の二人は、千葉県船橋市にある三雲すみれの実家を訪ねているはずだ。

チームの四人は臨機応変に相棒を替えながら、聞き込みや尾行をしている。張り込みのときは、しばしばペアを組み替えていた。被疑者に警戒心を懐かせないためだ。

「リーダー、鷲塚が一泊したホテルはここに間違いないっすよ。理事官に確認したホテル名ですし、住所も同じですんでね」

相棒の巨漢刑事が近づいてきた。

「ああ、間違いないだろう。鷲塚はいつまでも逃げる気なんかなかったようだな」

「なぜ、そんなことがわかるんすか？」

「少し先の熱海はホテルや旅館が多いが、湯河原は数が少ない。人目につきやすい温泉地のホテルを選んだのは、とことん逃げる気はなかったからだろう」

「さすがっすね。確かに逃亡する気なら、鷲塚は熱海のホテルか旅館にチェックインしたでしょう」

「鷲塚はこのホテルに泊まって、死に場所を探す気だったんだろう」

「そして、下田まで足を延ばして、石廊崎の崖から……」

「夕方まで迷いに迷ってから、鷲塚は身を躍らせたんだろうな」

「そうなんでしょうね。鷲塚は『シャングリラ』に行って三雲すみれに出会ってなければ自殺することはなかったのにな。純な男は、不器用な生き方しかできないんすね。自分、そういうタイプの人間は嫌いじゃないっすけど」

「おれも同じだが、鷲塚は要領が悪すぎたな」

「すみれが悪女すぎたんすよ。それはそうと、フロントで正体を明かしたほうがいいんじゃないっすか。新聞記者や週刊誌記者に化けたら、積極的には協力してくれないと思うんすよ」

「そうだな。素姓を明かそう。行くぞ」

剣持はホテルの表玄関に向かった。城戸が従いてくる。

二人はロビーに入ると、フロントに直行した。四十代後半のフロントマンが笑顔を向けてきた。

「いらっしゃいませ。ご予約のお客さまですね？」

「いや、そうじゃないんですよ」

剣持は警察手帳を呈示した。見せたのは表紙だけだった。フロントマンが緊張した顔つきになった。

「一昨日、この男がこちらに泊まりましたでしょう？」

城戸がダウンパーカのポケットから、鷲塚の顔写真を取り出した。運転免許証に貼付されていた写真を複写したもので、あまり写りはよくない。フロントマンが写真を覗き込む。

「ええ、一泊されました。確か鷲尾修というお名前で、東京在住の会社員の方だったと記憶しています」

「それは偽名なんです。本当は鷲塚亮介という氏名です。それはどうでもいいっすけど、写真をよく見てもらいたいんですよ」

城戸が言った。

「もしかしたら、きのうの夕方、石廊崎の断崖から身を投げた男性ですか？」

「そうです」

「あなた方は静岡県警ではなく、警視庁の刑事さんですよね？」

「ええ」

「ということは、投身自殺された方は東京で何か事件を起こしたわけですか？」

フロントマンが剣持に顔を向けてきた。

「死んだ男は職場の金を横領して、姿をくらましてたんですよ。着服したのは巨額でした。お気に入りの女性に大金を騙し取られたんですが、それでも手許に二億円以上の金があったはずなんです。しかし、その金のありかがわからないんですよ」

「そんな巨額を持ち歩いてるようには見えませんでした。普通サイズのトラベルバッグをお持ちになってただけでしたからね」

「そのトラベルバッグは崖の上で発見されて、下田署が回収したんですよ。しかし、トラベルバッグの中には七十数万円の現金しか入ってませんでした。銀行の預金通帳や銀行印、キャッシュカードは見つからなかったようです」

「それでは、くすねた大金は自宅か親類宅に隠されているのではありませんか？」

「どちらにも隠されていませんでした」

「そうなんですか。トランクルームにでも札束を隠してあるのかもしれませんね」

「その可能性は否定できないでしょう。そのあたりのことも調べてみます。ところで、鷲塚が投宿中に誰か訪ねてきませんでした？」

「そういう方はいらっしゃいませんでしたね。お客さまは部屋に引き籠られて、食事も運ばせていただいたんです」

「部屋係の方がいらっしゃったら、お目にかかりたいんですがね」

剣持は打診した。

「担当者はおります」

「お手隙のときで結構ですので、お呼びいただけますか？」

「この時間なら、あまり忙しくないんです。すぐに係の土居昌子を呼びましょう。あちらでお待ちください」

フロントマンがロビーの隅にあるソファセットを指差した。

剣持たち二人はフロントから離れ、四人掛けのソファに並んで腰かけた。奥の椅子に坐ったのは城戸だった。

二分ほど待つと、奥から五十年配の和服姿の女性が現われた。部屋係の土居昌子だろう。剣持たちコンビは立ち上がり、先に刑事であることを明かした。

「土居でございます。どうぞお掛けくださいませ」

部屋係の女性は来訪者を坐らせてから、剣持の正面のソファに浅く腰かけた。

「鷲尾修という偽名で一昨日にチェックインした男のことをうかがいたいのですが、憶えてらっしゃいます？」

剣持は切り出した。

「はっきりと記憶してますよ。チェックインされてから、ずっと打ち沈んだ様子でしたんでね。昨夜のテレビニュースであの方が石廊崎で投身自殺をされたことを知って、わたし、やっぱりと思いました」

「部屋にいるとき、何か思い詰めているような様子だったんですね？」

「そうなんですよ。畳の一点をじっと見つめてました、深刻そうな表情で。夕食はお部屋にお運びしたのですけど、ほとんど箸をつけませんでした」

「酒も飲まなかったのかな？」

「ええ。あんまり沈んでるので、コンパニオンを何人か呼んで気晴らしをされてはと申し上げたんですよ。そうしたら、睨み返されてしまいました」

「彼は、女にカモにされたんすよ」

城戸が口を挟んだ。

「あの方が女性に大金を騙し取られたことは支配人から聞きました」

「自殺した男は、脱いだ靴の中に直筆の遺書を突っ込んであったんですが、部屋で何か認めてませんでした？」

「それは見てませんけど、わたしが夜具を敷いているとき、お客さまのスマホにちょうど電話がかかってきました」

「どんな遣り取りをしてました？」

剣持は、城戸よりも先に問いかけた。

「お客さまは、電話をかけてきた相手に脅迫されてるようでしたね。もう渡す金はないと腹立たしげに言ってましたよ」

「ほかにどんなことを話してました？」

「お客さまは開き直った感じで、『そっちにも弱みがあるんだから、もう言いなりにはならないぞ』と怒鳴ってましたね。いつまでも金を要求する気なら、自分は警察で何もかも喋るという意味のことも言ってました」

「通話内容から推察して、自殺した男は誰かに横領の件で脅迫され、口止め料をせびられてたようだな」

「わたしも、そう思いました。お客さまが誰に脅されてたのかはわかりませんけどね。あっ、もしかしたら……」

土居昌子が何かに思い当たったらしく、表情を引き締めた。

「先をおっしゃってください」

「外れてるかもしれませんけど、亡くなったお客さまは大金を貢がされた女性のヒモか何かに強請られてたんじゃないのかな。勤め先のお金をくすねてたことを相手の女性に勘づかれてしまって、その彼女のヒモか兄弟に口止め料を払わされてたんじゃないのかしらね。見当外れでしょうか？」

「参考になる証言をありがとうございました」

剣持はホテル従業員に感謝し、腰を浮かせた。城戸も、すぐに立ち上がった。土居昌子が目礼し、フロントに足を向ける。

剣持たちは表に出た。城戸が車寄せの際にたたずんだ。

「部屋係の土居さんが言ってたように、鷲塚は浦上優太に強請られてたんじゃないっすか。浦上は鷲塚がすみれに三億円もの金を貢いだことを知って、何か悪さをしてると直感したんでしょう」

「で、冴えないロック・ミュージシャンはすみれにそれとなく探りを入れさせ、鷲塚が職場の金を横領してることを聞き出させたんではないかって推測したんだな？」

「ええ。自分の筋の読み方はどうでしょう？」

「そうなんだろうか。城戸、鷲塚は三雲すみれにいいとこを見せたくて背伸びをしてきたんじゃないか」

「そうなんでしょうね。だから、貯金をそっくり遣い果たしてもいいと思って、夜ごと『シャングリラ』に通い、すみれの売上に協力しつづけた。つまり、それだけ腹黒いキャバ嬢にのぼせてしまったんでしょう」

「そんなふうにカッコつけてた鷲塚が、勤め先の投資用の金を着服してた事実を打ち明けるだろうか。自分が犯罪者だと知ったら、三雲すみれは遠ざかるだろうと予想できたはずだ。そんなことになったら、それまでお気に入りのキャバ嬢に入れ揚げてきたことがふいになるだろうが？」

剣持は、思ったことをストレートに口にした。

「あっ、そうっすね。鷲塚が五億六千万円もの巨額を着服してたとわかったら、すみれもさすがに危(ヤバ)いと思うだろうな。いや、待てよ。だいぶ昔の話ですけど、チリから日本に出稼ぎにきてたホステスが青森県の住宅供給公社の経理担当主幹の男を唆(そそのか)して、十数億円の公金を横領させたでしょ？」

「そんな事件があったな。女の名はアニータだったと思うが……」

「ええ、そうです。三雲すみれも強(したた)かな女だったから、鷲塚が大金を着服したと勘づいても、ビビったりしなかったんじゃないっすか。むしろ、けしかけたんじゃないのかな。しかし、鷲塚のほうが怯(ひる)んでしまったのかもしれません」

「城戸の推測は読めたよ。すみれは三億以上は鷲塚から引き出せないと判断して、同棲してた浦上優太に残りの横領金を脅し取らせたんじゃないかというストーリーを組み立てたんだろ？」

「そうっす。鷲塚は強請られっ放しじゃ癪(しゃく)なんで、ある程度の口止め料を払ってから浦上に救いがたい悪女を闇に葬ってくれと頼んだ。浦上は自分の手を汚したくなかったので、殺人を請け負ってる組織か個人に三雲すみれを始末してもらったんじゃないっすかね？」

「投身自殺する前夜、鷲塚は脅迫者と思われる相手に電話で『そっちにも弱みがあるんだから、もう言いなりにはならないぞ』と言い返してたそうだが……」

「土居さんは、そう証言してました。電話の遣り取りから察して、発信者は浦上優太だと思われませんか?」

城戸が剣持の顔を直視した。自信ありげな口ぶりだった。

「そういう推測はできるな。しかし、まだ確証はない。鷲塚は投身自殺する前にスマホを海の中に投げ落としたのかもしれないが、まだ見つかってないんだ」

「そうですね。きっとスマホは防水加工を施された機種なんでしょうから、見つかれば、発信と着信の履歴は確認できるんすが……」

「スマホそのものが見つからなくても、電話会社の協力があれば、通話記録は調べられる」

「鷲塚は自ら死を選んだんです。殺人事件の被害者でも加害者でもないわけっすから、電話会社はすんなりと捜査には協力してくれないでしょ? 個人情報に関することなんで、どの電話会社もガードが固くなってますんでね」

「確かに電話会社の協力を得られるかどうかわからないな」

「主任、下田署に行ってみませんか。運がよければ、海底から鷲塚の携帯が回収されてるかもしれないでしょ?」

「遺体はすでに収容されてるんだから、スマホを回収するだけの目的でプロのダイバーは使わないだろう。鷲塚が自殺したことは疑いようがないわけだからさ」

「そうか、そうでしょうね。南伊豆まで行っても、脅迫者が何者だったかという手がかりは得られないだろうな」

「城戸、東京に戻ろう」

剣持は相棒の分厚い肩を叩いた。

城戸がスカイラインに駆け寄って、運転席に入る。剣持は少し遅れて助手席に坐り込んだ。ドアを閉ざしたとき、剣持のポリスモードが着信音を奏ではじめた。

ディスプレイに目を落とす。発信者は梨乃だった。

「三雲すみれの遺族には会えたのか?」

剣持は先に訊いた。

「お宅には故人の母親しかいませんでしたが、意外なことがわかりました。遺品の中にピンクダイヤの指輪もロシアン・セーブルの毛皮のコートもなかったんですよ。有名ブランドのバッグや靴はありましたけどね。腕時計、ネックレス、イヤリング、ブレスレットの類は一品もありませんでした」

「多分、すみれがリサイクルショップで換金したんだろう」

「それがですね、故人が亡くなる数日前にお母さんが乃木坂の高級賃貸マンションに行ったそうなんです。そのときはピンクダイヤの指輪と高い毛皮のコートはあったというんですよ。その後、すみれが売り払ったとも考えられなくはありませんけど、現金が二十数万円しか遺ってなかったことを不思議がっていました」

「不思議がってた？」

「そうなんですよ。お母さんの話によると、すみれはキャバクラで働くようになってから銀行に預金はしなくなって、いつも部屋の中に現金を保管してたらしいんです。東中野のマンションにも、たいした額の現金はなかったというんですよ」

「鷲塚から三億円もの大金を騙し取ったはずなのに、まとまったキャッシュが遺ってないのはおかしいな」

「ええ。徳丸さんは、浦上優太が同棲相手が死んだ直後に勝手にピンクダイヤの指輪やロシアン・セーブルの毛皮コートを換金して、すみれが貯めてた現金も盗ったんじゃないかと言ってました。主任はどう思われます？」

梨乃が問いかけてきた。

「その疑いはあるな」

「湯河原で何か新事実をキャッチしたようですね」

「浦上優太は鷲塚が職場の金を横領してたことを嗅ぎ当て、そのことを恐喝材料にしてたかもしれないんだよ」

剣持は詳しいことを話した。

「鷲塚に脅迫電話をかけたのが浦上だったとしたら、ロック・ミュージシャンが多額な口止め料をせしめた疑いがあるんです」

「それだけじゃないんだ」

「浦上は鷲塚の頼みを聞いて、三雲すみれを片づけてくれる殺し屋を探してあげたかもしれないんでしょ？　一緒に暮らしてたキャバ嬢は所詮、遊び相手だったのかな。すみれは性質がよくなかったけど、浦上にはだいぶ尽くしてたようなのに。キャバ嬢も惚れた相手にうまく利用されてたのかしら。そうだとしたら、鷲塚亮介と三雲すみれがなんだか哀れですね」

梨乃がしんみりと言った。

「おい、感傷に流されるなよ」

「わかっています」

「城戸の推測が正しいのかどうか、しばらく浦上優太の身辺を調べてみようや。おれたちはいったん『桜田企画』に戻る。徳丸・雨宮班も、そうしてくれないか」

剣持は通話を切り上げた。

第三章　意外な相関図

1

徳丸が日本茶を啜っていた。


『桜田企画』である。コーヒーテーブルの向こうで、徳丸が日本茶を啜っていた。

間もなく午後五時になる。湯河原からアジトに戻って小一時間後、巨漢刑事は雨宮梨乃と連れだって出かけた。二人は電話会社を訪ね、そのあと浦上優太の自宅マンションに張りつく予定になっていた。

剣持は煙草を吹かしながら、思案していた。

どう動くべきか。

「剣持ちゃんよ、やっぱり浦上は臭えな。浦上は三雲すみれに大金を貢いでることを怪しんで、鷲塚に直に鎌をかけてみたんじゃねえのか？」

徳丸が口を開いた。

「そうだったとしても、鷲塚は職場の金をくすねてたことを喋らなかったでしょう?」

「最初はシラを切っただろうな。けど、浦上に詰問されてるうちに空とぼけつづけることは無理だと観念して……」

「横領の件を認めたのかな」

「おれは、そう読んでる。むろん、鷲塚は着服した総額をだいぶ低く言ったにちがいねえ。それでも、すみれに約三億の銭を渡してやってるんだ」

「そのことで、浦上は鷲塚がびっくりするような巨額を巧みに着服したと読んだんだろうか」

「多分、そうなんだろうな。で、低迷してるロック・ミュージシャンは初めに一千万か二千万の口止め料を要求したんじゃねえのか。鷲塚は言われるままに浦上に金を渡した。味を占めた浦上は、その後もたびたび追加の金を毟ってたんだろうよ」

「湯河原のホテル従業員の証言通りなら、徳丸さんの推測は外れてないのかもしれないな」

剣持は、喫いさしの煙草の火を灰皿の中で揉み消した。

「鷲塚はただ口止め料を脅し取られてるだけでは忌々しいんで、自分をカモにしてたキャバ嬢を始末してくれる犯罪のプロはいないかと浦上にそれとなく訊いたんじゃねえのか?」

「音楽業界を含めて芸能界は、昔から裏社会との繋がりが深い。ロック・ミュージシャンの浦上がその気になれば、殺人を請け負ってくれる人物を見つけることは可能でしょうね」

「たやすいことなんじゃねえか。そんなことで、浦上は鷲塚に殺し屋を紹介してやった。その殺人代行屋がキャバ嬢を事故に見せかけて片づけた。キャリア官僚だった春名勝利と一緒に片づけた理由はわからねえけどな」

徳丸が言って、また緑茶で喉を潤した。

「そうだったとしたら、鷲塚は横領のほかに殺人依頼という弱みを浦上に押さえられたことになるわけか」

「それだから、鷲塚は浦上に口止め料をせびられつづけたんだろうよ。土居とかいう部屋係の証言は、それで説明がつくじゃねえか」

「確かに矛盾はないですね」

「浦上は悪党だな。三雲すみれが貯めてた金をそっくりいただいて、ピンクダイヤの指輪やロシアン・セーブルのコートも売っ払ったみてえなんだからさ。浦上はヒモに近い暮らしから抜け出したくて、金を掻き集める気になったのかもしれねえぞ。それとも、もともと金銭欲が強かっただけなのか。剣持ちゃん、どう思う？」

「浦上優太は、もう三十過ぎです。いったんはメジャーデビューしたものの、その後は人気が出なかった。ライブハウス回りはしてるが、CDは出してない。おそらくネット配信のダウンロード数も少ないんでしょう」

「所属してるレコード会社や音楽プロダクションがないんじゃ、主にライブハウスでしか音楽活動できねえんだろう。浦上がリードボーカルを担当してるバンド名は何だったかな？」

「『シューターズ』ですよ。四人編成だけど、浦上以外のメンバーは昼間何かバイトをしてるようです。ライブハウスの出演料は安いし、チケットも何十枚か負担させられてるみたいだから、実質的な収入は数万円でしょう」

「それを四人で分けたら、日建て六千円前後にしかならないのか。それじゃ、音楽活動だけじゃ喰えねえよな」

「と思いますよ。しかし、『シューターズ』は一度はメジャーデビューしてる。だから、なかなか夢を捨てることはできないんでしょう。で、地道にライブハウスで活動をしてるんだろうな」

「けど、現状のままではブレイクのチャンスは巡ってこねえだろう。それで、浦上は自分らが注目されるように何か仕掛けたいと思ったんじゃねえの？」

「たとえば、自分たちの音楽制作会社を立ち上げて、レーベルを持つとか？」

「音楽業界のことはよくわからねえけど、何か浦上は目立つ行動を起こす必要に迫られたんだろうな」

「それには、活動資金が必要でしょうね。で、浦上優太は同棲してたキャバ嬢の金品をかっさらい、鷲塚からは口止め料を脅し取ってたんだろうか」

剣持は腕を組んだ。

そのすぐ後、城戸から電話がかかってきた。

「予想通り、電話会社は鷲塚の通話記録を開示してくれませんでした」

「そうか。で、いまは浦上の東中野のマンションの近くにいるんだな？」

「ええ、そうっす。でも、浦上は数日前から自宅には戻ってないんですよ。マンションの入居者の話だと、ロック・ミュージシャンは真新しいポルシェを乗り回して、忙しげに部屋を出入りしてたらしいんです」

「ポルシェを乗り回してたって!?　横奪りした三雲すみれの金で高級ドイツ車を手に入れたんじゃないのか？」

「あるいは、鷲塚から脅し取った口止め料で購入したんでしょうね」

「どっちにしても、くすぶってたロック・ミュージシャンが自分の金でポルシェなんか買えるわけない。浦上は数日、塒（ねぐら）に戻ってないという話だったよな？」

「ええ」

「すみれの金品を奪ったり、鷲塚を強請（ゆす）ってたことが発覚しそうなんで、浦上は高飛びする準備をしてるのか」

「そうじゃないでしょう。浦上は音楽制作会社を設立して、自分たちのレーベルを立ち上げるみたいっすよ。それで、『シューターズ』の全曲をネットで配信する計画があるらしいんです」

「城戸、その話の情報源（ネタモト）は？」

剣持は訊（たず）ねた。

「梨乃ちゃんの大学の先輩がロック専門誌の編集部で働いてるそうなんすよ。その彼から、少し前に梨乃ちゃんが電話で聞いたんす」

「雨宮に替わってくれないか」

「わかりました」

城戸の声が途切れた。待つほどもなく美人刑事の声が剣持の耳に届いた。

「城戸さんが報告したことは、浦上のはったりじゃないと思います。大学の先輩の話では、浦上優太は新年早々に音楽制作会社を興し、自分らのバンドが手がけた楽曲のすべてをネット配信して、ダウンロード数が一万を超えたナンバーはシングルCD化していくという予告の案内状をレコード会社や音楽雑誌の発行元に送ったらしいんですよ」

「ライブハウス回りで終わりたくないと一念発起する気になったんだろうな」

「ヒモ体質だった浦上も三十代になったので、少し発奮したんでしょう。すみれに面倒見てもらう前まで、ロック・ミュージシャンは六本木のホストクラブで週に三日ほどバイトをしてたらしいんですよ」

「そうだったのか。それは、大学の先輩から聞いた話なんだな？」

「ええ。浦上は自分をよく指名してくれるホステス、女性起業家、富裕層の人妻たちに上手に甘えて金銭的な援助をしてもらってたみたいなんですよ」

「それだから、本業の収入が少なくても音楽活動をつづけられたわけか」

「そうなんでしょうね」

「雨宮、ロック専門誌の編集者をやってる大学の先輩にもう一度電話をして、浦上の居所に見当がつかないかどうか訊いてみてくれないか」

剣持は電話を切って、二人の部下から聞いた話を徳丸に伝えた。

「そっちの勘は外れてなかったな」

「徳丸(トク)さんがヒントを与えてくれたんで、おれは浦上が汚れた金を音楽業界で這い上がるために遣うかもしれないと思ったんですよ」

「それにしても、いい勘してるじゃねえか。おれは、浦上の野望について具体的なことは思い浮かばなかったよ」

徳丸は感心した様子だった。

梨乃から剣持に電話がかかってきたのは五、六分後だ。

「浦上の居所はわからないそうです、先輩も。ただ、音楽関係者の噂によると、浦上優太は南青山のあたりに音楽制作会社のオフィスを構える気でいるようですよ。それから、自宅マンションも港区内に移す気でいるらしいとのことでした」

「羽振りがいいな」

「おそらく三雲すみれが乃木坂のマンションに保管してた大金をくすねて、鷲塚からも多額の口止め料を脅し取ったんでしょう」

「金回りのよくなった浦上は、都心の一流ホテルによく泊まるようになったのか。それとも、新しいガールフレンドの家(ヤサ)に泊まってるのかもしれないな」

「先輩の話によると、『シューターズ』は今夕六時から赤坂見附(みつけ)近くにある『シャウト』

というロック専門のライブハウスに出演予定だそうです」

「なら、そのライブハウスに行けば、浦上優太と接触できそうだな」

「城戸さんとわたし、『シャウト』に回りましょうか?」

「いや、赤坂のライブハウスには徳丸(トク)さんとおれが行く」

「二人で浦上をいきなり締め上げるんですか?」

「いや、ちょっと探りを入れてみるだけだよ。雨宮と城戸は引きつづき、捜査対象者(マルタイ)の自宅マンションに張りついててくれ。浦上が仕事をキャンセルして、自宅に戻るかもしれないからな」

剣持は電話を切った。数秒後、徳丸の私物のスマートフォンが着信音を発した。

徳丸がスマートフォンを耳に当て、ぶっきらぼうに名乗った。電話の主は『はまなす』の女将のようだ。

剣持はさりげなく立ち上がって、少しソファセットから離れた。すると、徳丸がスマートフォンの送話口を手で塞いだ。

「おい、気を回さないでくれ。電話は佳苗っぺからなんだ」

「だから、気を利かせたんですよ」

剣持はシンクに歩み寄って、コップに水を受けた。飲みたくもない水を少しずつ喉に流し込む。時間稼ぎだった。

「別に『はまなす』に飽きたわけじゃねえよ」

「…………」

「本当だって。佳苗っぺの言葉に感情を害したわけじゃねえって。単に仕事が忙しくなったんだよ」

「…………」

「もうちょっと気の利いた言い方できないのかよっ。おれは常連客だぜ。それなりに売上には協力してるつもりだがな」

「…………」

「なんだよ、急に声を尖らせて。恩着せがましいことを言うんなら、もう店に来なくてもいいだと？」

「…………」

「でも、経営は苦しいんだろ？」

「…………」

「客に喜んでもらいたいって心掛けは、別に悪かないよ。ただな、商売はボランティア活動じゃねえんだぜ。後でコールバックすらあ」

徳丸が通話を終わらせた。

「二人の掛け合いを聞いてると、まるで落語に出てくるような夫婦みたいですね」

剣持はソファに腰を沈め、梨乃から聞いた話をそのまま伝えた。

「その赤坂のライブハウスに行って、ステージの終わった浦上に興味のありそうな作り話をしてさ、人のいない場所に誘い込もうや」

「浦上に罠を仕掛けて、揺さぶりをかけるんですね？」

「そう。浦上がばっくれたら、少し痛めつけてもいいじゃねえか。そうすりゃ、ある程度のことは吐くだろう」

「そうだろうね。もう少し経ったら、赤坂のライブハウスに行ってみましょう」

剣持は同意して、煙草のパッケージからセブンスターを一本抜き出した。

2

大音量が耳を撲った。

ギターにはドライブがかかっていた。重低音のベースワークが足許から響いてくる。間奏だった。

剣持はステージに目を向けた。

ライブハウス『シャウト』だ。浦上優太はスタンドマイクに両手を掛けながら、全身でリズムを取っていた。

白いプリントTシャツの上に、黒革のジャケットを羽織っている。下は細身のダメージジーンズだ。ところどころ穴が開いていた。もちろん、破れた箇所の縁がほつれっ放しになっているのはファッションだ。

客席は五十ほどあるが、半分ほどしか埋まっていない。ステージの近くに、若い女性たちが固まって坐っている。

剣持・徳丸コンビは最後列に腰かけた。

歌がツーコーラスめに入った。浦上が吼えるように歌いだした。若いころのミック・ジャガーに似た歌い方だった。

声質は違う。ブルース・スプリングスティーンの声に近いのではないか。

しかし、単調なエイトビートに乗せた歌詞の内容は稚かった。羊のような生き方しかできないなら、いっそドラッグに溺れてくたばっちまえ。そうした歌詞だった。アナーキーだが、深みがない。

「歌は下手じゃないみてえだが、歌詞がガキっぽいな」

隣で、徳丸がぼそっと言った。

「そうですね。浦上が二十代前半のころに作詞作曲したんでしょう」

「それにしても、歌詞が時代とずれすぎてらあ」

話が途絶(とだ)えた。

剣持は浦上の歌に耳を傾けた。次の曲はハードロック調だった。くたばれ(ファック・ユー)という歌詞が幾度も出てくる。閉鎖的な社会でもがき苦しんでいる若い世代の苛立(いらだ)ちと絶望感を表現したかったのだろうが、あまりに言葉が生硬(せいこう)だ。楽曲の転調にも工夫がなかった。『シューターズ』のナンバーの大半は浦上が手がけているようだが、楽曲を創(つく)る才はないのではないか。ボーカルに専念したほうが開花しそうだ。

次の曲はバラードだった。浦上はエレキギターをアコースティックギターに持ち替え、しっとりと歌いはじめた。

目に見える物にはほとんど価値がないのではないか。形のない物こそ大事にしたい。

十代の少年が綴(つづ)りそうな歌詞だった。サビの部分に入ったとき、薄暗いホールに五十年配の女性がやってきた。その横顔を見て、剣持は危(あや)うく声をあげそうになった。

なんと春名麗子だった。捜査資料で、顔は知っていた。殺害された元キャリア官僚の妻が、どうして場違いなライブハウスに来たのか。

「春名勝利の奥さんですよ」

剣持はステージに近い席に腰かけた麗子に目を当てつつ、かたわらの相棒に耳打ちした。

「どうなってんでえ!?」

「奥さんと浦上に接点はないと思ってたが……」

「どこで知り合ったのかね」

徳丸が小首を傾(かし)げた。

「浦上は以前、六本木のホストクラブで週に三日、バイトをしてたはずです」

「おう、そうだったな。剣持ちゃん、わかったぜ。春名麗子は浦上がバイトしてたホストクラブに通ってたんじゃねえのか。亭主が浮気してるんで、気晴らしにさ」

「多分、そうなんでしょう。徳(トク)丸さん、ここでは話しにくいから……」

剣持は囁き声で言って、椅子から立ち上がった。徳丸も腰を浮かせる。

二人はホールを出て、通路の奥に置かれた長椅子に並んで坐った。

長椅子の前には、四角い金属製の灰皿が据えてあった。どうやら喫煙コーナーになっているようだ。

「おれは面(メン)が割れてるんだよな」

徳丸が言って、ハイライトに火を点けた。

「ええ、城戸と春名宅を訪ねてますからね。しかし、夫人は徳丸さんに気づかなかったはずですよ。気がついてたら、当然、なんらかのリアクションを起こしてたでしょうから」

「そうだろうな。でも、もうライブ会場には戻らねえほうがいいだろう」

「ええ。浦上と麗子に個人的なつき合いがあったら、ホストクラブで出会ったと考えてもいいでしょう」

「夫人が五十四歳で、ロック・ミュージシャンは三十二だったな。年齢に二十二歳も開きがあるんだから、まともな恋愛は成立しないよな？」

「浦上は未亡人を単なる金蔓と思ってそうだが、麗子のほうははるか年下の浦上に恋情を寄せてるんじゃないのかな」

「だとしたら、麗子の一人相撲なんだろう。若い男の中には熟女好きもいるようだが、てめえの母親と同世代の女に本気でのめり込む野郎なんていねえだろうが」

「多分、浦上のほうには恋愛感情はないんでしょうね。それでもバイトでホストをやってたぐらいだから、奥さんに気があるような振りをしてきたんでしょう」

「素っ気ない接し方をしてたら、金を貢いでもらえないからな。夫人が金蔓なら、浦上は二十歳以上も上の女を何度か抱いたんだろう。想像しただけで、なんか気持ち悪いな。夫人と知り合ったときはまだ五十前だったのかもしれねえが、そんな相手の裸を見ても普通は勃起しないだろう？」

「女たちにたかってきた男なら、努力してでも相手を抱くんじゃないかな。そうじゃなければ、まとまった金は引き出せないでしょうからね」

剣持は言った。

「そうだろうな。ヒモみたいな連中にも、それなりに苦労があるわけだ。大変だね。浦上は三雲すみれの金をかっぱらったみてえだから、もう五十女とは縁を切ってもよさそうだが……」

「徳丸さん、浦上は手持ちの資金だけで音楽制作会社を立ち上げて、ネット配信したり、CDを販売するのは心許ないと思ってるんじゃないのかな」

「それだから、夫の遺産が転がり込んだ春名麗子をまだ繋ぎ止めておきたいってわけか」

「ええ。春名はかなりの金を貯えてただろうし、妻を受取人にした高額生命保険に加入してたとも考えられる。キャリア官僚だった春名は、自分の命の値段を一億以上には査定してたんじゃないんですか？　ひょっとしたら、二億円ぐらいの保険を掛けてたのかもしれませんよ」

「そうだったとしたら、奥さんは亡夫の遺産を現金だけで数億円は相続したんだろう。不動産を入れりゃ、大変な資産だな」

徳丸が、短くなった煙草を灰皿の中に投げ落とした。火は点いたままだった。灰皿の中には水が張ってあった。ハイライトの火は、すぐ消えた。

「キャバ嬢と春名勝利にはまったく接点がなかったが、被害者たちは間接的には結びついてたわけだ」

「浦上優太は、同棲してた三雲すみれの持ち金が欲しくなったんじゃねえのか。春名麗子のほうは浮気癖の直らない旦那に愛想を尽かし、若いロック・ミュージシャンの野望の後押しをする気になったのかもしれねえぜ」

「それで、二人はおのおののパートナーを亡き者にする気になったのか」

「そう疑うことはできるよな。浦上と麗子は共謀して、それぞれの同棲相手と亭主を第三者に事故に見せかけて始末してもらったんじゃねえのか。もちろん、二人はアリバイを用意してな」

「そう疑えないこともないですね。ライブが終わったら、浦上と夫人は何か密談する可能性もあるな。外で張り込みましょう」

剣持は、すっくと立ち上がった。徳丸が倣う。

ライブハウスは、田町通りに面した雑居ビルの地下一階にある。二人は階段を上がって、表に出た。寒風が頰を嬲る。剣持たちは首を竦めて、路上駐車中のスカイラインに駆け寄った。底冷えがする。

運転席に乗り込んだのは剣持だった。職階や役職は徳丸よりも上だが、自分のほうが年下だ。徳丸も運転免許証は持っていたが、コンビを組むときは剣持がハンドルを握ることが多い。

スカイラインのエンジンを始動させ、二十メートルほど『シャウト』の出入口に近づける。剣持は手早くライトを消した。アイドリングさせた車の中で、ライブハウスの階段の昇降口に視線を注ぐ。

「浦上と春名麗子が捜査本部事件に関わってたら、マスコミはセンセーショナルに報道するだろうな」

剣持は呟いて、両腕でステアリングを抱え込んだ。

「全国紙は節度のある報じ方をするだろうが、テレビや週刊誌は派手に取り上げるだろうな。鷲塚から約三億も騙し取ったキャバ嬢や収賄を重ねてた元キャリア官僚の二人はそれぞれ裏の顔を持ってたわけだからさ」

「そうですね。春名、すみれ、浦上は金の亡者と言ってもいいでしょう。特にロック・ミュージシャンの金銭欲は凄まじい」

「浦上は鷲塚、すみれの金を自分のものにして、さらに奥さんから夫の遺産を吸い上げようとしてるみてえだからな」

「徳丸さん、浦上と春名麗子が共謀して、本部事件の被害者を誰かに殺らせたと考えるのは早計かもしれませんよ。すみれを第三者に始末させたのは、鷲塚亮介だという疑いがまだ消えたわけじゃない」

「三雲すみれを殺し屋に片づけさせたのは、鷲塚臭かったんだったな。そうだとすると、春名勝利を第三者に葬らせたのは女房の麗子なのか」

「徳丸さん、そう断定はできないでしょ？　浦上が麗子の旦那を誰かに始末してもらって……」

「麗子が相続する遺産を横奪りする計画を立ててたのか」

「ひょっとしたらね。麗子の気持ちは、とっくの昔に夫から離れてたんでしょう。浦上と再婚したいとは考えてなかったとしても、お気に入りの若い男の夢を叶えてやりたいと思ってたかもしれませんよ」

「余裕があったら、そうしてやりたいと考えてたんじゃねえか。亭主が死亡して少しまとまった遺産が入るとなりゃ、浦上に唆されたら、いっそ春名を亡き者にしてもいいと……」

「専業主婦だった奥さんがそこまで考えるかな。麗子自身が旦那の殺害を企（くわだ）てたりはしないでしょう。しかし、浦上に亭主がいなくなったら、いつでも自由に会えるようになると耳許で甘く囁かれれば、麗子の気持ちは動きそうだな」

「浦上が『バレないようにして、旦那にこの世から消えてもらおうよ』なんて言ったら、強くは反対できなくなっちまうんじゃねえか」

「そうなりそうですね」

「剣持ちゃんの推測が正しけりゃ、浦上がどこかで実行犯を見つけたんじゃねえのか」

「おそらく、そうなんでしょう。根拠があるわけじゃないが、鷲塚がすみれを始末させた実行犯は浦上に春名殺しも頼まれたんじゃないだろうか」

「つまり、実行犯はひとりだったってわけだな？」

「ええ。その犯人は、元組員といった無法者なんかじゃない気がしますね」

「事故に見せかけようとした細工はパーフェクトとは言えねえが、所轄署は初動では他殺ではないと判断した。アクセルペダルにコンクリートの塊（かたまり）を載っけて、勢いよく走りだしたレクサスに巻き込まれずに犯人（ホシ）は逃走したよな？」

「ええ。そういうことを考えると、やはり加害者は何か特殊訓練か軍事訓練を受けたことのある殺し屋なんでしょうね」

「ただの犯罪者じゃなさそうだな。ネットの裏サイトを虱潰しに調べりゃ、殺人請負組織か一匹狼の殺し屋にたどり着けるんじゃねえのか」

「そうしてみましょう」

話が途切れた。

剣持は、ライブハウスに出入りする男女をひとりずつチェックした。

『シャウト』から春名麗子が出てきたのは七時過ぎだった。『シューターズ』のステージが終わり、別のロックバンドの演奏がはじまったのだろう。ほかにライブハウスの客は姿を見せない。

麗子は『シャウト』の四、五軒先にあるレストランの中に入った。店内で浦上を待つ気なのだろう。

「浦上が『シャウト』から出てきて、麗子のいるレストランに入ったら、おれが二人の遣り取りを盗み聴きしてきます」

剣持は言った。

「そうしてくれや」

「二人のいる席のそばに坐れたら、ＩＣレコーダーで会話を録音してきますよ」

「麗子の出現で、段取りを変更しないといけなくなったな」

徳丸が言って、口を閉じた。

コンビはライブが終了したら、音楽ビジネスに関心のある起業家に化ける予定だった。そして、浦上に新レーベルを立ち上げないかと嘘の商談を持ちかけてみることになっていた。

共同経営の話をすれば、おおよそ浦上の手持ちの資金額を聞き出せるだろう。ロック・ミュージシャンが数億円の資金を持っていることが確認できたら、剣持たちコンビは実はブラックジャーナリストだと打ち明け、悪事を浦上に喋らせる段取りだった。

「剣持ちゃん、浦上が出てきたぜ」

徳丸が告げた。

浦上はステージと同じ衣裳のままだった。両手をレザージャケットのポケットに突っ込み、麗子がいるレストランに駆け込んだ。

剣持はスカイラインの運転席から降り、レストランに向かった。

店の手前まで歩くと、鏡課長から電話がかかってきた。剣持は道端にたたずみ、ポリスモードを左耳に当てた。

「寒いのに、ご苦労さん！　その後、捜査は捗ってるかな？」

「残念ながら、二階堂理事官に報告をした以上の手がかりは摑めてません」

「そうか。しかし、焦ることはない。きみらは、これまでに難事件をことごとく解決してきたんだ。自信を持つことだよ」

「はい」

「空回りしてると感じたら、『はまなす』で息抜きするんだね。気分転換すれば、見えなかったものが見えてくることもある。あまり無理をするなよ。刑事は体が資本なんだ。今夜は底冷えするから、みんな、早めに切り上げたほうがいいな」

捜査一課長がそう言って、電話を切った。今回は、いつものペースより捜査の進み方がやや遅い。メンバーが急かないよう気を配ってくれたのだろう。

剣持はレストランに入った。浦上と春名麗子は、奥のテーブル席で向かい合っていた。

剣持は、その横の席に坐った。ウェイターにビーフシチューを注文してから、ＩＣレコーダーの録音スイッチを押す。

食事をして店を出たのは、およそ四十分後だった。

剣持はスカイラインに乗り込んだ。コートのポケットからＩＣレコーダーを取り出し、浦上と麗子の会話を再生させる。

——いまになって梯子を外すようなことをされちゃ、おれ、困るんだよ。

——優太ちゃん、ごめんなさい。わたし、夫の生命保険金の二億円をあなたの音楽ビジネスに本気で出資する気だったのよ。だけど、状況が変わったんで、あなたの力になれなくなったの。

——誰かほかの奴のビジネスに投資する気になったんだな。

——ううん、そうじゃないの。わたし、あなたの力になりたかったんで、ヘッジファンドに手を出しちゃったのよ。

——ヘッジファンドというと、ハイリターンを期待した金融市場で展開されてる投資信託のことだね?

——ええ、そう。よく知ってる個人投資家に多少のリスクはあるけど、二億円を四億円に増やすことはさほど難しくないと言われたんで……。

——旦那の生命保険金をそっくり投資しちゃったのか⁉

——そうなの。わたしが愚かだったのよ。ハイリターンどころか、投資した二億円は瞬く間に損しちゃって、春名が遺してくれた預金の五千万円まで失ってしまったの。

——なんてこった。おれは麗子さんをビジネスパートナーにして音楽ビジネスで大成功し、さらにアーティストとしても再デビューする気でいたんだぜ。

――わたしも優太ちゃんをビッグにしてあげたいと思ってたわ。本当よ。息子とあまり年齢(とし)は違わないけど、わたしはあなたを特別な男性と慕ってたの。あなたと一緒になれなくても、ずっと支えるつもりだったのよ。

――そんなことよりも、おれはどうすればいいんだっ。おれだけの金じゃ、夢はとても実現できない。麗子さんのバックアップが必要なんだ。どうしても必要なんだよ。もう事業計画は進めはじめてるんだ。いまさら、ストップなんてできない。

――困ったわね。

――麗子さん、当てにした二億円の調達方法を考えてくれないか。

――わたしには、とても工面できないわ。山中湖畔の別荘は、二千数百万円でしか売れないでしょうから。

――麗子さんの家を抵当に入れて、銀行から借りてもらえないかな。土地はかなり広いから、二億円ぐらいは借りられるじゃない？

――そんなことは無理よ。子供たちは社会人になって間がないんで、自分のお給料だけでは自活できないの。

――麗子さん、いつかベッドで言ってたことは嘘だったわけ？　確か二人の子供よりも、おれのほうがずっと大事だと言ってくれたよね？

――ええ、言ったわ。あの夜は、あなたに優しく抱かれて有頂天になってたんで、つい……。

――心にもないことを言ったわけか。ひどいな。おれは麗子さんの言葉を真に受けたんで、年齢に開きがあっても人生の伴走者にしようと決意したのに。

――いまの言葉、本当なの？　わたしはもうおばさんよ。それなのに、本気でそう思ってくれてるんだったら、とっても嬉しいわ。

――麗子さん、おれの事業が軌道に乗ったら、すぐ結婚しよう。

――からかわないで。

――マジだよ。だから、おれを支えてほしいんだ。自宅の土地を担保にして、なんとか二億円ほど銀行から借りてほしいんだよ。なんなら、借用証をちゃんと書く。音楽ビジネスがうまくいけば、二、三年で全額返せるはずさ。ね、頼むよ。

――少し時間をちょうだい。わたし、真面目に考えてみるわ。

――いいよ。今夜も例のホテルに泊まるんだ。麗子さんが朝まで一緒にいられるんだったら、おれ、続き部屋（スウィート）に替えてもらう。

――優太ちゃんは、女殺しなんだから。

剣持は、ＩＣレコーダーの停止ボタンを押し込んだ。

「この後は戯言(ざれごと)が延々とつづくんですよ。録音する価値がないと判断したんで、スイッチを切ったんだ」

「そうかい」

「高額の生命保険金は請求しても、すぐには下りないって話をどこかで聞いたことがあるな。春名麗子は亡夫の生命保険金二億円をヘッジファンドに投資して、そっくり失っちゃったんですかね？」

「剣持ちゃんは麗子の気が変わって、音楽ビジネスに出資することをやめたと思ってるのかな？」

徳丸が問いかけてきた。

「そうなのかもしれませんよ。そうでなければ、奥さんは誰かに夫殺しを依頼して、その弱みにつけ込まれて多額の口止め料を脅し取られたんじゃないのかな」

「浦上が第三者に春名を始末させて、麗子に入る遺産を奪う気だったのかもしれないぜ」

「後で浦上を揺さぶってみましょう」

剣持は相棒に言い、シートに凭れた。

3

霙が止んだ。

それでも、ひどく冷え込む。剣持はカーエアコンの設定温度を二度ほど高めた。

スカイラインは、みすじ通りの路肩に寄せてある。ライブハウス『シャウト』から二百メートルも離れていない。三十メートルあまり先の左手に居酒屋がある。

浦上は、その居酒屋でバンド仲間たちと打ち上げの酒を酌み交わしていた。彼はライブハウスのそばにあるレストランの前で春名麗子と別れ、『シューターズ』のメンバーたち三人と居酒屋に入ったのだ。

それから一時間ほどが経過している。午後九時を数分回っていた。

「女は年齢を重ねても、イケメンに弱いんだな」

助手席の徳丸が唐突に言った。

「春名麗子のことを言ってるんですね」

「そう。夫人は浦上に甘い言葉を言われたんで、もう自宅を担保にして銀行から二、三億借りる気になってるんじゃねえのかな。けど、少しは迷ってるからロック・ミュージシャンとホテルに泊まることはしなかったんだと思うよ」

「お泊まりしたら、麗子は家の権利証を持って明日にも銀行に融資の相談に行ってただろう」

「そうなんだろうか」

「五十過ぎの女を誑かすんだから、浦上はジゴロとしては凄腕なんだろうな」

「ルックスは悪くねえし、母性本能のくすぐり方も上手なんだろう。それから、あっちのほうのテクニックにも長けてやがるんだろうよ」

「それだけじゃなく、浦上は女心をくすぐりまくってるんでしょう」

「それは間違いねえだろう。剣持ちゃん、作戦を変更しねえか。浦上と奥さんの会話を録音したんだから、奴が投宿してるホテルに戻ったら、ストレートに追い込もうや」

「何かいい手を思いついたんですね？」

「ああ、ちょっとな。おれたち二人は回収屋に化けようや」

「回収屋ですか？」

「そう。すみれの遺族に頼まれて、彼女のピンクダイヤの指輪とロシアン・セーブルの毛皮のコートの行方を調べてるってことにするんだよ。それから、乃木坂の高級賃貸マンションにあったはずの三雲すみれのタンス預金のありかもな」

「ついでに、鷲塚の知り合いに頼まれて横領した金の行方を追ってることにすりゃ、本部事件の核心に迫れるんじゃねえか？」

「ええ、期待できそうですね」

剣持は短く答えた。

ちょうどそのとき、浦上が居酒屋から出てきた。ひとりだった。浦上はいかにも寒そうに背を丸めて、一ツ木通りに向かって歩きだした。

剣持は浦上が遠のいてから、スカイラインを発進させた。低速でロック・ミュージシャンを追尾しはじめる。浦上は民放テレビ局の近くで、通りかかったタクシーを拾った。行き先に見当はつかなかった。

剣持は一定の車間距離を保ちながら、浦上を乗せたツートーン・カラーのタクシーを追った。車体の色は緑と橙色だ。目を惹く。見失うことはないだろう。

タクシーは十七、八分走り、恵比寿ガーデンプレイス内にある外資系ホテルの表玄関に横づけされた。剣持はスカイラインを車寄せの端に停め、相棒とほぼ同時に車内から出た。

すでに浦上はタクシーを降り、ホテルのエントランスロビーに入っていた。

剣持たちコンビは小走りに走り、館内に駆け込んだ。浦上は奥のエレベーターホールに向かっている。部屋のカードキーは持っているようだ。

剣持たち二人は足を速め、浦上が乗り込んだ函(ケージ)に入った。

自分たちのほかに数人が乗り込んでいた。宿泊客だろう。ひとりは白人男性だ。

浦上は十五階でエレベーターを降りた。剣持たちは、扉が閉まる直前にケージから飛び出した。浦上は一五〇二号室の前に立っていた。カードキーを手にしている。

剣持はカードキーを懐から取り出すような真似をして、簡易ライターを摑み出した。

足音を殺して、浦上の背後に回り込む。

「な、何なんだよ!?」

気配で、浦上が振り返った。表情に変化はない。レストランでは、よく顔を見られなかったのだろう。剣持は、ライターの底部を浦上の背中に強く押しつけた。

「騒いだら、ぶっ放すぞ」

「おれの背中に突きつけたのは銃口なのか!?」

「正確には、消音器の先端だな。早くドアを開けて部屋に入れ!」

「おたくらは何者なんだ?」

「室内で教えてやらあ」

徳丸がドアを開け、浦上を部屋の中に押し入れた。

室内は明るい。ドアを開けると、自動的に照明が灯る造りになっているのだろう。

剣持たちコンビも一五〇二号室に入り、ドアを素早く閉めた。

ツインベッドの部屋だった。だが、誰もいなかった。徳丸が浦上をソファに腰かけさせ、その前に立った。

「おれたちは回収屋だ」

「ヤミ金の取り立て屋だったのか。おれ、どっからも借金してないぜ」

「街金の取り立て屋（キリトリ）じゃない。おれたちは犯罪絡みの金をこっそり回収してるんだ。浦上、おまえは同棲してた三雲すみれの私物を盗（ギ）ったなっ」

「すみれの私物なんか何もかっぱらってないよ」

浦上が言い返した。喧嘩腰だった。

「時間稼ぎはさせねえぞ。おれたちはプロの追い込み屋なんだ。甘く見ると、後悔することになるぜ」

「そう言われても、身に覚えがないんだ」

「おまえ、両方の上瞼（うわまぶた）が腫（は）れてるな。おれが治してやろう」

徳丸が言いざま、二本の指で浦上の眼球を突いた。二本貫手は極まった。

浦上が歯を剝いて長く唸った。徳丸は黙ったまま、浦上の右の向こう臑を蹴りつけた。

浦上が獣じみた声を発し、前屈みになった。

「選手交代だ」

徳丸がにっと笑って、横に移動した。剣持は浦上の前に立つと、左手で相手の頭髪を鷲摑みにした。

「いきなり荒っぽいことをして、な、何だよっ。おれは、やくざの大幹部を知ってるんだぞ」

「それがどうした?」

「場合によっては、おたくら二人を半殺しにしてもらうぞ」

浦上が喚いた。

剣持は薄く笑って、右手で浦上の頰を挟みつけた。指先に力を込めると、ロック・ミュージシャンの顎の関節が外れた。浦上が喉の奥を軋ませ、顔を左右に振る。いかにも苦しげだ。口中には、すぐに唾液が溜まった。

「手間をかけさせるなって」

剣持は冷ややかに言って、浦上の垂れた後ろ首にラビットパンチを落とした。

浦上がソファから転げ落ち、のたうち回りはじめた。涎がカーペットに垂れる。

「そのうち素直になるだろう」

徳丸がうそぶいて、片方のベッドに腰かけた。浦上が転げ回りながら、平手で幾度も床を叩いた。

剣持は、それを無視した。浦上に涙と涎をたっぷりと流させてから、荒っぽく引き起こした。それからソファに坐らせ、関節を元の位置に戻してやる。

浦上が肺に溜まっていた空気を一気に吐き出した。肩が上下に弾み、すぐには喋れない様子だった。

「口がきけるようになるまで待ってやるよ」

「そ、そうしてくれ」

「後で部屋に春名麗子が来ることになってるのか。それとも、もっと若いセックスフレンドと娯しむことになってたのかい？」

「おたくが、な、なんで麗子のことを知ってるんだ!?」

「もっといろんなことを知ってるぜ。だから、もう観念するんだな」

剣持は浦上の顔を睨みつけた。浦上が狼狽し、目を逸らす。

「三雲すみれのピンクダイヤの指輪とロシアン・セーブルの毛皮のコートは、いくらで売れたんだ?」

「な、何を言ってるのかわからないな」

「浦上、また顎の関節を外してほしいのかっ。なんなら、チョーク・スリーパーでしばらく眠らせてやってもいいぞ」

「や、やめてくれーっ。そんな危ない技を掛けられたら、死んじゃうかもしれない」

「だったら、正直者になるんだな」

「その指輪と毛皮のコートは、すみれがおれにくれたんだよ。あいつ、おれにぞっこんだったから、いつもこっちの機嫌を取ってた。アーティストのおれがキャバ嬢やってたダサい女と一緒に暮らしてやってたんだから、ま、当然だろうね」

「おまえ、何様のつもりなんだっ。昔、大手レコード会社からCDシングルを何枚か出したようだが、それっきり表舞台から消えて細々とライブハウス回りをしてるだけじゃないか!」

剣持は、浦上の思い上がりを咎めた。

「テレビには出なくなったけど、おれのファンは大勢いるんだ。『シューターズ』はまだ沈んじゃいない」

「そう思ってなきゃ惨めすぎるんだろうが、はっきり言わせてもらえば、おまえは売れないロック・シンガーだよ」

「ばかにすんなっ」

浦上が気色ばみ、ソファから立ち上がった。頭を低くして、そのまま闘牛のように突っ込んでくる。

剣持はわざと躱さなかった。腹筋を張って、頭突きの衝撃を和らげる。

浦上がラガーのように押しまくってきた。

剣持は踏ん張り、浦上の背中に強烈な肘打ちを見舞った。エルボーをまともに喰らった浦上は、止めを刺された闘牛のように這う形になった。不様な恰好だった。

剣持は浦上の上体を摑み起こし、敏捷に背後に回った。右腕を浦上の首に掛け、軽く喉笛を圧迫する。

「チョーク・スリーパーなんか掛けないでくれーっ。お願いだ！」

浦上が、くぐもった声で哀願した。

剣持は利き腕の力を緩め、浦上を仰向けに引き倒した。

「すみれが死んじまったんで、指輪と毛皮のコートをブランド品の買い取り店に持ち込んだんだ」

「両方でいくらになった？」

「四百二十数万円だったよ」

「おまえは、すみれのタンス預金もそっくりがめたな？　故人の母親の話で、乃木坂のマンションに相当な額のキャッシュが保管されてたのはわかってるんだ」

「それなら、ばっくれても意味ないな。すみれの金はおれがいただいた。額は約三千万円だよ」

浦上が白状した。

「すみれがタンス預金してた大金は、『シャングリラ』の客だった鷲塚亮介が職場で横領した銭の一部だってことは知ってたんだな？」

「それは……」

「答えになってないっ」

「そのことは知ってたよ。すみれは鷲塚が初心なことを知って、自分は拡張型心筋症でアメリカで心臓移植手術を受けなきゃ、余命いくばくもないという作り話をしたらしいんだ。鷲塚は勤め先の金をくすねて、すみれに約三億円も貢いだんだよ」

「それで、おまえらは乃木坂の高級賃貸マンションで贅沢三昧の生活をエンジョイしてたわけか」

「そんなことまで知ってんのか⁉　まいったな」

「おまえは、すみれから鷲塚が職場の金を総額でいくら着服したのか聞いてたのか？」

剣持は畳みかけた。

「すみれは、そこまでは知らなかったよ。でもさ、自分に三億円もくれたんだから、七、八億円はくすねたのかもしれないと言ってたな」

「で、おまえは鷲塚の弱みをちらつかせて、口止め料をせびってたんじゃないのかっ」

「弱みって何のことだよ？」

「とぼけるなっ。おまえは鷲塚が誰かに三雲すみれを始末させたことを知って、着服した金をそっくり横奪りする気だったんだろうが！」

「えっ、鷲塚が第三者にすみれを殺させたの!?　そうなのか。それは知らなかったな。おれは横領の件を恐喝（カツアゲ）の種（ネタ）にして、鷲塚から一千万円の口止め料をせしめただけだよ」

「てめえの話は信用できねえな」

徳丸がベッドから立ち上がって、浦上を見下ろした。

「おれは何も隠しごとなんかしてないって」

「てめえは音楽ビジネスの会社を興して、ロッカーとしてメジャーになりたくなったみてえだな。音楽制作会社を立ち上げて、ネット配信をする気なんだよな。それでダウンロード数の多かった楽曲を自分のレーベルでCD化していきてえんだろ？」

「おたくがどうしてそんなことを知ってるんだ⁉」

浦上が目を丸くした。

「黙って聞きな。てめえはホストのバイトをしてたころに知り合った春名麗子に気があるような振りをして、音楽ビジネスに出資させることを企んだんじゃねえのか。で、麗子を説得し、犯罪のプロに春名勝利を十月二十九日の夜、事故に見せかけて殺してもらった。春名の車の助手席には、三雲すみれが乗ってた」

「ま、待ってくれ。おれと麗子が共謀して、その二人を殺し屋に片づけさせたと疑ってるのか⁉」

「そう疑える材料があるんだよ。キャリア官僚だった麗子の旦那はあちこちから賄賂を貰って、かなり金を貯め込んでた。それから、女房を受取人に指定した二億円の生命保険金を掛けてた。春名勝利が死亡したら、麗子は数億円の遺産を相続できるわけだ」

「それだから、なんだっていうんだよっ」

「てめえは麗子の金を当てにしてたんで、彼女の亭主を誰かに殺らせたんだろ？　ついでにキャバ嬢のすみれも片づけてもらったんじゃねえのかっ」

「ま、待てよ。おれは、誰にもすみれと麗子の旦那を始末してくれなんて頼んでない。すみれに鷲塚を騙して、横領させるように仕向けたんだ。それでもって、約三億も貢がせたんだ。鷲塚が頭にきて、すみれを抹殺したくなる気持ちはわかるよ」

「きさまがどっちも殺らせてないとしたら、春名勝利殺しの依頼人は女房の麗子なのか？」

「麗子は旦那とは心が離れてしまったんで、別れてもいいとは思ってただろうな。だけど、夫の遺産が欲しくて、誰かに亭主殺しを頼むなんてことは……」

「考えられねえか？」

「ああ」

「けど、春名麗子はおまえにのめり込んでる。彼女は、そっちの野望の後押しを本気でするつもりだった」

徳丸が言葉に節をつけて言い、剣持に目配せした。剣持はコートの右ポケットから、ICレコーダーを取り出した。

録音音声を再生させる。浦上の顔に驚愕の色が拡がった。

「ライブハウスの並びにあるレストランで、おれと麗子の会話を録音してたのか!? おたくたち、回収屋なんかじゃないな。どこの誰なのか、教えてくれよ」

「静かにしてろっ」

剣持は声を張った。

浦上が何か言いたげな顔つきになった。だが、口は開かなかった。

やがて、録音音声が熄んだ。徳丸が浦上に顔を向けた。

「再生した音声で、春名麗子がてめえに入れ揚げてることは誰にもわかるだろう。それにつけ込んで、てめえは春名勝利をこの世から消しちまおうと麗子に言ったんじゃねえのか？」

「同じことを何度も言わせないでくれ。おれは、そんなことしてないっ」

「なら、麗子がてめえの甘い言葉を信じて犯罪のプロに旦那を殺させたのか？」

「麗子もそんな恐ろしいことはしてないと思うけど、全面的に否定はできないな。あのおばさんは、おれに惚れてるからね。こっちが望んだことはたいてい叶えてくれてたんだ」

「音楽ビジネスに二億円を出資してくれることになってたんだな？」

「そうだよ。旦那の生命保険金をそのまま出資してくれることになってたんだけど……」

「ヘッジファンドで大火傷をしてしまった」

「ばかな女だよ。でも、麗子のことだから、自宅を担保にして二、三億円借りて、その金をそのまま回してくれると思うな。あのおばさんは五十四歳だけど、少女みたいに純真なとこがあるからさ。騙すのは、ちょろいもんだったよ」

「てめえは屑だな。人間の屑だ」

「いい年齢こいて騙されるほうが悪いんじゃないの？　小娘ってわけじゃないんだからさ」

浦上が口の端を歪めた。

徳丸が無言で浦上の腹部に蹴りを入れた。靴の先が筋肉の中に深く沈む。浦上が横倒れに転がって、体をくの字に丸めた。

「二階堂さんに連絡して、直属の管理官に浦上の身柄を引き渡しましょう」

剣持は徳丸に言い、懐のポリスモードを探った。

4

手錠を打つ音が高く響いた。

浦上がうなだれ、吐息を洩らした。前手錠を掛けたのは窃盗犯係の刑事だった。顔は知っていたが、姓は思い出せない。

「後はよろしくお願いします」

剣持は、管理官の小出繁之（こいでしげゆき）警視に頭を下げた。三十七歳の警察官僚（キャリア）だ。

「わかった。窃盗事案の取り調べが済んだら、ただちに浦上の身柄を杉並署に設置されてる捜査本部に移送するよ。本部事件に浦上が何らかの形で関わってるかもしれないからな」

「ええ。そうしてください」

「剣持ちゃん、小出に敬語なんて使うことねえよ。そっちより一つ年下じゃねえか」

徳丸が管理官に鋭い視線を向けながら、厭味（いやみ）たっぷりに言った。

剣持は困惑した。相棒は二階堂理事官以外のキャリアには、しょっちゅう絡んでいる。

「確かに剣持警部は一歳年上だが、わたしのほうが階級が上だからね」

「警察官僚（キャリア）がそんなに偉いのかよっ。学校秀才なんか捜査にはなんの役にも立たねえ」

「われわれは、現場の駒を上手に動かすことが職務なんだ。現場捜査で汗を流す必要はないんだよ」

「おい、小出！　思い上がってんじゃねえぞ。ノンキャリアが地道に働いてるから、事件が落着してるんだ。そのことを忘れるんじゃねえ。同じキャリアでも二階堂さんは立派だが、部下のおまえは三流の人間だな」

「徳丸警部補、警視のわたしを侮辱するのか！」

「いちいち職階なんか付けるんじゃねえっ」

「警察社会は上意下達なんだ。上の人間に逆らう者は異分子だよ。態度を改めないと、いずれ排除されることになるぞ」

　小出が感情を露にした。

「おれをクビにできると思ってやがるのか。なめんじゃねえ。だいたい、おまえはおれたちを軽く見すぎだ。剣持ちゃんが二階堂理事官に電話をしたのは三十数分前だった。ノンキャリア組なんか待たせてもいいと思ってたんじゃねえのか。え？」

「そんなことはない。レスポンスタイムはそう遅くないはずだ」

「三十分以上も待たせやがって、ふざけたことを言うな。おまえ、お気に入りの女性警官を口説いてたんじゃねえのかよ？」

「徳丸！」

「ずっと年上のおれを呼び捨てかい？　上等だ、この野郎！」

　徳丸が小出の胸倉を摑んだ。キャリアの加勢をしかけた窃盗犯係刑事は徳丸に横蹴りを見舞われそうになって、慌てて後方に退がった。すぐに身構える。

「警視、従順なノンキャリアばかりじゃないことを知っておいたほうがいいな。おれたち駒を上手に使いたいんだったら、もう少し謙虚になるべきだね」

剣持は小出に忠告し、相棒を一五〇二号室から連れ出した。

「おれ、小出の野郎を跳ね腰で投げ飛ばしてやるつもりだったんだ」

「徳丸さんは若いな。でも、おれはそんな徳丸さんが好きですよ」

「そうかい」

「小出は、まだガキなんですよ。そんな奴と同じ土俵に立つことはないでしょ？　ガキと喧嘩して勝っても、自慢にはならないでしょ？」

「それもそうだな」

徳丸が冷静さを取り戻した。

剣持は、ひとまず胸を撫で下ろした。徳丸が極秘捜査班のメンバーから外されるようになったら、チームの士気は下がってしまうだろう。

剣持たちはエレベーターで一階に降りた。

エントランスロビーを歩いていると、横合いから女の声がかかった。

「先夜はありがとうございました」

「え？」

剣持は立ち止まった。近寄ってきたのは、弁護士の別所未咲だった。

「剣持ちゃん、いい女じゃねえか。車のキーを寄越せや」

「どういうことなんです？」

「おれはスカイラインを雑居ビルの地下駐車場に入れて、『はまなす』に行かあ。佳苗っぺの顔を見たくなったんだよ。きょうの捜査は、これで打ち切ろうや。早く鍵を出してくれ」

徳丸が右手を差し出した。剣持は短く迷ってから、スカイラインのキーを徳丸の掌に落とした。

「お疲れさん！　また明日な」

徳丸が片手を軽く挙げ、館内から蟹股で出ていった。剣持は十五、六メートル歩いて、美人弁護士と向かい合った。

「お連れの方は？」

「仕事から解放されたんで、行きつけの酒場で一杯飲りたくなったようなんだ」

「それでしたら、あなたもお時間がありますね。こないだのお礼をさせてください。夕食は？」

「まだ喰ってない」

「実は、わたしもまだなんですよ。このホテルに月極で泊まってる依頼人の方がとにかく話し好きで、なかなか解放してくれなかったの」

「そう。その後、不審者が身辺に迫ってない？」

「ええ。グリルでご一緒に食事をしません？　何かお礼をしたいんですよ」

「そういうことなら、遠慮させてもらおう。こっちは、当然のことをしただけだからね」

「それなら、割り勘で食事をしませんか。それでしたら、つき合ってくださる？」

「いいでしょう」

「では、そういうことで……」

未咲が匂うような微笑を見せ、先に歩きだした。剣持はすぐに未咲と肩を並べた。

二人はフロントの左手にあるグリルに入り、奥のテーブル席に落ち着いた。

「別所さんは車なのかな？」

「いいえ」

「それなら、少しワインを飲みましょう。二度目に会った女性と差し向かいで肉料理か魚料理を喰うのは、なんだか小っ恥ずかしいからな」

「そうしましょうか。それで、後でフィレステーキでもいただきましょう」

「肉食系女子なんだね」

「食べ物だけですよ」

　未咲が大きな瞳を和ませた。色っぽい笑みだった。

　剣持は給仕係の男性に合図し、赤ワインと数種のオードブルを注文した。グラスワインではなく、ボトルを頼んだ。

「このグリルには、よく来るんですよ」

「そういえば、別所さんの自宅マンションはこの近くにあったんだったね」

「ええ。ここから歩いて四、五分の所に住んでるんで、ガーデンプレイス内にあるデパートの食料品売場にも週に二、三度は……」

「自宅が近いなら、グラスを重ねてほしいな。アルコールは苦手じゃないんでしょ？」

「好きですね。剣持さんは？」

「嫌いなほうじゃないな。ところで、川端先生はやっぱり足首を捻挫してたのかな？」

「ええ、そうなんですよ。幸い骨には異状がなかったので、一週間程度でよくなるという診断だったそうです」

「そうなら、安心だね」

「はい」

　会話が中断した。

　タイミングよくワインとオードブルが運ばれてきた。二人はワインを相手のグラスに注ぎ合ってから、ほどなく乾杯した。

剣持はワイングラスを傾けながら、さりげなく美しい弁護士のプライベートなことを聞き出した。未咲は三十二歳だった。藤沢（ふじさわ）にある実家には、両親と兄夫婦が同居しているらしい。四つ違いの兄は大手商社に勤めているそうだ。

「こっちは深川育ちなんだが、同じように兄貴夫婦が実家に入ってるんだ。親父は亡くなってるんで、おふくろと同居してるんだよ」

「その点は似てますね。不躾（ぶしつけ）な質問ですけど、もう結婚されてるんでしょ？」

「いや、まだ独身だよ。離婚歴があるわけじゃないし、女嫌いということもないんだが……」

「でも、恋人はいらっしゃるんでしょ？」

「昔はともかく、いま交際してる女性はいない」

「あら、もったいないわ」

「本気でそう思ってくれてるんだったら、ワインをどんどん飲ませて、別所さんに迫るかな。下手したら、都の迷惑防止条例に引っかかりますよなんて叱られそうだな」

「わたしは法律家ですけど、そんな堅物ではありません。といっても、ふしだらな女じゃないつもりだけど」

未咲が艶っぽい科を作り、飲みかけの赤ワインを呷った。白い喉元が妙になまめかしく見える。やや厚みのある唇は官能的だった。

剣持は先に未咲のグラスを満たし、自分のグラスに赤ワインを注ぎ足した。

冗談のキャッチボールをしたことで、二人はぐっと打ち解けた。ワインを酌み交わしているうちに、美人弁護士に恋人がいないことはわかった。剣持はグラスを重ねながら、未咲のことをもっと深く知りたいと思った。

ボトルが空になる前に、未咲が二人前のフィレステーキを注文した。フィレステーキを平らげると、美人弁護士は化粧室に向かった。ルージュを引き直すのだろう。

剣持は食後の一服をした。煙草を喫い終えたとき、未咲が席に戻ってきた。

「ご迷惑でなかったら、バーでもう少し飲みませんか？」

「いいね。それじゃ、二人分の勘定を取りあえず払おう。後で割り勘にしますか」

「もう支払いは済ませました」

「それでは、話が違うじゃないか」

「他人に借りを作るのが嫌いな性分なんですよ。女のくせに、かわいげがないでしょ？」

「ちょっとね。しかし、凛とした女性は魅力的だよ。でも、バーはおれに奢り返させてほしいな」

剣持は椅子から立ち上がった。二人はグリルを出て、少し先にあるバーに入った。

赤いキャンドルライトが妖しく灯っているテーブル席は、カップル客で埋まっていた。剣持たちはカウンター席に並んで腰かけた。

BGMはビル・エヴァンスだった。都会的なジャズピアノのサウンドが心地よい。

剣持は、銀髪のバーテンダーにスコッチ・ウイスキーのロックを頼んだ。未咲はアレクサンダーを選んだ。カクテルである。

オードブルは、イベリコ豚の生ハムとキングサーモンの燻製にした。

二人は取り留めのない話をしながら、ゆったりと時間を遣り過ごした。バーを出たのは、ちょうど午後十一時だった。むろん、勘定は剣持が払った。

「愉しい時間を過ごさせていただいて、ありがとうございました。剣持さんは、電車で帰宅されます？」

ホテルの表玄関を出ると、未咲が訊いた。頬がほんのり赤い。

「すぐ近くですので、わたしはひとりで帰れます」

「きみをマンションまで送ってから、代々木上原の塒に戻るよ」

「しかし、ほろ酔いみたいだからな。警戒しなくても、大丈夫だよ。送り狼になるほど若くないから」

「うふふ。それじゃ、マンションの前までエスコートしてもらっちゃおうかな」

「いいとも」

二人は歩きだした。寒風が吹きすさんでいたが、さほど身にこたえない。美女と連れだって歩いているからだろう。

外資系ホテルの裏手に回ったとき、未咲が急にうずくまった。ホテルの外壁に何かがぶち当たった。銃弾が外壁を穿ったような音だった。剣持は気を引き締めた。

しかし、銃声は聞こえなかった。サイレンサー・ピストルで未咲は狙い撃ちされたのか。先夜、無灯火のＲＶ車で彼女を轢き殺そうとした男がまだ未咲の命を狙っているのかもしれない。

剣持は美人弁護士に駆け寄った。

ちょうどそのとき、未咲の頭部の近くを黒っぽい塊が抜けていった。それはホテルの金属製の配管に当たり、撥ね返された。

剣持は足許を見た。

転がっているのは弾頭ではない。パチンコ玉よりも少し大きい鋼鉄球だった。

スリングショットと呼ばれている強力パチンコの弾だろう。狩猟用の強力パチンコで五百口径の鋼鉄球を放てば、大鹿や熊も仕留められる。

アメリカでは各種のスリングショットが市販されている。手首に固定する強力スリングショットの種類も多い。鋼鉄製の弾の大きさは、二十五ミリから五百ミリまで取り揃えられている。

安価なスリングショットなら、たったの数ドルで買える。射程は、たいてい百メートル以上だ。至近距離から鋼鉄球を放たれたら、人間は確実に死ぬだろう。アメリカから強力な狩猟用スリングショットを取り寄せることは、きわめてたやすい。インターネットで注文すれば、国際宅配便で十日以内にはスリングショットと鋼鉄球が手許に届けられる。

「身を伏せててくれないか」

剣持は未咲の前に踏み出し、暗がりを透かして見た。

すると、三十五、六メートル先で人影が動いた。顔かたちははっきりとは見えなかったが、明らかに男だ。二、三十代だろう。

あいにく剣持は、拳銃も特殊警棒も携行していなかった。だからといって、恐怖を感じることはなかった。

剣持はダッシュした。

黒い影が身を翻(ひるがえ)す。左手に握っているのは、紛(まぎ)れもなくスリングショットだ。剣持は全速力で駆けはじめた。男との距離が縮まる。

「警察だ！」

剣持は走りながら、大声を張りあげた。近くに人の姿はなかった。

スリングショットを持った男が恵比寿ガーデンプレイスの敷地から出た。

剣持は全力疾走しつづけた。外周路に出たとたん、闇から銃弾が飛んできた。銃声は聞こえなかった。

剣持は身を屈めた。

次の瞬間、ふたたび弾丸が飛んできた。放たれた銃弾は、剣持の左の肩口すれすれのところを抜けていった。風圧のような衝撃波を感じた。

小さな銃口炎(マズル・フラッシュ)は、数十メートル先の路上で明滅した。

サイレンサー・ピストルを両手保持で構えている男のそばに、見覚えのあるＲＶ車が停車中だ。先夜、未咲を轢きかけた車だった。

スリングショットを手にした男が、ＲＶ車の後部座席に飛び乗った。サイレンサー・ピストルを持った男も車内に入る。ＲＶ車が急発進した。

剣持は立ち上がった。追っても無駄だろう。すぐに未咲のいる場所に駆け戻る。

未咲は立ち竦（すく）んでいた。怯えた様子だ。

「スリングショットで別所さんを狙った奴は、外周路で待機してたRV車に乗り込んで逃走した」

「えっ、RV車ですか!?」

「おそらく、こないだと同じ車だろうね。仲間の男が消音型拳銃で、おれに発砲してきたんだ」

「あなたにまで危害を加えようとしたんですか。迷惑をかけて、ごめんなさい」

「そんなことはどうでもいいんだ。それより、きみは襲撃者に心当たりがあるんじゃないのか？」

「いいえ、ありません」

「そうなのか。とにかく、きみの自宅まで送ろう」

剣持は未咲の背をソフトに叩いた。

未咲が足を踏みだした。覚束（おぼつか）ない足取りだった。まだ恐怖心が消えないのだろう。

「おれの腕に摑まりなよ」

剣持は言った。未咲が素直に従う。

二人は恵比寿ガーデンプレイスを出た。剣持は外周路の左右をうかがった。気になる人影は目に留まらなかった。それでも用心深く進み、未咲の自宅マンションに着いた。

「きみが自分の部屋に入るのを見届けてから、おれは家に帰るよ」

「すみませんけど、そうしてもらえますか。わたし、なんだか怖くて……」

「そうだろうな」

「とんだ迷惑をかけることになってしまいましたね。本当にごめんなさい」

未咲が詫びた。

「気にすんなよ。行こう」

剣持は未咲を促した。二人はマンションのエントランスロビーに入り、エレベーターで六階に上がった。

「あら、何かしら？」

未咲が自分の部屋に走り寄った。

六〇一号室のドア・ノブには、黒いビニール袋が掛けられていた。ビニール袋の中を覗き込んだ未咲が悲鳴をあげ、大きく跳びのいた。

「どうしたんだ？」

剣持はビニール袋の開口部を大きく拡げた。

踏み潰されたハムスターの死骸が入っていた。耳、鼻、口から血が垂れている。手脚は折れ、内臓が食み出していた。

「さっきの奴らの仕業だろう。こっちが先に部屋の中を検べるよ。かまわないね？」

「はい、お願いします」

「あれっ、ノブが回るな。奴らは、きみの部屋に侵入したようだ」

「えっ⁉」

未咲が斜め後ろで息を呑んだ。

剣持は六〇一号室のドアを開け、まず玄関ホールの照明灯を点けた。

靴を脱ぎ、奥に進む。間取りは１ＬＤＫだった。リビングは物色された痕跡がうかがえた。寝室も荒らされていた。

剣持は、ほどなく歩廊に戻った。

「何があったのか、おれに話してみてくれないか。ただ怯えてるだけでは、別所さん、きみは殺されてしまうかもしれない」

「部屋の中が何者かに物色されてたんですね？」

「そう。裁判絡みで、きみは逆恨みされてるんだろう？」

「そうじゃないんです。これを片づけたら、あなたには何もかも話します」

未咲がノブから黒いビニール袋を外して、手早く丸め込んだ。

「それは、後でおれが片づけてやる」

「いいえ、わたしが始末します。剣持さんは居間のソファに腰かけていてください」

「わかった」

剣持はふたたび六〇一号室に入って、リビングソファに腰を沈めた。

少し待つと、未咲が洗面所から居間に移ってきた。ソファに坐るなり、彼女は意外な話を打ち明けた。

十一月上旬のある夜、未咲の大学時代の先輩である中丸遙（なかまるはるか）が日本には復讐代行を含む殺人請負組織が存在すると語ったらしい。一つ年上の遙は、東都タイムズ社会部の記者だったという。

女性記者は社会のアンタッチャブルな部分に斬り込み、病巣を抉（えぐ）ってきたそうだ。タブーに挑んだことで、過去に何度か闇討ちにあっているという話だった。

その気骨のある女性記者が未咲と会った数日後、自宅で入浴中に感電死したという。所轄の世田谷署は、自殺と他殺の両面捜査中らしい。

「女性が全裸で自殺するなんて、どうしても考えられません。で、わたし、中丸遙さんの遺族に会ってみたんですよ。先輩のお母さんの話を聞いて、他殺だと確信しました」

「その根拠は？」

「中丸さんのマンションの部屋から、パソコンのUSBメモリー、デジカメのSDカード、ICレコーダーのメモリーなどがすべて消えてたというんですよ」

「それが事実なら、自殺に見せかけた殺人に間違いないな。アメリカの裏社会には、俗に殺人カンパニーと呼ばれてる人殺しの実行組織があるそうだよ。復讐代行を表看板にしてるようだが、実際は成功報酬次第でどんな殺人代行も引き受けてるという話なんだ」

「アメリカにそういった犯罪組織があるのなら、日本にも同じような殺人者集団が存在する可能性はありそうですね」

「きみの先輩の打ち明け話には、ちょっと興味があるな」

「何か職務に関わりがありそうなんですか？」

「いや、個人的に関心を持っただけだよ」

剣持は言い繕った。捜査本部事件に、そのような殺し屋集団が関与していたとは考えられないだろうか。その可能性はゼロではないような気がする。

「わたし、世田谷署にも行ってみたんですよ。中丸先輩のマンションに犯人の遺留品があったかどうか知りたかったんです。毛髪、足跡、指掌紋の採取はできなかったらしいんですけど、浴室の洗い場に小さな赤い塗膜片が落ちてたというんです。金属に付着してたみたいですね」

「何か金属から剝がれ落ちた塗膜片なんだろう」

「ええ、そうなんだと思います。そんなことで、わたしは仕事の合間を縫って、中丸先輩の死の謎を独自に調べてたんですよ」

「それで、きみは無灯火のRV車に轢き殺されそうになったんだな。そして今夜、スリングショットで鋼鉄球を放たれた」

「そうなんだと思います。中丸先輩が殺人請負組織に関する証拠をわたしに預けたと思われたから、命を狙われることになったんじゃないのかしら？　わたしは先輩から何も預かってないのに」

　未咲が長く息を吐いた。

　その直後、リビングボードの上で固定電話が鳴った。未咲がソファから立ち上がって、受話器を取る。すぐに彼女の表情が翳った。

　正体不明の襲撃者たちのひとりが、脅迫電話をかけてきたのではないか。剣持は神経を耳に集めた。

「わたしの部屋のドア・ノブにハムスターの死骸の入った黒いビニール袋を掛けたのは、あなたなんですかっ。それから、部屋を物色したのはあなたか、仲間なんでしょ！」

「…………」

「中丸遙さんから何も預かってません、わたしは。でも、先輩から何かを聞いてるだろうって？　何かって、何なんですか？　教えてくださいよ」

「…………」

「中丸さんの部屋に押し入って、入浴中の彼女を感電死させたのはあなたたちじゃないんですかっ。自殺に見せかけて、中丸さんを殺したんでしょ！」

「…………」

「そんな威(おど)しには負けません。ええ、負けないわ。時間はかかっても、先輩の死の真相を暴いてやります」

未咲が語気を荒(あら)らげ、受話器をフックに掛けた。剣持は椅子から立ち上がり、未咲に歩み寄った。

「脅迫電話だったんだね？」

「そうです」

「相手の声の特徴は？　声の感じでは、いくつぐらいだった？」

「わかりません。ボイス・チェンジャーを使ってるようで、声が不明瞭だったんですよ。言葉に訛(なまり)はありませんでした」

「ナンバーディスプレイは見た？」

「はい。発信場所は公衆電話でした」

「そう。二、三日、きみは実家に避難したほうがいいな。あるいは、親しい女友達の家に泊めてもらうんだね。拉致される恐れもあるからさ」

「家族や友人を巻き込みたくないんです。わたし、何日かホテルに泊まることにします」

「そのほうがいいかもしれないな」

「厚かましいお願いですけど、わたしの気持ちが落ち着くまで、剣持さん、そばにいてもらえますか？　わたし、暴力には屈しないつもりですけど、正直言って、恐怖と不安で一杯なんです」

「ずっと別所さんのそばにいてやろう。すぐに着替えなんかをトラベルバッグに詰めてくれないか」

　剣持は優しく言って、ソファに引き返した。

第四章　女性記者の怪死

1

妙な流れになったものだ。

剣持はそう思いつつも、迷惑には感じていなかった。それどころか、意想外な展開になったことを心のどこかで喜んでいた。

剣持は、港区白金台にある老舗ホテルの十階のツインベッド・ルームにいた。午前二時半だった。

室内は仄暗い。ベッドとベッドの間に置かれたナイトスタンドのスモールライトが灯っているきりだ。剣持はソファに腰かけていた。

シャワーを使った美人弁護士が窓側のベッドに身を横たえたのは、午前一時四十分ごろだった。自宅マンションから持参したパジャマを身に着けていた。

剣持はソファをクローゼットの前まで運び、そこに坐った。未咲には一切、話しかけなかった。

少しでも早く彼女を眠りにつかせてやりたかったからだ。寝入ってしまえば、恐怖や不安はなくなる。剣持はそれを願っていたが、未咲は容易に寝つけなかった。溜息をつき、輾転（てんてん）としていた。

軽い寝息をたてはじめたのは数十分前だった。ようやく眠りに入った。

剣持は静かに立ち上がって、抜き足で部屋のドアに近づいた。

聞き耳をたてる。誰かが接近してくる気配は伝わってこない。安堵（あんど）したが、まだ油断はできない。

剣持は体を反転させ、ソファに戻った。

三時半まで未咲を見守りつづける。彼女の寝息はリズミカルだった。熟睡しているようだ。未咲の寝姿ばかりを見ていると、邪（よこしま）な気持ちになりそうだ。剣持は、ふたたび立ち上がった。足音を殺しながら、バスルームに入る。

剣持は給湯コックを少しだけ捻（ひね）った。バスタブに湯が落ちはじめる。湯の音は小さい。未咲が目を覚ます心配はないだろう。

剣持は頃合を計って、衣服を脱いだ。

ざっと全身にシャワーの湯を当ててから、バスタブに入る。剣持は湯に浸りながら、泡立てたボディーソープを体に塗りたくった。頭髪も洗う。

剣持は立ち上がって、シャワーで白い泡を洗い流した。バスタブの湯を抜き、シャワーカーテンを横に払う。

剣持は頭と体をバスタオルで拭ってから、白いバスローブを羽織った。

バスルームを出て、備え付けの冷蔵庫に直行する。国産ビールだけではなく、バドワイザーやハイネケンの缶も冷やされていた。

剣持は国産ビールを選び、ソファに腰を下ろした。

プルトップを引き抜き、缶を傾ける。冬でも、湯上がりのビールはうまい。剣持はセブンスターを吹かしながら、ビールをゆっくりと飲んだ。

もうひと缶開けたいところだが、控えることにした。正体不明の襲撃者が避難したホテルを嗅ぎ当てるかもしれない。警戒心を緩めるわけにはいかなかった。

四時半を過ぎると、薄ら寒くなってきた。

剣持はためらいを捩伏せ、未咲の隣のベッドに潜り込んだ。未咲に背を向け、目を閉じる。

　それから、数十分後だった。

　未咲が魘(うな)されはじめた。何か怖い夢を見たのか。剣持は寝返りを打った。

「いやーっ！」

　未咲が大声で叫び、跳ね起きた。剣持は反射的に上体を起こした。

「何か厭な夢を見たようだな？」

「は、はい。黒いフェイスマスクを被った男が電動鋸(のこぎり)の刃をわたしの首に当てて、中丸先輩から預かったＵＳＢメモリーをすべて渡せと怒鳴ったんです」

「そんな夢を見たんじゃ、怖かっただろう。でも、大丈夫だよ。こっちが近くにいるんだから、安心して寝(やす)んでくれないか」

「え、ええ」

　未咲が仰向けになって、寝具を両手で引き上げた。すぐに彼女はわなわなと震えはじめた。

「もう怖がらなくてもいいんだ。本当に大丈夫だから、安心していいんだよ」

「怖い夢を見ただけだと自分に言い聞かせたんですけど、どうしても体の震えが止まらないんです」

「二、三度、深呼吸してごらん」

剣持は助言した。

未咲が息を大きく吸って、少しずつ吐く。それでも、彼女のわななきは熄まない。まるで瘧に見舞われたように間歇的に四肢を震わせている。

「すみませんけど、わたしの体を上から押さえつけてくれませんか。震えが止まりそうもないんです」

「いいよ」

剣持はベッドを滑り降りた。未咲が横向きになった。剣持は床に両膝を落とし、夜具の上から未咲に半身を覆い被せた。

少し経つと、未咲の身震いは幾らか鎮まった。だが、すぐにまた身を震わせる。そういうことが何度も繰り返された。

「情けないわ。どんな圧力や脅迫にも屈しないことを自分に誓ったはずなのに、怯えてしまって……」

「きみは二度も無灯火のRV車に轢かれそうになって、外資系ホテルの裏手ではスリングショットで狙われたんだ」

「そうだとしても、意気地がないですよ」

「怯えるのは当然だよ。女は荒っぽいことには馴れてないし、自宅マンションのドア・

ノブにはハムスターの死骸の入ったビニール袋が掛けられてた。それから、部屋の中も荒らされてたね」

「いやーっ、言わないで！　そのことを思い出させないでください」

「ごめん！　無神経なことを言ってしまったな。勘弁してくれないか」

剣持は謝った。

「わたしを落ち着かせてくれませんか？」

「どうすればいい？」

「添い寝をして、わたしを力一杯しばらく抱いてほしいんです」

「しかし、それは……」

「かまいません。そうしてほしいんですよ。剣持さん、お願いします」

未咲が真顔で訴えた。

剣持は意を決して、寝具を半分ほど捲（めく）った。美人弁護士のかたわらに身を横たえる。

「怖くて怖くて、わたし、泣きだしそうなんです。息ができなくなるほど強く抱きしめてくれませんか。お願い！」

未咲が童女のように全身でしがみついてきた。パジャマを通して肌の温（ぬく）もりが伝わってくる。

剣持は横臥(おうが)して、両腕で未咲を包み込んだ。未咲は、まだ怯え戦(おのの)いている。剣持は、さらに強く未咲を抱き寄せた。

すると、次第に未咲の震えが小さくなった。剣持は、ひと安心した。そのうち未咲は寝入るだろう。そうしたら、隣のベッドに戻ればいい。

しかし、未咲は冷静さを取り戻すことができなかった。少しでも両腕の力を抜くと、彼女の体の震えは大きくなった。

「抱いて！」

「きみを抱き締めてるじゃないか」

「面倒なことを考えないで、女として抱いてもらいたいんです。わたし、何かに没頭して恐怖と不安を取り除きたいの」

「しかし……」

「女に恥をかかせないでください」

未咲が上擦(うわず)った声で言い、こころもち体を浮かせた。次の瞬間、剣持は唇を吸われていた。貪(むさぼ)るようなキスだった。

剣持の自制心は砕け散った。すぐに未咲を組み敷き、舌を深く絡めた。ひとしきり濃厚なくちづけを交わす。

剣持は唇を未咲の項や喉元に這わせながら、優しくパジャマの前ボタンを外した。未咲が剣持の頭髪を白いしなやかな指で梳き、別の手で肩や背を愛撫しはじめた。

剣持は未咲がまとっているパジャマの上下を脱がせ、パンティーも取り除いた。バスローブをかなぐり捨て、改めて胸を重ねる。

二人は鳥のように唇をついばみ合ってから、またディープキスを交わした。

剣持は未咲の舌を吸いつけるだけではなかった。上顎の肉や歯茎も舌の先でなぞった。

未咲が喉の奥で切なげに呻いた。男の欲情をそそるような声だった。

意外に知られていないが、どちらも性感帯だ。

剣持は顔をずらし、未咲の上瞼に唇をそっと当てた。別に性感帯ではないが、そうされることを好む女性が多い。慈しまれていると感じるのだろう。

剣持は未咲の首筋に口唇を滑走させてから、耳朶を口に含んだ。未咲が小さく喘ぐ。

剣持は形のいい外耳の縁を軽く舐めてから、舌の先を耳の中に潜らせた。

未咲が身を捩った。くすぐったさと快感がない交ぜになった感覚に見舞われたのだろう。

剣持は唇を未咲の喉元に移した。口唇をさまよわせながら、弾力性に富んだ乳房を交互にまさぐる。

淡紅色の二つの蕾は硬く張り詰めていた。掌で乳頭を圧し転がしてから、指の間に乳首全体を挟みつける。そのまま隆起を揉んだ。ラバーボールのような感触だった。

剣持は徐々に体を下げ、乳首を吸いつけた。

いくらも経たないうちに、未咲の息が弾みだした。喘ぎは、なまめかしい呻き声に変わった。彼女は顎をのけ反らせ、裸身を海草のようにくねらせた。

剣持は舌と唇で胸を愛撫しながら、腰や下腹に指を這わせた。肌理は濃やかだった。ウエストのくびれは深かった。そのせいか、腰が張っているように見える。太腿には、ほどよく肉が付いている。脚はすんなりと長い。

剣持は秘めやかな場所に指を進めた。

ぷっくりとした恥丘は、マシュマロのようだった。和毛は、逆三角形に小さく繁っている。

剣持は黒く艶やかな飾り毛を五指で掻き起こし、優しく撫でつけた。内腿をたっぷりと愛撫してから、合わせ目に触れる。

「わたしも、あなたに触れたいわ」

未咲が恥じらいながらも、はっきりと口にした。剣持は、幾らか腰を浮かせた。すぐに未咲の右腕が伸びてきた。

剣持はペニスを握られ、奮い立った。陰核に親指を当て、中指を内奥に沈める。潤みは夥しかった。ぬかるんでいた。それでいて、少しも緩くない。

未咲が手を動かしはじめた。

剣持はクリトリスを打ち震わせながら、内奥の上部のざらついた部分をこそぐるように擦りたてた。さらにGスポットを圧迫する。

未咲が裸身を硬直させはじめた。エクスタシーの前兆である。ほどなく未咲は極みに達した。甘やかな唸り声を轟かせながら、断続的に裸身を縮めた。剣持の指は、リズミカルに締めつけられていた。軽く引いても、抜けない。

剣持は、未咲の股間に顔を埋めたくなった。

だが、まだ知り合って間がない相手だ。男には抵抗がなくても、女はオーラルセックスには戸惑いを覚えるのではないか。

剣持は正常位で体を繋ぐ気になった。ペニスを潜らせる。未咲が控え目に迎え腰を使いはじめた。

二人のリズムは、すぐに合った。

剣持は美女とさまざまな体位で交わりたかった。しかし、ただの戯れと思われたくないという心理が働いた。正常位で腰を躍動させつづける。深度を加減しながら、突いて突きまくった。むろん、腰を引く際には捻りを加えた。

二人はゴールをめざして駆けつづけた。ベッドマットが弾んだ。吐息と吐息がぶつかる。

やがて、剣持は放った。ほぼ同時に、未咲も昇り詰めた。

ペニスが搾り上げられはじめた。内奥は規則正しく脈打っている。悦楽のビートだ。

二人は後戯を怠らなかった。余韻を汲み取ってから、結合を解く。そのまま抱き合った状態で眠りについた。

剣持は、未咲に揺り動かされるまで一度も目を覚まさなかった。

「いま何時？」

「午前八時半を回ったところよ。わがままを言って、あなたに素敵な睡眠薬をいただいちゃったわね。おかげで、もう恐怖感は消えました」

「妙なことになったね」

「わたしが悪いんです。わたしたちが一線を越えてしまったことは、夢の中の出来事だったと思ってください。あなたにご迷惑をかけてしまって、本当にごめんなさい」

「迷惑をかけられたなんて思っちゃいないよ。これをきっかけにという言い方はおかしいが、今後もきみとは会いたいな。どうだろう？」

「わたしも、剣持さんのことをもっと知りたいと思っていました」

「それじゃ、つき合ってくれるね？」

「はい」

「そろそろ出勤時間のようだな。メイクを済ませて、身繕いを終えてるから」

「オフィスに出る時刻を少し遅らせてもらって、わたし、竹橋にある東都タイムズ社会部を訪ねてみようと思うの。中丸先輩の上司や同僚たちから何か手がかりを得られるかもしれないでしょ？」

「おれも、きみと一緒に行くよ。正体を明かすわけにはいかないが、きみの知り合いのフリージャーナリストという触れ込みで同行しよう」

「剣持さんを巻き込むわけにはいきません」

「もう巻き込まれてる。昨夜、恵比寿ガーデンプレイスの外周路で、サイレンサー・ピストルで撃たれそうになったじゃないか」

「そうですけど、ご自分の仕事もあるでしょ？」

「いまは総務部企画課にいるから、時間の都合はいくらでもつくんだ。ちょっと待っててくれないか」

剣持はベッドの下からバスローブを拾い上げ、手早く素肌に羽織った。ベッドを降り、バスルームに急ぐ。

剣持は熱めのシャワーを浴び、急いで身仕度をした。未咲と部屋を出て、客待ち中のタクシーに乗る。

東都タイムズ東京本社に着いたのは九時二十五分ごろだった。

美人弁護士が一階の受付ロビーで素姓を明かし、社会部の佐堀進というデスクとの面会を求める。受付嬢はすぐに内線電話をかけた。遣り取りは短かった。

「佐堀はすぐに参りますので、あちらでお待ちになってください」

受付嬢がロビーの奥にある応接コーナーを手で示した。

剣持たちは受付カウンターから離れ、応接コーナーに足を向けた。二人は並んでソファに腰かけた。

数分待つと、四十八、九歳の男がエレベーターホールの方から歩いてきた。

佐堀だった。未咲が社会部のデスクと名刺交換し、剣持のことを知り合いのフリージャーナリストだと紹介した。

剣持はありふれた姓を騙っただけで、偽名刺は出さなかった。佐堀は怪訝な目を向けてきたが、何も言わなかった。

三人はテーブルを挟んで向かい合った。

「別所さんは、中丸の大学の後輩だったとか？」

　佐堀が未咲に確かめた。

「そうなんですよ。わたし、中丸さんは殺されたと思っています」

「何か確信があるんですか？」

「先輩は亡くなる数日前に、わたしに日本には復讐代行を含めた殺人請負組織が存在すると言ってたんです」

　未咲はそう前置きして、自分が正体不明の男たちに命を狙われていることも付け加えた。

「中丸は、そんなことをあなたに言ってたんですか⁉　彼女は外部の圧力で記事を何度か没にされたことで、部長やわたしを腰抜けと思ったらしく、独自取材してる内容は社の人間には決して話そうとしなかったんですよ。特ダネを摑んでも、ぎりぎりまでデスクのわたしにも明かしませんでしたね」

「中丸さんが親しくしてた同僚の方は？」

「いませんでした。中丸は、同僚記者たちを腑抜けだと軽蔑してたんですよ。彼女は正義の使者気取りでしたが、どの新聞社も購読料だけでは経営が成り立ちません。報道は公正中立を貫くべきですが、広告出稿企業には多少の配慮はしてます。そうした忖度を堕落だと中丸は言ってました」

「広告主だけじゃなく、大物政財界人、闇の勢力、その他の団体からの圧力や脅迫に屈する場合もありますよね？　全マスコミに同じことが言えますが……」

「ええ、そうですね。青臭い記者魂では巨大な怪物どもには太刀打ちできないのに、女ドン・キホーテは社会の暗部を抉らなきゃ、真のジャーナリストとは言えないと上司や同僚を蔑んでたんですよ。そんなふうだったので、中丸は職場で完全に浮いてました」

「だから、中丸先輩は取材内容を社内の者に話すことはなかったんですね？」

「そうなんでしょう。せっかく来ていただいても、わたしたちにはお役に立てません」

「佐堀さん、中丸先輩は職場のロッカーにパソコンのＵＳＢメモリーなんか保管してませんでしたか？」

未咲が訊いた。

「そういった物は何もロッカーには入ってませんでした」

「そうですか」

「これから会議があるんですよ」

佐堀がわざとらしく腕時計に目をやった。迷惑はかけられない。剣持たちは暇を告げた。外に出ると、未咲が苦く笑った。

「無駄足だったのね。わたし、職場に向かいます」

「そう」

剣持は私物のスマートフォンの電話番号を教えた。

未咲が地下鉄の最寄(もよ)り駅に向かった。剣持は車道に降りた。いったんタクシーで帰宅するつもりだった。

2

トーストと茹(ゆ)で卵が運ばれてきた。

モーニングサービスのセットだった。剣持は懐かしい気持ちになった。

学生時代やルーキー刑事のころは、この手のモーニングサービスをありがたく感じたものだ。しかし、時代の流れで、都内のこの種のサービスをする喫茶店はめっきり少なくなった。

剣持は、世田谷署から百数十メートル離れた昭和レトロの雰囲気を色濃く残した喫茶店の奥まった席に坐っていた。午前十一時五十分過ぎだ。別所未咲と別れていったん帰宅してから、この店にやってきたのである。

剣持は、ちょうど正午に所轄署刑事課に属している老沼征夫(おいぬまゆきお)巡査部長と落ち合うことになっていた。五十九歳のベテラン刑事とは旧知の間柄だ。

老沼は高卒の叩き上げだが、名刑事として知られていた。管轄内で発生した殺人事件を初動捜査内で幾度も解決させたベテランである。現在の職階になってからは、なぜか一度も昇格試験は受けていない。

老沼は、中丸遙殺人事件を本庁捜査一課強行犯捜査殺人犯捜査第四係の面々と一緒に捜査中である。剣持は極秘捜査中だったが、未咲の命をつけ狙っている正体不明の男たちが何者か探りたくなったのだ。

自分自身も狙撃されそうになった。じっとしているわけにはいかなかった。

剣持はブレンドコーヒーを飲みながら、トーストと茹で卵を平らげた。朝から何も食べていなかった。

ペーパーナプキンで口許を拭っていると、老沼が慌(あわただ)しく店に入ってきた。肩が上下に弾んでいる。署から走ってきたようだ。

剣持は椅子から立ち上がった。

「お忙しいところをすみません」

「いや、気にすることはない。どうせ昼飯時なんだ。この店のカレーライスはうまいんだよ。一緒にどうだい？」

　老沼が言いながら、椅子に坐った。剣持は椅子に腰を戻し、ウェイトレスにカレーライスを二人前注文した。老沼につき合うことにしたのだ。

「総務部企画課に飛ばされてから、よく辛抱してるね。偉いよ」

「おれたちの仕事って、潰しが利かないでしょ？　転職しようにも、雇ってくれそうな民間会社がなさそうなんで……」

「閑職に甘んじてるのか。本庁の偉いさんたちは、どうかしてるな。おたくは優秀な刑事だったんだから、ずっと殺人犯捜査に携わらせるべきだよ。警察官僚は自分らに従わないノンキャリアをとことんいじめるからな。そんなことじゃ、いけないんだがね」

　老沼が溜息をつき、ショートホープに火を点けた。

「電話でも申し上げましたが、おれ、中丸遙の大学の後輩の女性弁護士と知り合いなんですよ。その彼女が先夜、新橋で無灯火のRV車に故意に撥ねられそうになったんで、東都タイムズの女性記者の死の謎に挑む気になったわけです。といっても、いまのセクションでは現場捜査にはタッチできませんけどね」

「そうだな」

「老沼さん、その後、捜査はどうなんでしょう？」

「残念ながら、大きくは前進してないんだよ。なにせ遺留品（リュウ）がほとんどなかったからな」

「浴室に赤い塗膜片が落ちてたんでしょ？」

「そうなんだ。それは、小型発電機の塗膜片だと判明した」

「ということは、犯人（ホシ）は小型発電機のコードのプラグを外して……」

「剝（む）き出しにした電線を被害者が入浴中の湯の中に突っ込んで、感電死させたんだろうな。小型発電機の購入者を調べてみたんだが、ホームセンターでも売られてる商品なんで容疑者を絞れなかったんだよ」

「そうですか。高圧電流に触れたわけじゃないのに、百ボルト程度でも感電死するんですね」

「女性記者はあまり心臓が丈夫じゃなかったようだな。それで、ショック死してしまったんだろうと監察医が言ってた」

「なんで司法解剖に回さなかったんですかね。他殺の疑いが出てきたんで、世田谷署に捜査本部（チョウバ）が立ったわけでしょ？」

「行政解剖した後、他殺と判断したんだよ。初動の判断ミスだな。こっちは最初っから他殺と睨んでたんだが、署長や刑事課長は自殺の線が強いから行政解剖でいいと判断したんだろう。判断ミスが表沙汰になるとまずいので、しばらく自殺と他殺の両面捜査をしてることにして、世田谷署(うち)は本庁になかなか要請をしなかったんだ。もしかしたら……」

「老沼さん、周りにほかの客はいません」

剣持は小声で言った。

「そうだな。ひょっとしたら、判断ミスは故意というか、仕組まれたのかもしれないと考えてるんだ」

「何か確証めいたものがあるんですか？」

「特に根拠があるわけじゃないんだが、遺体(ホトケ)を大塚の東京都監察医務院に搬送させたのが早すぎる気がしたんだ。署長と刑事課長は自殺説を唱えてたんだが、それなら先端が剝き出しの電気コードが浴槽の湯の中に突っ込まれてなきゃ、おかしいよな？」

「ええ、その通りですね。その点について、署長や課長はどう言ってました？」

「女性記者の自殺を幇助(ほうじょ)した者が電気コードを持ち去ったのではないかと言ってたが、そうした者を目撃したという情報はまったく寄せられなかった」

「署長が意図的に行政解剖を急がせたんだとしたら、警察庁か本庁(うち)の上層部から圧力(アツ)がかかったのかもしれないな。殺された中丸遙は、何か警察関係者の不正の証拠を押さえてたんですかね」

「警察の上層部から圧力(アツ)がかかったと結論づける根拠はあるわけじゃないよな？」

「はい。政界か、財界から圧力がかかったんだろうか」

「あるいは、法務省か検察関係者が中丸遙に不正の事実を知られてしまったのか。裁判所の判事たちも疑えなくはないな」

「まだ裏付け(ウラ)を取ったわけじゃないんで、これから喋ることは老沼さんだけの胸に仕舞ってほしいんです。死んだ新聞記者は亡くなる数日前に、後輩の弁護士に日本にもアメリカと同じように殺人請負組織が存在すると真顔で洩らしてたらしいんですよ」

「なんだって⁉」

老沼が驚き、急に口を噤(つぐ)んだ。ウェイトレスが二人分のカレーライスを届けてきたからだ。

剣持は上体を反らした。老沼が短くなった煙草の火を灰皿の底で揉み消す。

「ごゆっくり……」

ウェイトレスが下がった。

「その弁護士のことを教えてくれないか」

老沼が前屈みになった。剣持は少し迷ったが、別所未咲のことを明かした。老沼が美人弁護士の氏名と連絡先を手帳に書き留める。

「感電死させられた中丸遙が大学の後輩に打ち明けた話は、事実なんだと思うんですよ。被害者宅から、パソコンのUSBメモリーやデジタルカメラのSDカードなんかも消えてたんでしょ？」

「そうだったね。さらにICレコーダーや取材メモも消えてた。それらの物は被害者の実家はもちろん、兄弟の家や友人宅にも預けられてなかった」

「被害者は身内や友人に迷惑をかけたくなかったんで、USBメモリーなんかをトランクルームと呼ばれてるレンタル倉庫に隠してあるんじゃないのかな。しかし、殺人請負組織の連中はメモリーなど証拠物を中丸遙が別所未咲に預けたと考えたんで……」

「女性弁護士を無灯火のRV車で轢き殺そうとしたんだろうね」

「そう考えてもいいと思います。だが、別所未咲を轢殺することはできなかった。で、連中は彼女の自宅マンションに忍び込んで家捜しをしたにちがいありません」

「そんなことまでしてたのか」

「ええ、そうなんですよ」

剣持は、そのあたりのことを詳しく話した。

「殺人請負組織が存在することは間違いなさそうだな。その組織を率いてるボスは、警察に圧力（アツ）をかけることのできる大物なんだろう。有力な政治家なんだろうか。それとも、財界人か高級官僚なのか。闇社会の首領（ドン）とか利権右翼の親玉程度じゃ、警察に圧力（アツ）はかけられないだろう。署長の交友関係を密かに洗ってみるよ。冷めないうちに食べようじゃないか」

老沼がスプーンを手に取った。少し遅れて剣持もカレーライスを食べはじめた。母の作るカレーライスに味がよく似ていた。

二人は黙々とスプーンを口に運んだ。

剣持はカレーライスを食べ終えると、二人分のコーヒーを追加注文した。紫煙をくゆらせていると、ブレンドコーヒーが運ばれてきた。

「来年で停年ですね？」

剣持はウェイトレスが遠のいてから、老沼に確かめた。

「そうなんだ。歳月の流れは速いね。あっという間に停年が迫ってきたよ」

「退官されたら、どうするんです？　再雇用制度を利用すれば、停年後も職場にいられますが……」

「いや、その気はない。植木職人の親方に弟子入りするつもりなんだ。金銭欲や色欲に惑わされた犯罪者たちとつき合うのが少し辛くなってきたんだよ」

「辛くなってきた？」

「そう。どんな凶悪犯も生まれたときから悪人だったわけじゃない。生い立ちに問題があったり、運の悪いことが重なったんで人の道を踏み外してしまったんだろう。取り締まる側も同じ人間だ。一歩間違えば、わたしだって罪人になってたかもしれないじゃないか」

「老沼さんが犯罪者になるなんてことは考えられませんよ」

「いや、わたしだって、同じさ。金や女を得たくて犯罪に走ろうと思ったことはないが、本気で殺してやりたいと考えた上司は何人かいた。家族のことを考えて、踏み留まったがね」

「そんな激情に駆られたことがあったんですか。信じられないな」

「人は、誰も心に闇を抱えてるんじゃないのかね。闇が深ければ、罪を犯してしまうかもしれない。人生は綱渡りだよ。うっかりしてると、ロープから足を踏み外してしまう」

「そうでしょうね。こっちも著しくプライドを傷つけられたり、大切に思ってる家族や恋人が誰かに命を奪われたりしたら、冷静さを失ってただろうからな」

「還暦を迎えたら、新たな生き方をしたいんだよ。もともと庭木いじりは嫌いじゃなかったんで、植木職人をめざす気になったんだ」

「そういう第二の人生もいいと思いますが、退官前にぜひ殺人犯を老沼さんの手で検挙(アゲ)てほしいな。できれば、女性記者殺しの犯人(ホシ)を逮捕(パク)ってもらいたいですね」

「頑張るよ。別所さんに聞き込みをさせてもらうことになるが、別に困るようなことはないんだろう?」

「ええ。彼女は捜査に全面的に協力すると思います」

「そうしてもらえると、ありがたいな」

老沼がコーヒーカップを持ち上げた。二人はコーヒーを飲むと、間もなく腰を上げた。

老沼が卓上の伝票に手を伸ばしたが、剣持は勘定を払わせなかった。

二人は店の前で別れた。

剣持は最寄りの私鉄駅に向かった。数百メートル歩くと、二階堂理事官から電話がかかってきた。

剣持は道端にたたずみ、ポリスモードを左耳に当てた。

「捜査本部事件と手口が似てる殺人事件が湾岸署管内で発生した。お台場の東京港連絡(レインボー)橋(ブリッジ)の橋の欄干(らんかん)から男の首吊り(くびつ)死体が垂れ下がってたんだが、自殺に見せかけた他殺だったんだよ。遺体の首に注射痕があったんだ」

「麻酔注射で眠らされた後、犯人に縛り首にされたんでしょう」

「そう思われるね。司法解剖で麻酔薬がチオペンタール・ナトリウムとわかったから、本部事件と同一犯の犯行臭いな」

「縛り首にされた男は何者だったんです？」

「久方彬晃（ひさかたよしあき）、五十六歳だ。悪徳芸能プロダクションの社長だったんだが、所属のグラビアアイドルのヘアヌード写真集の印税をもっともらしい名目で詐取（さしゅ）して、売れなくなったタレントたちを中堅商社と組んで外国人バイヤーたちのベッドパートナーにしてたらしいんだよ。商社からは一晩百万円のギャラを貰っておきながら、体を売った娘（こ）には十万しか渡してなかったんだそうだ」

「ひどいピンハネだな」

「ああ、あくどい奴だね。社長に不平や不満を言った売れなくなったグラビアアイドルは、関西のＶＩＰ専用の変態クラブに売り飛ばしてたというんだよ」

「救いようのない悪人ですね。そんな男は、いつか誰かに始末されても仕方がないな」

「わたしも、そう思うよ。本庁（うち）の機捜の聞き込みによると、今年の五月までプロダクションに所属してた二十八歳のグラビアアイドルは二十二歳から四年間、久方の愛人にさせられてたそうなんだ。しかし、人気が衰えると、外国人バイヤーの一夜妻にさせられ、さらに大阪のＶＩＰ専用の変態クラブで獣姦ショーに出演させられてたらしい」

「落ち目になったグラドルは、夜ごとグレートデンとかアフガンハウンドといった大型犬と交わわされてたんだろうな。哀れですね」

剣持は言った。

「その彼女は犬とのセックスだけじゃなく、チンパンジーとの行為も強いられたようだよ。芸名は一条ひかるというんだが、剣持君は知ってたか？」

「そのグラドルは知りませんでした」

「そうか。本名は常盤志保というそうだが、その彼女がかなり久方社長を恨んでて、いつか復讐代行屋に仕返しをしてもらうんだとタレント仲間に話してたみたいなんだよ」

「その常盤志保は、どこでどうしてるんです？」

「先月の中旬まで大阪の浪速区の賃貸マンションで暮らしてたらしいんだが、いまは行方がわからないというんだよ。変態クラブを管理してる浪友会の下部団体の構成員たちが志保の行方を追ってるようなんだが、まだ所在は摑めてないそうだ」

「捜査本部事件の被害者二人と悪徳芸能プロの久方社長は、同じ殺人請負組織に始末されたと考えられますね」

「殺人請負組織なんかが存在するのか⁉」

二階堂が声を裏返らせた。剣持は別所未咲が正体のわからない男たちに命を狙われたことを喋り、さらに中丸遙の死についても触れた。

「東都タイムズの社会部記者が大学の後輩の別所未咲という弁護士に打ち明けたことは事実なんだろうな」

「三雲すみれとキャリア官僚だった春名勝利は麻酔注射で昏睡させられてから、事故に見せかけて殺害されました」

「そうだったね」

「久方という悪徳芸能プロの社長も麻酔注射で眠らされてから、縛り首にされたようです。復讐代行を含めた殺人を請け負う闇の組織は実在するんでしょう。その組織に三雲すみれを片づけてほしいと依頼したのは、鷲塚亮介だと思われます」

「鷲塚は職場で五億六千万円ほど横領して、死んだキャバ嬢に三億円ほど貢いで、すみれと同棲してた浦上優太に一千万円口止め料を払っても、まだ残金はたっぷりあったはずだ」

「ええ、そうでしょうね。ですから、闇の殺人請負組織に成功報酬を払えるわけです」

「そうだね。殺人の成功報酬が仮に二千万円だったとしても、まだ鷲塚の手許には着服した金が残ってた計算になるんだが……」

「捜査本部のメンバーは、その残金をまだ見つけ出してないんでしたよね？」

「そうなんだ。鷲塚は投身自殺を図る前に、トラベルバッグに入ってた七十数万円以外の金をどこかに捨てたんじゃないだろうか」

「殺人請負組織が依頼人の鷲塚の弱みにつけ込んで、横領した金の残りをほとんど脅し取ったとは考えられませんかね？」

「剣持君、ちょっと待ってくれないか。殺人を請け負った組織だって、鷲塚に弱点を押さえられてたんだ。横領罪は軽くないが、殺人代行のほうがもっと重い」

二階堂が言った。

「罪の重さは、理事官がおっしゃった通りですね。しかし、鷲塚は堅気でした。もう一方は犯罪のプロばかりなんでしょう。開き直り方や度胸には大きな差があるにちがいありません」

「なるほど、そうだろうね。闇の組織は引き受けた殺人依頼をちゃんと遂行した後、クライアントの弱みにつけ入って、有り金を巻き揚げてたのかもしれないな。そう考えれば、鷲塚の隠し金がいっこうに見つからないことも納得できるじゃないか」

「ええ」

「剣持君、春名勝利の始末を頼んだのは誰なんだろう？　捜査本部の調べで、ロック・

ミュージシャンの浦上優太はシロだとわかった。となると、夫人の麗子が怪しくなってくるね。まさか麗子は二十二歳も年下の浦上と再婚したくなって、殺人請負組織に夫を片づけてほしいと依頼したんじゃないだろうな」

「麗子が本気で浦上との再婚を望んでたとは思えませんね。しかし、彼女は夫の預金と高額な生命保険金を早く相続して、自由に生きたいとは願ってたのかもしれません。そうなら、夫人が闇の組織に夫殺しを依頼した疑いはゼロじゃないでしょう」

「春名麗子はヘッジファンドで亡夫の生命保険金を失ったと浦上に語ってたそうだが、捜査本部が調べたところ、奥さんが信託銀行や証券会社に出入りしてたことは裏付け（ウラ）が取れなかったというんだよ。麗子は浦上に嘘をついたんだろうか」

「そうだとすれば、奥さんは死んだ亭主の生命保険金をまだ持ってることになります」

「麗子は浦上の事業計画に危ういものを感じたんで、出資する金額を減らす気になったんではないのかな？」

「こっちは麗子が夫殺しを依頼したことで、殺人請負組織に生命保険金をそっくり脅し取られたような気がしてるんですよ。まだ確証は得てないんですが……」

「悪徳芸能プロの久方という社長を闇に葬ってくれと殺人請負組織に依頼したのは、元グラビアアイドルの一条ひかる臭いね。かつては愛人関係にあった久方に棄てられ、変態クラブで獣姦ショーまでやらされてたんなら、殺したくもなるだろう」

「ええ。しかし、自分で久方社長を殺るだけの度胸も自信もないでしょう。それだから、殺人代行を頼む気になったんですかね。元グラドルはその件で闇の組織から金を強請られることになった。一条ひかるはたいした預金もないんで、闇の組織のセックスペットにされてしまったのかもしれません。それとも、そうされることを察知したので、元グラドルは逃げたんでしょうか」

「どちらかなんだろうな。捜査本部事件とリンクしてるかどうかわからないが、昨夜、大型詐欺事件の主犯格の安宅和幸、五十五歳が潜伏先の名古屋市内で刺殺されたんだ」

「理事官、その安宅って奴は地下資源投資話で釣って全国から約五百億円を集め、それをそっくり詐取したんでしたよね？」

「そう。騙し取った出資金の六割に当たる三百億円を持ち逃げしてたんだ。殺人犯は逃走中なんだが、目撃証言によると男装の女だったらしい。その彼女は、兵士のように動きがきびきびしてたそうだよ」

「特殊訓練を受けたことのある女殺し屋なのかもしれません。巨額の出資金を騙し取られた投資家が、腹立ち紛れに謎の殺人請負組織に安宅和幸の抹殺を依頼したんでしょうかね」

「そうなのかな」

「二階堂さん、その事件(ヤマ)の初動捜査情報を愛知県警から引っ張ってもらえます?」

「わかった。ついでに、世田谷署の捜査本部にも細かい報告を上げさせよう」

「お願いします。おれはアジトに行って、三人のメンバーと作戦を練り直してみますので」

　剣持は通話を切り上げ、大股で歩きだした。

3

　捜査対象者は外出しないのか。

　張り込んで二時間が経過しているが、何も動きはなかった。午後四時半を回っていた。

　剣持はプリウスの助手席から、春名宅の門に視線を注いでいた。

　すでに陽(ひ)は落ち、薄闇が漂いはじめていた。間もなく昏(く)れなずむだろう。

　梨乃が指(じ)先でステアリングを軽く叩きはじめた。

「雨宮、焦れるな。張り込みは自分との闘いだよ。対象者(マルタイ)が動きだすまで、ひたすら待ちつづける」

「ごめんなさい。耳障りでしたね」

「ま、いいさ。徳丸さんと城戸は、一条ひかること常盤志保の秦野の実家周辺で収穫を得られなかったようだな」

「そうなんでしょう。主任に何も連絡がありませんからね。徳丸・城戸班はスカイラインで名古屋に向かって、予定通りに安宅和幸の潜伏場所の周辺で聞き込みを重ねるんでしょう。それで何か収穫があったら、剣持さんに報告を上げるつもりなんでしょうね」

「そうなんだと思うよ」

「捜査本部事件の二人の被害者、悪徳芸能プロ社長だった久方彬晃、大型詐欺事件の首謀者の安宅和幸の四人は揃って悪人でした」

「雨宮は、その四人に泣かされた者が復讐心を募らせたと思ってるようだな」

剣持は先回りして、相棒に言った。

「ええ。泣かされた人たちは直に手を汚すだけの度胸がないんで、復讐代行をしてくれる闇の殺人請負組織に憎い相手を亡き者にしてくれないかと頼んだんじゃないかしら？」

「実はこっちも、そう筋を読みはじめてるんだ」

「そうですか。鷲塚は三雲すみれの抹殺を依頼し、春名麗子は夫の始末を頼んだんでしょうね。それから売れなくなったグラドルの常盤志保は、所属芸能プロの久方社長を片づけてくれと……」

「そう疑えるな。大型詐欺事件の主犯の安宅は、出資者の誰かの依頼でこの世から消されることになったんだろう」

「わたしもそう推測してるんですけど、殺しの依頼人はひとりではないと思っています。投資したお金を詐取された複数の人たちが被害者同盟を作って、殺人の成功報酬も百万か二百万円ずつ出し合ったんではないでしょうか」

「そうなのかもしれない。投資詐欺に引っかかった人たちは、もう金銭的な余裕はあまりなかっただろうからな」

「ええ。一連の事件のことを考えると、殺人請負組織は存在するはずです。だけど、張り込む前にアジトで怪しげな裏サイトを覗いてみたのに、それらしいものはなかったんですよね」

「そうだったな。いかにも裏サイトらしい〝窓口〟を開いたら、ネット管理会社や警察にたちまち目をつけられる。それだから、殺人請負組織はまともな〝窓口〟を設けて、復讐や殺人代行の依頼を受けてるんだろうな」

「ええ、おそらくね。なぜ、そんなことに気づかなかったのかしら？」

「ただ、まともすぎる〝窓口〟じゃ、依頼人は集まらない。ネットで直に殺しのクライアントを探してるんじゃなくて、巧妙な手口で顧客をゲットしてるんじゃないのか」

「たとえば、どんな〝窓口〟が考えられます？」

梨乃が問いかけてきた。

「『悩み一一〇番』みたいなボランティア組織が〝窓口〟になってて、そこのスタッフが巧みに殺人請負組織に誘導する仕組みになってるのかもしれないぞ」

「それ、考えられますね」

「あるいは、各宗派の僧侶が無料で人生相談に乗ってるという触れ込みで、裏サイトに導いてるとも考えられるな。ひょっとしたら、市民運動団体や各種の非営利団体が隠れ蓑になってるのかもしれないぞ」

剣持は口を結んだ。

その直後、春名宅の塀の際に一台のライトバンが停まった。大手不動産会社の渋谷営業所の名が車体にロゴ入りで入っている。ライトバンから営業マンらしい男が二人降りて、すぐに春名邸内に消えた。

「奥さんは自宅の土地を担保にして銀行から借金し、浦上の音楽ビジネスに投資する気になったんだけど、銀行は融資してくれなかった。それで、やむなく自宅を売却する気になったんじゃないのかな」

「雨宮、春名麗子は留置中の浦上に何度か電話をしたと考えられないか？」

「ええ、したでしょうね。でも、捜査本部で預かったスマホの電源は切られてたはずですから、通話はできなかったでしょう」

「夫人は浦上の身に何か起こったかもしれないと考え、東中野のマンションに行ったにちがいない」

「そうでしょうね。だけど、お気に入りのロック・ミュージシャンは自宅にもいなかった」

「春名麗子はそれを知ってて、自宅の売却を急ぐ気になると思うか？　銀行に融資を断られたとしてもさ」

「主任、謎かけめいた言い回しをしないで、わたしがすぐ理解できるように説明してくださいよ」

　梨乃が明るく突っかかってきた。

「要するに、奥さんは急いでまとまった金を工面しなければならなくなったんじゃないのか。おれは、そう言いたかったんだよ」

「今度は理解できました」

「麗子は夫の遺産をあらかた遣い果たしてしまったんじゃないか」

「ヘッジファンドの損失は、死んだ春名勝利の生命保険金だけではなかったんじゃないんですかね？」

「おれ、二階堂さんから聞いた情報を雨宮に伝え忘れてたかな。捜査本部の調べで、春名麗子は信託銀行や証券会社には出入りしてないことがわかったらしいんだよ」

「すみません！　その話なら、主任から聞きました。うっかり忘れてました」

「夫人が旦那の生命保険金をヘッジファンドで失ったと浦上に喋ったことは作り話だったんだろうな。麗子は夫殺しの件で殺人請負組織か、恐喝屋に強請られて二億円を脅し取られたと思われる。さらに奥さんは追加の口止め料を要求されたんで、自宅を売却する気になったんじゃないのかな」

「死んだ夫の預金は浦上に貢いだり、殺人の成功報酬で底をついてたんでしょうか？」

「そうなんだろう」

剣持は相槌を打った。

それから間もなく、懐で刑事用携帯電話が着信音を発した。すぐにポリスモードを取り出す。発信者は徳丸だった。

「あと十数キロで名古屋市内に入る。報告が遅くなったが、一条ひかる、本名常盤志保の実家周辺で聞き込みをしたよ」

「何か新事実は出てきました？」

「ひかる、いや、ややこしいから、本名でいいやな。志保は大阪浪速区の賃貸マンションから消えてから六日後に幼馴染みの主婦に電話して、なんとか一千万円貸してくれないかって言ったんだってさ。片方の腎臓を売ってでも、借りた金はきちんと返すからって泣いて頼み込んだそうだよ」

「それで、幼馴染みは金を工面してやったのかな？」

「いや、力になれないと断ったらしい。同い年の旦那は地元の工場で働いてて、給料は安いんだってさ。だから、ろくに貯えなんかないって話だったな」

「若い夫婦なら、そう金にゆとりなんかないでしょうね。その幼馴染みは当然、常盤志保になんで一千万円も必要なんだと訊いたんでしょ？」

「ああ。そうしたら、志保は自分の弱みを知った連中に一千万円の口止め料を用意しろと脅迫されてると明かしたんだってよ。それで、幼馴染みの主婦は弱みって何なのと訊ねたそうなんだ」

「志保は、どう答えたんだろう？」

「売れなくなったグラドルは、自分をさんざん利用した男を口止め料を要求してきた連中に懲らしめてもらったんだと言ったらしいよ」

「徳丸さん、志保は〝懲らしめてもらった〟という言い方をしたんですね？」

「ああ、そう言ったらしい。幼馴染みには、芸能プロの社長を殺してもらったとは言えなかったんだろうな。常盤志保が闇の殺人請負組織に久方彬晃の始末を依頼したことは、ほぼ間違いねえよ」

　徳丸が言った。

「おれも、そう思います。幼馴染みは脅迫に屈しないで警察に相談しろとアドバイスしなかったんだろうか」

「そう言ったみてえだぜ。そうしたら、志保は自分も刑務所に入れられることになるから、それはできないと言ったという話だったな。それから、口止め料を払わなかったら、殺されそうなんで、逃げるつもりだと語ってたらしいよ」

「志保は、まだ関西にいるようなことを言ってたんだろうか」

「居場所は教えてくれなかったそうだが、通話中にスーパー店員の呼び込みの声がしたみたいなんだ。その呼び込みは標準語だったというから、志保は土地鑑のある関東に戻ってるのかもしれねえな」

「そうなんでしょうね」

「剣持ちゃん、志保は協力者が見つかったら、反撃に出るかもしれないとも呟いてたそうだぜ。関西の極道を色仕掛けで味方にして、殺人請負組織の弱みを恐喝材料にする気でいるんじゃねえのか」

「そんなことをしたら、常盤志保は消されてしまうでしょう？　多分、彼女の協力者も一緒にね」

「だろうな。おれたち二人はこれから、刺殺された安宅和幸が潜伏してた千種区（ちくさく）の借家周辺で聞き込みをしてみらあ」

「お願いします」

「二階堂さんが愛知県警から取り寄せてくれた初動捜査情報によると、男装の女殺し屋はマブかったそうじゃねえか。乳房を平たく押し潰して男の恰好をしてたにちがいないが、案外、グラマラスなんじゃねえかな」

「かもしれないね」

「もう女殺し屋は名古屋付近にはいねえと思うが、身柄（ガラ）を確保できたら、口実をつけて着てる服を剝（は）いでやるか」

「徳（トク）丸さん、そんな冗談を言ってる場合じゃないでしょうが！」

剣持は笑いを含んだ声で、年上の部下をやんわりと注意した。

「はっはっは。とりあえず、笑ってごまかしておこう。それはそうと、女殺し屋を例の殺人請負組織のメンバーと考えるのは早計なんじゃねえのか。本部事件の二人の被害者(マルガイ)は麻酔注射で眠らされ、事故に見せかけて殺(や)られた。悪徳芸能プロの社長も同じように麻酔薬で昏睡させられてから、レインボーブリッジの欄干から吊り提(さ)げられてたんだよな?」

「確かに、安宅和幸だけ殺され方が違いますよね。同じ犯罪者グループの仕業と考えたのは、早計だったのかもしれないな。しかし、おれの勘では男装の殺人者も同じ組織の一員のような気がしてならないんですよ」

「そうなのかな。ところで、春名麗子は何か尻尾(しっぽ)を出したのかい?」

徳丸が訊いた。剣持は、少し前に大手不動産会社の営業マンと思われる男たちが春名宅に入ったことを伝えた。

「そいつらは、売却物件の査定に訪れたんだと思うよ」

「ええ、そうなんでしょう」

「麗子は、自宅の売却金を浦上の音楽ビジネスに投資する気になったんじゃねえのか。売却金の一部で自分ら家族が住む中古マンションを買ってさ」

「おれは、そうじゃないと思ってるんです」

「違うんじゃねえかって？」

　徳丸は少し驚いた様子だった。剣持は自分の推測を語った。

「なるほど、そうなのかもしれねえな。麗子が旦那の始末を謎の組織に依頼してれば、それは大きな弱みになる。夫人は人殺し集団の弱点を知ってるわけだが、相手はまともな奴らじゃない。殺人代行の件を切り札にしたところで、まず効力はないだろう」

「そうですね。麗子はヘッジファンドで亡夫の生命保険金二億円を損失したわけじゃなく、本当は殺人請負組織に脅し取られたんでしょう」

「さらに春名麗子は追加の金を要求されたんで、仕方なく家屋敷を手放す気になったってわけか」

　徳丸が先に電話を切った。剣持はポリスモードを懐に戻してから、梨乃に通話内容をかいつまんで話した。

「一条ひかる、いいえ、常盤志保は東京のどこかに身を潜めてるんじゃないのかな。人が大勢住んでる大都会のほうが身を隠しやすいですからね」

「そうだな。地方都市を転々としてるうちに、追っ手に取っ掴まってしまう恐れがある。その点、大都会にはネットカフェ、終夜営業のレンタルルーム、ファミリーレストラン、ハンバーガーショップ、個室ビデオ店、ウィークリーマンションなど隠れやすい所があるからな」

「わたしが志保なら、大都会の底でしばらく深海魚みたいにじっとしてますけどね」

梨乃が口を結んだ。

数秒後、春名宅から営業マンらしい二人組が姿を見せた。

「探りを入れてみよう」

「わたしひとりのほうがいいでしょう。週刊誌の記者になりすまします」

梨乃がプリウスをそっと降り、急ぎ足でライトバンに近づいた。

美人刑事はにこやかに男たちに声をかけた。三人は路上にたたずみ、五、六分話し込んだ。

ライトバンが走りだすと、梨乃はプリウスに駆け戻ってきた。彼女は運転席側のドアを閉めてから、口を開いた。

「やっぱり、春名宅の土地と建物の査定に来たそうです。夫人は一億七千万円で自宅を売却したいと言ったらしいんですが、査定額は一億五千万円だという話でした」

「二千万円の開きがあるわけか。麗子は売却を諦めたのかな？」

「だいぶ迷ってたようですが、一億五千五百万円で売りに出してみてくれと言ったそうです。営業マンは査定額よりも五百万円も高いと、なかなか買い手が出てこないと言ったらしいんですけどね」

「それでも、未亡人は売却希望額を下げたがらなかったんだな？」

「ええ、そういう話でした。必要な額より数千万足りないとかで、売り値を下げたがらなかったというんですよ。夫人は自宅が一億五千五百万円で売れたら、五千万円程度の中古マンションを一括購入したいと話してたそうです」

「その中古マンションに二人の子供と一緒に住む気なんだろうな」

「ええ、そう言ってたみたいですよ」

「そうか。雨宮、午後八時か九時まで張り込んでみよう。麗子が外出するかもしれないからな。それから、脅迫してる奴らがやってくるとも考えられる」

「わかりました。わたし、ちょっと表通りのコンビニに行ってきます。缶コーラとサンドイッチを買っておきたいんですよ」

「ついでに、おれの分も買ってきてくれないか。代金は立て替えておいてくれよ。よろしく！」

剣持は相棒の肩を軽く叩いた。

梨乃が車を降り、足早に歩きはじめた。春名宅とは逆方向だった。梨乃の後ろ姿がドアミラーから消えて間もなく、私物のスマートフォンが振動した。捜査活動中は、いつもマナーモードにしてあった。

上着の内ポケットからスマートフォンを取り出し、耳に当てる。別所未咲の声が響いてきた。

「五時半ごろ、世田谷署の老沼という刑事さんが訪ねてきて、中丸遙さんのことをいろいろ訊かれたの。知ってることはなんでも喋っちゃったけど、まずかった?」

「そんなことはないよ」

「よかった。老沼さんは署長に外部から圧力がかかった可能性もあるとおっしゃってたけど、確かに他殺の疑いがあったのに、急いで先輩の遺体が行政解剖に回されたのはおかしいですよね」

「そうだな。所轄署は他殺の疑いが濃くなる前に、自殺として処理したかったと受け取りたくなるね。殺人請負組織のバックには、驚くような権力者が控えてるのかもしれない」

「そうだとしても、怯(ひる)まないわ」

「しかし、きみは一瞬も油断しないようにしたほうがいいな」

「勇ましいことを言ったばかりだけど、そんなことを言われちゃうと、だんだん不安になってきたわ。今夜も剣持さんにそばにいてほしいと甘えるのは図々しすぎますでしよ？」

「きみがそうしてほしければ、張り込みを切り上げたら、ホテルのきみの部屋に行くよ」

「来てくださるの？　嬉しい！　それなら、心強いわ。わたしは八時前には部屋に戻る予定なんです」

「なら、部屋に行く前にきみのスマホを鳴らすよ」

「ええ、そうして。あなたと会ったら、きょうもわがままを言っちゃいそうだわ。迷惑でしょうね」

「きみのわがままなら、なんでも聞くよ」

「そんな女殺しの台詞、どこで覚えたの？」

「さあ、どこだっけな。とにかく、後で電話するよ」

剣持は通話を切り上げた。

4

タクシーが減速しはじめた。

少し先の信号は赤に変わりかけていた。虎ノ門のオフィス街である。

剣持は、未咲と後部座席に並んでいた。

春名宅を張り込んだ翌朝だ。九時半近い。前夜、剣持は午後八時に張り込みを切り上げた。春名麗子が出かけることはないと判断し、相棒の梨乃をプリウスで『桜田企画』に戻らせた。

剣持は、美人弁護士が投宿しているホテルに急いだ。

未咲は部屋で待っていた。二人は館内の日本料理店で北陸の地酒を酌み交わし、十時半過ぎに部屋に引き揚げた。

二人は順番にバスタブに身を沈めると、ごく自然に唇を重ねた。長いくちづけが情事の序章だった。

剣持と未咲はベッドに倒れ込み、情熱的に肌を貪り合った。前夜の秘めごとで羞恥心が薄れたからか、美しい弁護士は長いこと剣持の下腹部に顔を埋めた。

剣持は、いつもよりも猛った。体の底が引き攣れるような勢いだった。未咲の情熱的な舌技に煽られ、剣持もオーラルセックスに励んだ。

七、八分で未咲は頂点に達した。体を縮めて、女豹のように低く唸った。その後は、啜り泣くような声を零しはじめた。

剣持は、未咲の内腿で頭を挟みつけられていた。幾分、息苦しかった。

それでも剣持は舌を閃かせつづけた。

いくらも経たないうちに、未咲はまた頂に駆け上がった。内奥がきゅっとすぼまり、剣持の指に緊縮感が伝わってきた。

胸の波動が小さくなると、未咲は上体を起こした。

せっかちに彼女は剣持の腰の上に跨がった。体の芯は充分に潤んでいた。それでいて、密着感が強い。隙間はなかった。

剣持は下から突き上げはじめた。

未咲の裸身が弾む。二つの乳房はゆさゆさと揺れつづけた。

閉じた瞼の陰影が一段と濃くなった。半開きの口の中で、桃色の舌が妖しく乱舞している。ゴールを目の前にしながら、足踏みをしている様子だ。いかにも未咲はもどかしそうだった。

剣持は結合部に中指を滑り込ませた。

指の腹で真珠のような塊を揺さぶりたてると、未咲はエクスタシーに達した。ジャズのスキャットのような唸りを発しながら、彼女は剣持の胸に倒れ込んできた。柔肌は汗ばんでいた。

剣持は結合したまま、体を反転させた。

正常位でひとしきり腰を躍動させ、三度ほど体位（ラーゲ）を変えた。それから二人は、正常位で相前後して果てた。

長く熱い時間を共有した後、未咲は三年前に別れた恋人のことを問わず語りに喋った。二つ年上の彼氏は商社マンだったらしい。未咲に専業主婦になる気があるならばという条件を付けて、プロポーズしたそうだ。

彼女は生涯、弁護士をつづける気でいるという。また、結婚という形態には少しも拘（こだわ）っていないという話だった。自分には、ぴったりの恋愛相手ではないか。剣持は、しばらく未咲と交際する気持ちを密かに固めていた。

前夜のことを思い出しているうちに、いつしかタクシーは西新橋に入っていた。川端法律事務所は銀座二丁目にある。先に車を降りるのは剣持のほうだ。

「今夜も一緒にいてくれます？」

未咲が改まった口調で訊き、剣持の右手をそっと握った。剣持は無言でうなずき、懐に手を突っ込んだ。未咲に一万円札を渡そうとしたのである。

未咲が首を横に振った。

「出勤の途中だもの、いいのよ」

「なら、お言葉に甘えよう。夕方、一度連絡するよ」

剣持は未咲に言って、少し先でタクシーを停めてもらった。

西新橋三丁目だ。アジトのある雑居ビルの七、八十メートル手前だった。剣持はタクシーを降り、いつものように私物のスマートフォンを取り出した。

未咲を乗せたタクシーが遠ざかった。

剣持は着信の有無を確かめる振りをして、あたりに目を配った。警察官や報道関係者の姿は見当たらない。未咲の命を狙った者たちも潜んでいないようだ。

剣持は足早に歩き、八階建ての雑居ビルに入った。

エレベーターで五階に上がり、『桜田企画』のドアを押す。三人の部下がソファに坐って、コーヒーを飲んでいた。

「主任、きのうはデートだったんでしょ？」

梨乃が開口一番に問いかけてきた。

「ばか言え！　張り込みを早めに切り上げて、おれが女に会いに行くわけないじゃないか。どうしても外せない用事があったんだよ。雨宮、プリウスをちゃんと地下駐車場に戻しておいてくれたな？」

「話を逸らしましたね。任務をそこそこにしてデートしたい相手は、さぞや魅力的な女性なんだろうな」

「勝手にそう決めつけないでくれ」

「剣持ちゃん、そりゃねえぜ。おれと城戸は、日付が変わるころまで名古屋で聞き込みしてたのによ。午前零時数分前にそっちの携帯を鳴らしたんだが、繋がらなかったんだ」

　徳丸が話に割り込んだ。

「申し訳ない！　つき合い酒をハイピッチで飲んだんで酔い潰れてしまって、朝まで寝入っちゃったんですよ」

「そうだったのか。安宅和幸の隠れ家の周辺の家の防犯カメラの映像は地元署がすべて借り受けてたんだが、男装の犯人（ホシ）を目撃した三人の話を聞くことはできたんだ」

「何か新事実が出てきたんですか？」

　剣持は徳丸の横のソファに腰かけた。梨乃が椅子から離れ、コーヒーメーカーやポットの載ったワゴンに歩み寄った。剣持用のコーヒーを淹（い）れてくれるのだろう。

「残念ながら、二階堂さんが愛知県警から提供してもらった初動捜査情報の域を出ない証言しか得られなかったんだ」

「そうですか」

「徳丸さん、一つだけ新証言を得られたんじゃないっすか。そのことをリーダーに報告したほうがいいっすよ」

城戸が言った。徳丸が頭を掻いた。

「おう、そうだったな。剣持ちゃん、男装の女殺し屋は安宅の隠れ家の裏道に駐めてあったワンボックスカーに乗ってたらしいんだよ」

「その車に同乗者は？」

「眼光の鋭い三十代半ばの男がワンボックスカーの運転席に坐ってたそうだ。そいつは黒いキャップを目深に被って、女殺し屋に何か小声で指示してたらしいよ。けど、指示の内容までは証言者の耳には届かなかったって話だったな」

「そうですか。愛知県警の話では、隠れ家には約四千万円の現金があったそうだが、肝心の安宅和幸が持ち逃げした約三百億円のありかはわかってないということでしたよね？」

「所轄署にちょいと探りを入れてみたんだが、大金のありかはまだ不明らしい。おそらく安宅はスイスかオーストリアの銀行の秘密口座に入金してから、逃走したんだろうな。他人名義で借りた一軒家の家賃は、入居時に一年分前払いされてた」

「徳丸さん、戸建て住宅を借りた奴は何者なんです？」

「昔、安宅が名古屋で働いてた葬儀社の元同僚だったんだ。そいつは夜警の仕事をしてて、二百万円の謝礼に目が眩んで安宅の代わりに借家を探してやったんだよ。その名義人にも会ったんだが、大型投資詐欺には関与してなかった。したがって、安宅が投資家たちから約五百億円を詐取したことは知らなかった。びっくりしてたよ」

「そうなら、三百億円のありかは知らないわけだ」

「ああ、見当もつかないと言ってたよ。名古屋では有力な手がかりは摑めなかったが、さっき雨宮に古巣の捜二知能犯係から安宅の大型投資詐欺の被害者リストを入手してもらったんだ」

「手回しがいいんで、助かります。最も被害額が大きかったのは？」

「千住の大地主が十六億円もの出資金を詐取されてた。最大の被害者が闇の殺人請負組織に安宅を始末してくれと頼んだのかもしれねえと思ったんだけどさ、その大地主は安宅の逮捕状が出た日にショックで心不全に陥って死んじまったんだよ」

「遺族が復讐の代行を依頼したとは考えられないだろうか」

剣持は言って、セブンスターに火を点けた。

「大地主は子宝に恵まれなかったんだ。かみさんは数年前に病死してる」

「次に被害額の大きかった出資者は？」

「食肉卸で一代で財を築いた崎山惣司、七十一歳だな。崎山は安宅の投資話に乗って、十三億も出資したんだ。雨宮、そうだったよな？」

徳丸が、マグカップを手にして近づいてきた梨乃に声をかけた。梨乃がマグカップを剣持の前に置き、城戸のかたわらに坐る。

「コーヒー、ありがとう。雨宮、その崎山惣司に関する情報を詳しく教えてくれないか」

剣持は促した。

「崎山は大田区大森（おおもり）の精肉店の次男坊なんですが、跡取りの長男と気が合わなくて、店の手伝いはあまりしなかったらしいんです。賭場（とば）に通って、博徒たちと遊び回ってたようですよ。二十九歳で所帯を持つと生活を改め、食肉卸問屋で真面目に働くようになって、三十五のときに独立したそうです。それからは順調で、いまや九百人の社員を抱える会社の会長です」

「しかし、若い時分に半グレだった男が詐欺師に十三億円を騙し取られて、おとなしくしてるとは思えないな」

「そうですね。それで、昔の上司に探りの電話をしてみたんですよ。その結果、崎山惣司は若いころの博打仲間に安宅を取っ捕まえて半殺しにしてくれたら、五千万円の謝礼を出すと頼んだことがわかったんです」

「昔の博打仲間は筋者（すじもん）なんだな？」

「ええ。関東誠真会の三次組織の組長で、荒井武夫（あらいたけお）です。七十三歳だったかな。荒井組長は若い衆に安宅の行方を追わせてたみたいなんですよ」

「だが、安宅の消息はわからなかったんだな」

「はい、そういう話でした。もしかしたら、崎山惣司は何らかの方法で復讐や殺人を代行してくれる犯罪者集団の存在を知って、十三億も詐取した安宅の抹殺を依頼したのかもしれませんね」

「半グレだった男なら、決着（オトシマエ）をつけなきゃ気が済まないだろうな。雨宮の読みは正しいのかもしれない。崎山の会社や自宅の所在地は把握してるのか？」

「ええ、もちろんです」

「それじゃ、そっちは徳丸（トク）さんと組んで崎山に張りついてみてくれ」

「了解です」

「おれは、城戸と一緒にきょうも春名麗子の動きを探る」

「剣持ちゃん、そろそろ全員が拳銃（ハンドガン）を携行したほうがいいんじゃねえか。丸腰じゃ、女殺し屋にシュートされるかもしれねえからな。鍵、貸してくれや」

徳丸が武骨な手を差し出した。剣持はキーホルダーからガンロッカーの鍵を抜き出し、徳丸に手渡した。

　徳丸と梨乃がほぼ同時に立ち上がって、奥の銃器保管室に向かう。

「おれたちも武装して張り込もう」

　剣持は斜め前に坐った城戸に言って、梨乃が淹れてくれたコーヒーをブラックで啜った。

「自分、名古屋で聞き込みの合間に古巣の組対四課と五課に電話をして、どっかの組が殺人請負組織を密かに結成したんじゃないのかって鎌をかけてみたんすよ」

「で、どうだったんだ？」

「四課も五課も、広域暴力団がそういう殺し屋集団を結成した気配はうかがえないと口を揃えてたっすね」

「なら、謎の殺人請負組織は裏社会とは関わりのない連中で構成されてるんだろうな。アメリカのシークレット・サービス要員だった男が退職して、暗殺者を先に始末する先手殺人集団を結成し、暗躍してたことが数年前にマスコミにすっぱ抜かれたが、おそらく殺人請負組織の実行犯グループのメンバーは陸上自衛隊第一空挺団かレンジャー部隊にいた元隊員なんだろう」

「どっちも陸自のエリート部隊っすけど、実戦で活躍する場を求めて、フランス陸軍の外人部隊に入る奴が割にいるみたいっすよ」

「そうらしいな。フランス陸軍の外人部隊は国籍・経歴不問で約百三十カ国から集まった七千人が所属してる。その中に五、六十人の日本人がいるはずだ」

「ええ。けど、厳しい軍事訓練に音を上げる奴もいるみたいっすよ。数百メートル上空の輸送機からパラシュート降下させられ、重さ二十キロ以上の装備を背負ったままで何十キロも行軍させられるみたいだから、軍事訓練を受けたことのある者以外は逃げ出しちゃうと思います」

「そうだろうな。初任給は約千ユーロだというから、日本円で十万円ちょっとだ。それでも実戦で活躍したいと思ってる連中は内戦状態に陥ったコートジボワール、ガボン、チャドなどに嬉々として赴いて、在留フランス人の救出活動をしたんだろう。ソマリアの内戦では外人部隊の兵士が何人も被弾したと聞いてる」

「どいつも戦場で高揚感を味わいたいんでしょうけど、任務年数をこなしてもフランス国籍を取得できるというメリットぐらいしかないのに、よく辛抱できるっすよね」

「そうだな。謎の殺人請負組織の中にも、フランス陸軍の外人部隊に在籍した奴がいそうだね。男装の殺し屋は日本人じゃなく、アメリカで育ったアジア人なのかもしれない」

「アメリカ陸軍の志願兵だったとも考えられるな」

会話が途切れた。

ちょうどそのとき、二階堂理事官から剣持に電話がかかってきた。

「消息不明だった常盤志保の死体が、豊島区内の高層マンションの下で見つかった。十六階の非常階段の踊り場から投げ落とされたようだ。首筋に注射痕が認められたそうだから、一連の事件とは無関係じゃないだろう」

「謎の人殺し集団がグラビアアイドルだった女の口を封じたにちがいありませんよ」

「また手がかりを得にくくなったね」

「そうですが、おれたちは任務を遂行してみせます」

剣持は宣言して、電話を切った。

第五章　偽装工作の疑い

1

腰にインサイドホルスターを装着する。

スラックスの内側だ。剣持はガンロッカーの棚から、ベレッタ・ジェットファイアーを選び取った。イタリア製のポケットピストルだ。重量は二百八十グラムと軽い。口径は六・三五ミリで、撃鉄（ハンマー）露出型のシングルアクションである。

剣持は銃把（グリップ）から弾倉（マガジン）を引き抜き、実包（じっぽう）を八発装塡（そうてん）した。初弾を薬室（チャンバー）に送り込み、さらにマガジンに一発詰める。

剣持はポケットピストルをホルスターに収めた。

巨身の城戸が身を屈め、ガンロッカーの中を覗き込んだ。ウールジャケットは、すでに脱いでいる。ショルダーホルスターを身につけ、大型拳銃を入れるつもりなのだろう。アメリカ製のハイポイントJS45でも選ぶのか。

城戸はショルダーホルスターを肩から吊るすと、ドイツ製のマウザーM2を掴み上げた。四十五口径で、全長は十七センチ五ミリもある。フル装弾数は九発だ。

城戸が大型拳銃にフル装弾し、ホルスターの中に落とした。上着を羽織り、前ボタンを掛ける。

徳丸・雨宮班は十分ほど前に出かけていた。武装した二人は先に暴力団組長の動きを探り、崎山惣司に張りつくことになっている。

「おれたちも春名宅に向かおう」

剣持は城戸に言って、ガンロッカーの扉を閉めた。ロックし終えたとき、アジトに誰かが入ってきた。徳丸たちが何か忘れ物をしたのだろうか。

「課長！」

先に事務フロアに戻った城戸が、驚きの声をあげた。剣持は事務フロアに移った。捜査一課長の鏡警視正が剣持に声をかけてきた。

「徳丸君と雨宮がいないようだが……」

「二人はさきほど出たんですよ。課長、何か進展があったんですね？」

「会議室に入ろう」

「はい」

剣持は城戸とともに先に会議室に入り、テーブルの向こう側に並んで腰かけた。鏡課長が剣持の前に坐り、一枚のプリントアウトを差し出した。

「警視庁に送られてきた犯行声明だよ。剣持君、まず読んでくれないか」

「わかりました」

剣持は紙片を受け取り、文字を目で追いはじめた。

犯行声明

我々は、卑しい生き方をしていた春名勝利、三雲すみれ、久方彬晃、安宅和幸の四人に天誅を下した。金の亡者だった四人を闇に葬ったのはプロローグにすぎない。引きつづき私利私欲に走って国家を私物化している政治家、財界人、キャリア官僚たちを血祭りにあげる。それだけに留まらない。闇社会を支配していく顔役、御用学者、偏った考えを持つ言論人、エコノミストなどを次々に処刑していく。

日本の政治、経済、文化を混迷させた者たちは罪深い。そうした無責任な輩を排除しなければ、この国は再生できないだろう。

我々は別に愛国者の集まりではない。だが、腐敗しきった社会は再構築すべきだろう。権力や財力を握った者たちは巧みに法網（ほうもう）を潜り抜け、弱者を喰いものにしている。

これでは、民主国家とはとうてい言えない。下手をすると、三等の独裁国家になる恐れもある。それでは、あまりに哀（かな）しい。

我々は、もはや傍観できなくなった。この国を真に愛する者たちがやむにやまれぬ気持ちから、堕落した同胞を断罪することにしたわけだ。

我々の目的を阻（はば）もうとする者たちは、すべて敵と見做（みな）す。警察をはじめとする全捜査機関も例外ではない。警視庁、警察庁、公安委員会、検察庁、法務省にも我々の同志がいる。捜査機関が我々の行動を妨害したら、ただちに各庁舎を爆破する。

ついでに教えておこう。自衛隊の陸・海・空の将官の中にもシンパは大勢いる。そのことを忘れないでくれ。

我々の手で、必ずや日本を再生させる。しばらく静観していただきたい。

日本再生クラブ代表

剣持は、読み終えた犯行声明文を隣席の城戸に渡した。巨漢刑事がプリントアウトに視線を落とす。

「剣持君、その犯行声明は単なるいたずらなんだろうか？」

鏡課長が問いかけてきた。

「ただのいたずらとは思えませんね。殺された四人に共通項があったなんてことはまったく報道されてません」

「そうだね。被害者たちは金銭に執着してたという点では共通してるが、なんの繋がりもなかった。四人は謎の殺人請負組織によって始末されたと思われるが、そのことは一般市民だけではなく、報道記者たちも想像できないだろう」

「ええ、そうでしょうね。加害者側しか知り得ない事柄を書いてるわけですので、内容はでたらめではないんでしょう。ただ、腑に落ちないことがあるんですよ」

「どんな点が？」

「『日本再生クラブ』と称してる集団は欲深いキャバ嬢たち四人を片づけたと明言してますが、国家を左右するような大物じゃありません」

「そうだね」

「そんな四人を私的に裁いた連中が、国家を私物化してる政財界人、官僚、御用学者、言論人なんかを処刑する気になりますかね。標的の〝格〟が違いすぎます」

「確かに、そうだな。社会を堕落させた権力者たちに制裁を加えていくという予告は、はったり(ブラフ)なんだろうか」

「どうもカモフラージュ臭いですね。もっともらしい犯行動機を挙げてますが、殺人代行の成功報酬を多く手に入れたいだけなんじゃないでしょうか」

　剣持は自分の意見を述べた。

　鏡が唸って、腕を組んだ。そのとき、課長の上着の内ポケットで刑事用携帯電話(ポリスモード)が着信音を発した。

「ちょっと失礼するよ」

　鏡課長が懐から、ポリスモードを取り出した。発信者は二階堂理事官のようだ。

「理事官、犯行声明メールの発信元が割れたのかな？」

「…………」

「それは、まだなのか。えっ、財務省の族議員だった日垣健吾(ひがきけんご)、六十六歳が爆殺されたって!?」

「…………」

「車に爆破装置が仕掛けられてたのか。四十分前には、全経連(ぜんけいれん)の水橋元(みずはしはじめ)副会長が自宅付近を散歩中にサイレンサー・ピストルで射殺されてたんだね。享年七十六か」

「…………」

「わかった。そうしてくれないか」

通話が終わった。鏡課長がポリスモードを所定のポケットに収め、剣持に顔を向けてきた。

「きみが読みを外すことは少ないんだが、今度ばかりは違うようだな。国会議員と大物財界人が暗殺されたんだよ。理事官に一報が入っただけだということだったが、『日本再生クラブ』は、本気で世直しをする気でいるにちがいない」

「政治家と財界人が殺害されたからって、そう結論づけるのは早すぎる気がしますが……」

「二人の暗殺は、本気で世直しを標榜(ひょうぼう)してるというデモンストレーションかもしれないと疑ってるんだな？」

「ええ。その疑いはあると思います。正体不明のテロ集団が日本の再生を真剣に考えてるんだったら、東日本大震災の復興を遅れさせた無能な政治家たちを最初に血祭りにあげ、復興事業で甘い汁を吸ってる暴力団をやっつけて、反省の色を見せていない電力会社や原子力関係者たちを懲らしめるんじゃありませんか？」

「自分も同感です。悪徳政治家として知られた代議士や全経連のナンバーツーを処刑してもたいした意味ないっすよ。鏡警視正、そうは思われませんか？」

城戸が課長の顔を見据えた。

「きみたち二人にそう言われると、そんな気もしてきたな。しかしね、日垣健吾も水橋元も決して小物じゃないぞ」

「そうですが、大物中の大物とは言えないでしょう？」

「まあ、そうだね」

「課長、やはり『日本再生クラブ』と称してる奴らの目的は世直しなんかじゃない気がします」

剣持は言った。

「犯罪目的は何だと思う？」

「最終的な目的はまだわかりませんが、当面は軍資金を集めたくて、復讐や殺人代行を請け負って成功報酬を手に入れてるんでしょう。そして、依頼人たちの弱みにつけ込んで、ほぼ丸裸にしてるんではないだろうか」

「鷲塚亮介はキャバ嬢だった三雲すみれの殺害を組織に頼んだことで強請られる羽目になって、横領した五億六千万円の残金およそ二億六千万円のほとんどを脅し取られたんだろうか」

「多分、そうなんでしょうね。春名麗子は夫の始末を依頼した事実を恐喝材料にされて、旦那の遺産の大半を毟(むし)られたんでしょう。ヘッジファンドで大損したというのは作り話なんだと思います」

「春名の奥さんは、自宅まで売却する気になってるそうじゃないか」

「ええ、そうですね。殺人請負組織がさらに口止め料の追加要求をしてると思われます。悪徳芸能プロの社長の久方を始末してくれと依頼したのは、常盤志保なんでしょう」

「変態クラブで獣姦ショーまでやらされてた元グラビアアイドルが久方を殺(や)らせる気になったことはわかるよ。しかし、彼女はやっとの思いで殺人(コロシ)の報酬を工面したにちがいない。そんな相手から口止め料をせびるのは無理なんじゃないのか？」

鏡警視が小首を傾げた。

「志保自身には貯金なんかなかったでしょうね。しかし、捨て身で生きてきた女です。その気になれば、金を持ってる男をパトロンにすることもできたはずです」

「しかし、常盤志保は高層マンションの十六階の非常階段の踊り場から投げ落とされてしまった。パトロンが見つからなかったんだろうか」

「これは想像なんですが、志保は浪友会の極道あたりを唆(そそのか)して、逆襲を試みたんでしょう。殺人請負組織は人殺しをビジネスにしてるわけですから、強気になれば、反対に口止め料を脅し取れますでしょう？」

「そう仮定してみようか。志保とつるんだ極道は、まだ貫目不足でまともに相手にされなかったんじゃないだろうか」

「ええ、おそらくね。志保は組織に一千万か二千万の口止め料を払わなければ、口を封じると脅迫された。それで浪速区のマンションから逃げて、東京に舞い戻ったんでしょうね。組織は、志保が警察に駆け込む前に消すことにしたんだと思います」

「大型投資詐欺を働いた安宅和幸を片づけさせたのは、十三億円をまんまと騙し取られた崎山惣司なんだろうか」

「こっちは、そう睨んでます。ですが、まだ断定はできません。徳丸さんと雨宮が何か証拠を摑んでくれるといいんですがね」

剣持は口を閉じた。

そのすぐ後、またもや鏡課長のポリスモードが着信音を響かせた。理事官からの連絡だろう。

「また誰かが暗殺されたのかな？」

「……………」

「東海地方を仕切ってる広域暴力団の総長が、三人のボディーガードと一緒に自宅前で撃ち殺されたのか。遠州会の梅川清（うめかわきよし）総長は短機関銃（サブマシンガン）で蜂の巣にされてた？　そうか。どうして地方都市の親分が先に狙われたんだろう？」

「……………」

「理事官も、関西の最大組織の親玉や関東御三家の首領（ドン）を狙わなかったことが腑に落ちないと言うんだね。確かに変だな」

「……………」

「理事官も、カモフラージュの悪人狩りと感じてるのか。実は、剣持君もそうじゃないかと言ってるんだ。そう、『日本再生クラブ』は本気で世直しなんか考えてないんではないかと思ってるみたいなんだよ」

「……………」

「おっ、キャッチフォンが入ったね。サイバーテロ対策課からかもしれないって？　ああ、このまま待つよ」

鏡がポリスモードを反対の手に持ち替えた。剣持は、城戸と顔を見合わせた。犯行声明メールの発信元が判明したのかもしれない。

一分ほど経（た）つと、通話が再開された。

「メールが発信されたのは、川端法律事務所のパソコンだったたって!? 信じられないな。所長の川端道人は人権派弁護士として、数々の冤罪を晴らしてきた人格者じゃないか。何かの間違いだろう」

「…………」

「サイバー捜査官がそう断定したなら、誤認じゃないんだろうな。わかった。剣持君に伝えよう」

鏡が電話を切った。剣持は先に口を開いた。

「問題の犯行声明及び殺人予告メールは、川端法律事務所のパソコンから発信されてたようですね？」

「そうらしいんだよ。理事官の話では、サイバーテロ対策課の特別捜査官がそう断言したそうだ。剣持君は、どう考える？」

「謎の組織は、川端法律事務所のパソコンを遠隔操作型ウイルスに感染させ、他人になりすまして本庁にメールを送信したんでしょう」

「そんなことが可能なのかね。そういえば、以前、大阪府警が吹田市在住のアニメ演出家を威力業務妨害容疑で逮捕したな。その男は自宅のパソコンから、大阪市のホームページに大量殺人の予告メールを送ったかどで検挙されたんだったね」

「そうです。大阪府警はネット上の〝住所〟に当たるIPアドレスなどから犯人を特定したんですが、本人が強く否認したので、偽計業務妨害罪に切り替えて起訴されたんですよ」

「ところが、その後の調べで当人はシロだと判明した」

「ええ、そうでしたね。他人のパソコンにウイルスを送りつければ、自分の身許を隠して第三者になりすますことが可能です。第三者を装って、殺人メールも爆破メールも外部からどこにでも送信できます。国外のサーバーを経由させたのかもしれませんね」

「三重県の二十代男性が同じように自分のパソコンを乗っ取られて、インターネット掲示板に伊勢神宮の爆破予告を書き込んだとして、四日後に逮捕されてるっすよ。ウイルスで遠隔操作されただけなのに、気の毒ですよね」

城戸が話に加わった。課長が城戸に応じる。

「きみはどう思う？」

「川端法律事務所のパソコンは正体不明の犯罪者集団に乗っ取られて、濡衣(ぬれぎぬ)を着せられたんでしょう。自分はそう思ってるんすよ」

「そうなんだろうな。正義の味方の人権派弁護士が、犯罪者グループの黒幕なんてことは考えられない。川端弁護士は、法の網を上手に潜り抜けてる有力者たちを軽蔑してるだろうが、非合法な手段で裁こうなんて考えるわけないよ。法律家だからね」

「ええ。『日本再生クラブ』の代表者が何者かわかりませんが、そいつは川端弁護士に何か恨みがあるんでしょう。自分の犯罪をシロにしてもらいたくて弁護を依頼したが、断られてしまったんで逆恨みしてるとかね」

「そうなのかもしれないな。弁護士は陥れられそうになっただけだろうから、川端道人をマークする必要はないだろう」

「ええ、そう思います」

「きみらは予定通りに動いてくれないか」

鏡課長が立ち上がって、会議室を出ていった。剣持は巨漢刑事に声をかけた。

「城戸、先に地下駐車場に降りててくれないか」

「了解っす！」

城戸が椅子から腰を浮かせ、会議室から消えた。

剣持は私物のスマートフォンを取り出し、未咲に電話をした。だが、留守録音モードになっていた。依頼人と会っているのだろうか。

剣持はスマートフォンを懐に戻し、すっくと立ち上がった。

2

シフトレバーがD（ドライブ）レンジに入れられた。

相棒がスカイラインのハンドルに両手を掛けた。アジトのある雑居ビルの地下駐車場だ。

「城戸、春名宅に行く前に銀座二丁目に回ってくれないか」

剣持は助手席に坐っていた。

「そのあたりには、川端法律事務所があるな。リーダーは、人権派弁護士が『日本再生クラブ』の代表者と疑ってるんすか!?」

「そうじゃないよ。もしかしたら、川端弁護士は自分のオフィスのパソコンを乗っ取った人物に思い当たるんじゃないかと考えたんだ。で、会ってみようと思ったわけさ」

「そういうことっすか」

「川端さんとは面識があるし、居候弁護士の女性とも知り合いだから、捜査に協力してくれるだろう。しかし、おれは総務部企画課に属してることになってるんで、聞き込みという形は取れない」

「ええ、そうっすね。職務ではなく、非公式に情報を提供してもらうわけか」

「そうだ。事務所を訪ねるのは、おれだけにしよう。おまえは車の中で待っててくれ」

「了解っす」

城戸が車を発進させた。

スカイラインは東新橋を抜け、昭和通りを日本橋方面に向かった。

二十分弱で、目的の貸ビルに着いた。昭和通りと中央通りのほぼ中間地点にあった。

剣持は、路肩に寄せられたスカイラインから出た。十一階建ての貸ビルに足を踏み入れ、エレベーターで三階に上がる。

川端法律事務所は、エレベーターホールの近くにあった。ノブに手を伸ばしたとき、内側からドアが開けられた。

姿を見せたのは、なんと別所未咲だった。依頼人と思われる年配の女性がすぐ横にいた。

「おっと、失礼！」

剣持は退(さ)がった。

未咲が目でほほえみ、連れの女性をエレベーターホールまで見送った。剣持は事務所の前にたたずんだ。

待つほどもなく未咲が引き返してきた。

「あなたが職場にやってくるなんて思ってもみなかったわ。いったい何事なの？」

「川端法律事務所のパソコンがウイルスに感染させられ、何者かが遠隔操作して警視庁のホームページに犯行声明と殺人予告メールを送りつけたんだが、知ってるかな？」

「知ってるも何も、警察の人たちが来て大変だったの。捜査員の方たちはもう帰られたけど」

「そう。川端さんはオフィスにいるね？」

「ええ、所長室で公判記録に目を通してます」

「先生はパソコンを乗っ取った奴に心当たりはないんだろうか」

「そう言ってたわ」

「お忙しいだろうが、十分か十五分時間を割いてもらえないかな。川端さんに取り次いでもらいたいんだ」

剣持は頼んだ。未咲が快諾し、いったん事務所に引っ込んだ。待つほどもなく彼女は戻ってきた。

「お目にかかるそうよ。先日のお礼も言いたいとおっしゃってるの」

「所長室に案内してくれないか」

剣持は言った。未咲がうなずき、川端法律事務所のドアを大きく開けた。

事務フロアには十五、六卓のスチールのデスクが並び、壁面にはキャビネットが連なっていた。八、九人のスタッフが立ち働いている。弁護士と調査員の見分けはつかなかった。

剣持は未咲に導かれ、奥の所長室に向かった。

所長室といっても、パーティションで仕切られているだけだった。十五畳ほどの広さだ。手前に応接セットが据えられ、正面の奥に執務机が見える。

「やあ、こないだはありがとう」

川端が椅子から立ち上がり、剣持に歩み寄ってきた。

「足首の捻挫はいかがです？」

「おかげさまで、ちゃんと歩けるようになりました。とりあえず掛けましょう」

「はい」

剣持はコーヒーテーブルを挟んで、人権派弁護士と向かい合った。

「若い方はコーヒーのほうがいいんだろうな」

「どうかお構いなく。すぐに引き揚げますので……」

「別所弁護士も同席したほうがいいのかな？」

「先生、わたしは急いで公判記録を読まなければならないんですよ。ご用がありましたら、お声をおかけください」

未咲が川端に言い、あたふたと所長室から出ていった。剣持は先に言葉を発した。

「早速、本題に入らせてもらいます。こちらのパソコンにウイルスを送りつけて遠隔操作で警視庁のホームページに妙なメールを送信した人物にまるで見当がつきませんか?」

「職業柄、事件関係者に逆恨みされることがないわけではないが、わたしを殺人集団と関わりがあるように見せかけようとした人間は思い当たらないんだ」

「そうですか。参考までに教えてほしいんですが、先生は殺害された春名勝利、三雲すみれ、久方彬晃、安宅和幸の四人とは何も接点はありませんよね?」

「その人たちとは会ったことはないし、四人の身内や友人が弁護を依頼してきたこともないな」

「やはり、そうでしたか」

「パソコンを乗っ取った犯人はわたしに濡衣を着せようと企んだんではなく、偶然、ウイルスに感染させたんじゃないだろうか。つまり、乗っ取る相手は誰でもよかったんじゃないのかな。警察やセキュリティー管理会社に自分の正体がバレなければ、それでいいと思ってたんだろう」

「そうなんでしょうか。何者かが先生を故意に陥れようとしたと考えるべきだと思いますがね。あなたは、これまでに冤罪に巻き込まれた男女を何人も救ってきました。事件の真相を暴いたことによって、うまく捜査の手を逃れてきた真犯人が捕まって法廷に立たされたわけでしょ？　そうした犯罪者の関係者に逆恨みされることもあるはずです」

「そうなんだが、特に思い当たるような人間はいないんだよ」

「先生、よく思い出してください」

「弁護士がこんなことを軽々しく口にすべきではないんだが、もしかするとと思う元国会議員がいることはいる」

　川端がためらいがちに明かした。

「その人物のことを詳しく教えていただけますか」

「五年前まで民自党の衆議院議員だった幕内達生（まくうちたつお）だよ。幕内議員は大手ゼネコンから数億円のヤミ献金を貰ってた事実を隠すため、公設第一秘書が勝手に袖の下を要求したことにして罪を逃れようとした。第一秘書は仕えてた政治家に裏切られて絶望してしまったらしく、東京拘置所で首を吊って自死したんだ。穿いてたトランクスを細かく嚙み千切（ちぎ）って、紐をこしらえたんだよ」

「先生は公設第一秘書の遺族の依頼で冤罪を晴らしてやったんですね？」

「そうです。遺族の依頼で、わたしは幕内の収賄の証拠を集めて裁判に勝ったんだよ。幕内は四年弱の刑に服し、一年数カ月前に出所した」

「幕内は、どんな暮らしをしてるんです？」

「出所後の消息はわからないんだ。元議員は現在、六十七歳だから、すんなりと働き口が見つかるとは思えない。何かダーティーなことをして、どこかで生きてるとは思うんだがね。昔の議員仲間だけではなく、学生時代の旧友とも音信不通になってるそうだから、居所は簡単には突き止められないかもしれないな」

「その幕内のほか、川端さんを逆恨みしてるかもしれない人物はいませんか？」

「ほかには思い当たらないね」

「そうですか。先夜、RV車は別所さんと一緒にあなたも轢く気だったように感じました」

「それは、わたしが別所弁護士が撥ねられそうになった場面を目撃したからなんだと思う」

「そうなんでしょうか」

剣持は人権派弁護士の顔を正視した。と、川端がわずかに目を逸らした。何かを隠しているのではないか。

剣持は、そう感じた。しかし、しつこく詮索することはためらわれた。

「パソコンの遠隔操作のことより、中丸遙さんの事件の捜査は進展してるのかな」

「大きな進展はないようです」

「全国紙の記者が殺害される数日前に別所弁護士に洩らしたことは、事実なんだろう。復讐や殺人代行を請け負う闇の組織が存在するにちがいない」

「そう考えられますね。その連中は、中丸さんが大学の後輩の別所さんに証拠物を預けたと思い込み、彼女の口を封じたかったんでしょう」

「警察が早く闇の組織を突き止めてくれないと、別所弁護士の不安は消えないね」

「まだ確証を得たわけではありませんが、わたしは殺人請負組織と『日本再生クラブ』は何らかの繋がりがあると考えています」

「それは考えられないんじゃないのかな。殺人請負組織が存在するとしても、金目当ての非合法ビジネスをしてるだけなんじゃないかね。しかし、遣り口はアナーキーだが、『日本再生クラブ』の目的は世直しとも感じ取れる」

「謎のテロ集団が本気で世直しをする気でいるとは思えません。おそらく何かを糊塗するための偽装工作なんでしょう。捜査の目を逸らすためのミスリード工作と疑えなくもない」

「そうなんだろうか。とにかく、一日も早く別所弁護士を安眠できるようにしてあげてほしいね」

「こっちは現場捜査には携わっていませんが、できるだけのことはするつもりです。アポなしで押しかけて、すみませんでした。これで、失礼します」

「何か思い出したら、あなたに連絡しますよ」

川端が言った。

剣持はソファから立ち上がり、大股で所長室を出た。出入口に向かう。

未咲がさりげなく自席から離れ、先にオフィスを出た。剣持は少し遅れて、川端法律事務所を辞した。未咲はエレベーターホールの近くで待っていた。

「パソコンにウイルスを送りつけて遠隔操作で警視庁のホームページに不穏なメールを送信したのは、元国会議員の幕内達生なのかもしれないな」

剣持は向かい合うなり、川端から聞いた話を未咲に伝えた。

「先生はパソコンを乗っ取った人物にはまるで思い当たらないとスタッフに言ってたのに、なぜ剣持さんにはそんなことを言ったのかしら？」

「急に幕内のことを思い出したことが解せない？」

「ええ。なんだか不自然な気がするわ」

「川端弁護士が法律に限界があることを嘆いたことはある？」

「それ、どういう意味なの？」

「建前では法は万人に平等ってことになってるが、実際はそうじゃないよな。悪知恵の回る奴や権力者は法網を上手に潜り抜けて、刑罰を免れてる」

「そういう狡猾な人間がいることは否定しないわ、腹立たしいけどね」

「法では裁けない連中をのさばらせておくことは、法律家としてはある意味で敗北だと思うんだ。川端弁護士の正義感が屈折して、アナーキーな気持ちになるなんてことは考えられないだろうか」

「剣持さんは、川端先生が『日本再生クラブ』の代表者で密かに悪人狩りをしてるんじゃないかと疑ってるの!?」

未咲の表情が険しくなった。

「そこまで疑ってるわけじゃないんだが、川端弁護士は何か隠しごとをしてるような気がしたんだ。それが気になって仕方ないんだよ」

「先生は法の無力さを思い知らされたとしても、悪人を個人的に裁く気になるわけないわ。仮にそういう気持ちがあったとしたら、自分のオフィスのパソコンを使って警視庁に犯行声明や殺人予告メールなんか送信したりしないでしょ？　そんな間抜けなことをする大人なんかいないはずよ」

「川端弁護士がテロ集団と関わってるわけないか」

「そんなことは絶対にないわ。ただ、先生がいまになって元国会議員の幕内達生のことを持ち出したことには少し引っ掛かるけどね」

「そう」

「もしかしたら、川端先生は自分を陥れようとした人間が誰なのか見当がついてるのかもしれないな。でも、捜査関係者にはその人物のことを明かせない理由があるんじゃないのかしら？」

「それで、急に汚職で失脚した国会議員のことを思い出したと称して……」

「幕内達生に逆恨みされてるかもしれないと言いだしたんじゃないのかな？」

「そうだったとしたら、故意にこっちの目を逸らしたことになる」

「考えすぎよ。別に先生に疚しいことなんかないはずだわ。先生は照れ屋さんだから、わたしたち弟子とまともに視線がぶつかったりすると、よく目を逸らすの。剣持さんともろに顔を見合わせる形になったので、単に視線を外しただけなんだと思うわ」

「きみが尊敬してる先生を庇いたい気持ちはわかるが……」

剣持は言葉を濁した。川端が少し狼狽したように見えたことは間違いないが、そのことだけで何かを隠そうとしていると決めつけるのは早計だろう。説得力もない。

「先生が仮に何かを隠そうとしたんだったら、それはご自分の都合の悪いことを知られたくないからではなく、立場の弱い他人を庇っただけなんでしょうね」

「妙なことを言いだして悪かったよ。きみが敬愛してる先生をけなすつもりはなかったんだ」

「ええ、わかってるわ。今夜も剣持さんにそばにいてほしいけど、もう束縛はしません。きょうは自宅マンションに帰って」

「きみをひとりだけにしておくのは、まだ心配だな。今夜もホテルで一緒に過ごそう」

「そう言ってもらえると、心強いけど、いつまでも甘えられないでしょ?」

未咲が言った。

「きみに万が一のことがあったら、取り返しがつかないからな」

「嬉しいけど、本当にいいのかしら?」

「ホテルの部屋にいつごろ戻れるかわからないが、今夜も泊めてもらうよ」

剣持は言って、エレベーターの下りのボタンを押し込んだ。未咲が喜色をにじませた顔で、自分の職場に戻っていった。

剣持は一階に下り、スカイラインの助手席に乗り込んだ。

「何か収穫があったすか？」

城戸が早口で訊いた。

剣持は元国会議員のことを話した。人権派弁護士が目を逸らしたことには触れなかった。川端が何か隠しごとをしているという根拠があるわけではなかったからだ。

「その幕内って元議員が川端弁護士を逆恨みしてたと考えられそうっすね。弁護士が収賄の事実を暴かなかったら、いまも国会議員でいられたんでしょうから」

「ああ、そうだな」

「国会議員だった幕内は有罪になって、それまで築き上げてきたものを一遍に失ってしまったんだろうから、人権派弁護士を逆恨みしたくもなるでしょ？」

「だろうな」

「幕内達生は破れかぶれになって、裏街道を突っ走ることにしたんじゃないっすかね。それで、復讐や殺人代行を請け負う犯罪集団を結成して荒稼ぎしてたとは考えられませんか？　成功報酬と口止め料でだいぶ潤ったんで、幕内は気に入らない奴らを次々に処刑しはじめたんじゃないのかな。『日本再生クラブ』なんてもっともらしい世直し集団を装ってね」

「城戸、よく考えてみろよ。幕内が殺人請負組織を結成して荒稼ぎしてたんだとしたら、それを元手にして、別の非合法ビジネスでもっと儲けたいと考えるんじゃないのか。もう幕内は六十七歳なんだ。稼げるだけ稼いで、ゆとりのある余生を送りたいと思うんじゃないのか？」

「そうなんすかね。幕内は傭兵崩れか何かはっきりしませんが、殺人（コロシ）の実行犯たちを使って処刑遊戯を愉（たの）しんでるんじゃないんすか？　始末された政治家や財界人は議員時代の幕内と何かで意見がぶつかって、それ以来ずっと反目（はんもく）し合ってたのかもしれませんよ。世直しと称して気に喰わない奴らを片づけさせてるうちに、幕内は有力者たちを抹殺することが愉しくて仕方がなくなったんじゃないのかな」

「で、実行犯たちに獲物を次々に始末させてるんじゃないかってわけか」

「そう推測するのは、無理があるっすかね？」

「ヤミ献金を受け取って大手ゼネコンに便宜を図ってたような政治屋は金と名誉だけを追い求めて生きてきたにちがいない。要するに、薄汚い俗物だよな。そんな野郎には、アナーキーなことをやる度胸なんかないだろう」

「リーダーにそう言われると、そんな気がしてきたっすよ」

「幕内が殺人請負組織に関わってるとしても、せいぜいアンダーボスだろうな。黒幕（ビッグボス）の器じゃない」

「どっちにしても、二階堂理事官に幕内のことを教えて、元国会議員に関する情報を集めてもらいましょうよ」

城戸が提案した。剣持は懐からポリスモードを取り出し、理事官に連絡を取った。スリーコールで、通話可能状態になった。剣持は川端弁護士から聞き出した新情報について報告し、幕内達生の近況情報が欲しいと告げた。

「すぐ小出管理官に元国会議員の出所後のことを調べさせよう」

「お願いします。捜査本部は『日本再生クラブ』に暗殺されたと考えられる被害者の関係者から、何か新しい手がかりを得たんですか?」

「何も新しい情報は摑んでない。徳丸・雨宮班は、食肉卸問屋の崎山惣司が依頼した安宅殺しを暴力団組長の荒井武夫が引き受けたかどうかを探ってるんだったね?」

二階堂が訊いた。

「そうです。まだ徳丸さんは何も言ってきませんから、そのことは確認できてません」

「組長クラスのやくざは殺人が割に合わないことを知ってるから、成功報酬がたとえ高額でも……」

「殺人は請け負わないでしょうね」

「となると、崎山は謎の殺人請負組織に安宅の抹殺を依頼したと考えるべきだろうね。で、男装の女殺し屋が安宅を刺殺したんだろうな」

「ええ、おそらくね。これから、おれと城戸は春名宅に向かいます」

剣持は電話を切って、城戸に目で合図をした。

スカイラインが走りはじめた。

3

麗子が自宅から姿を見せた。

正午過ぎだった。剣持は額に小手を翳し、視線を延ばした。

夫人は軽装だった。遠くに出かけるのではなさそうだ。麗子が遠のいてから、城戸がスカイラインを動かしはじめた。低速で追尾していく。

麗子は四百メートルほど歩き、表通りに面した大型スーパーマーケットに入った。城戸がスーパーマーケットの広い駐車場の端にスカイラインを停めた。

「ただの買物でしょうね。主任、車の中で待ちましょう」

「買物に来たんだと思うが、おまえ、念のために店内を覗いてみてくれないか。店の中で対象者（マルタイ）が誰かと接触したら、失敗（ドジ）を踏んだことになるからな」

剣持は指示した。城戸が車を降り、店内に走り入った。

それから間もなく、徳丸から電話がかかってきた。

「荒井組長が万年筆型の特殊拳銃（デリンジャー）を不法所持してたんで、追い込んでみたんだよ。組長は、五千万円の成功報酬で崎山惣司に安宅を殺（や）ってくれないかと頼まれたことを吐いたぜ」

「で、荒井は組の誰かに安宅を始末させたと自白（ウタ）ったのかな？」

「いや、一応、若い衆に安宅を捜させたらしいんだが、見つからなかったんだとさ。そんなわけで、安宅を殺（や）らせてはいないらしいよ。それから、崎山は自分で殺し屋（プロ）を探しはじめたみてえだと言ってたな。けど、荒井はその先のことは知らねえと繰り返したんだ。嘘をついてるようには見えなかったよ」

「そうですか」

「おれは荒井を使って、崎山を誘（おび）き出そうとしたんだ。それで荒井に崎山に電話させたんだが、多忙だということで外出できないと断られちまった」

「崎山は、おれたちチームの動きを察知したんだろうか」

「それはねえと思うよ。崎山は安宅を第三者に始末させた件で荒井組長に強請られるかもしれねえと警戒したんで、会いたがらなかったんだろう」

「そうなんですかね」

「荒井の話によると、崎山は十三億円も騙し取った安宅をあの世に送ってやると言いつづけてたのに、最近は詐欺師のことはぴたりと口にしなくなったらしいんだよ。食肉卸問屋のトップは、例の殺人請負組織に安宅の始末を頼んだんじゃねえのか。おれは、そう見てるんだ」

「徳丸さん、雨宮と一緒にしばらく崎山に張りついてみてください」

「そうするつもりだったよ。剣持ちゃんたちは何か摑んだのか？」

「人権派弁護士が例の犯行声明と殺人予告メールを書き込んだ疑いは消えたんですが、少し引っ掛かることがあるんですよ」

剣持は、川端に不審な点があることを喋った。

「そいつは、ちょっと気になるな。けど、川端弁護士は『日本再生クラブ』の首謀者じゃねえだろう。誰かが川端弁護士に罪を被せようと小細工を弄したことは間違いねえよ」

「それは、徳丸さんの言う通りなんでしょう。しかし、川端弁護士は他人に知られたくない秘密を抱えてるようだったんですよ。その秘密が何なのか見当もつきませんが

「……」

「そのうち弁護士が隠したがってることが透けてくるだろうよ。それはそうと、春名麗子には動きがねえんだな？」

「そうなんですよ。麗子が謎の殺人請負組織に旦那殺しを依頼した疑いはきわめて濃いんだが、なかなかボロを出さない」

「それなら、おれたちペアが早く崎山惣司の尻尾を掴まねえとな。これから雨宮と崎山の会社に回らあ」

徳丸が通話を切り上げた。

剣持は刑事用携帯電話（ポリスモード）を懐に戻し、セブンスターに火を点けた。煙草を喫い終えたとき、城戸が車に戻ってきた。

「対象者（マルタイ）はレジ付近にいます。海苔（のり）巻きと数種類の惣菜（そうざい）を買っただけで、店内では誰とも接触しなかったすよ」

「それなら、麗子は自宅に引き返すな」

「と思うっすよ。奥さんは所持金を気にしながら、安い惣菜を選んでるようでした。旦那の生命保険金を含めて億単位の遺産を相続したはずなのに、倹約してる感じだったな。夫殺しを依頼したばかりに、春名麗子はとことんたかられることになったんすかね？」

「多分、そうなんだろう。殺人請負組織は春名勝利の生命保険金をそっくり脅し取った上に自宅まで売却させようとしてるようだから、実にあくどいな」

「そうっすね。リーダー、謎の組織と『日本再生クラブ』がリンクしてるなら、世直しに見せかけた単なる殺人ビジネスなんじゃないっすか。自分、そう思えてきました」

「暗殺対象にされた政治家、財界人、官僚、言論人なんかは殺人依頼者に個人的に恨まれてるだけなんじゃないかってことだな?」

剣持は確かめた。

「ええ。謎の組織は単に復讐や殺人代行をビジネスにしてるだけなのに、捜査を混乱させる目的で世直しを標榜してるなんて言ってるんじゃないっすか?」

「おれも、『日本再生クラブ』の目的は軍資金集めと睨んでたんだ」

「現政権は公約を平気で破るし、領土問題を含めて外交面で弱腰っすよね」

「そうだな」

「保守的な考えを持ってる人間が私設軍隊を作って、日本の領土を力ずくで死守しようと考えてるんじゃないっすかね。いまの憲法では海上保安庁だけじゃなく、自衛隊も領海に侵入してくる外国船を強行排除はできませんから」

「そうなんだが、私設軍隊が勝手なことをやったら、戦争の火種を蒔くことになる。国際的な非難を浴びることは間違いない」

「それでも、民族主義者たちは日本の弱腰外交に腹を立て、そこまでやる気になってるんじゃないっすか。それには、莫大な軍資金が必要です」

「それだから、殺人ビジネスに励んで、弱みのある依頼人たちから高額な口止め料を脅し取ってる?」

「ええ、そうなんだと思うっすよ。殺人請負組織にも弱みがあるわけっすけど、依頼人個人は人殺し集団には立ち向かえないでしょ?」

城戸が言った。

「おまえの筋読みは大きく外れてはないんだろう。しかし、正体不明の殺人集団が私設軍隊を作ろうとしてるという推測は、ちょっとリアリティーがないな」

「そうっすかね」

「保守思想に凝り固まった連中がそういうことを夢想したとしても、それを実現させられるものじゃない。拳銃や自動小銃を銃器ブローカーから手に入れることは可能でも、民間人が戦闘機や軍艦を購入できるわけないからな」

「そうか、そうっすね」

「謎の組織が殺人ビジネスで陰謀の軍資金を調達しようと企んでるとしても、そんな大それた悪事じゃないんだろう」

「暗黒社会のボスたちを皆殺しにして、アンダーグラウンドの新支配者になろうとしてるんすかね」

「そういう野望を遂げるんだったら、たいした軍資金は必要ないんじゃないか」

「えっ、そんなことはないでしょう？　全国には約四万人の暴力団組員がいるんすよ」

「もちろん、そのことは知ってるさ。悪知恵を働かせれば、東西の勢力をぶつけさせて弱体化させられる。関東と関西の縄張(シマ)りを押さえてしまえば、そのほか地方の暴力団をひざまずかせることはできるだろう」

「お言葉ですけど、広島、九州、沖縄なんかの組は最大勢力の軍門に下ることなく、縄張(シマ)りを守り抜いてるんすよ。北海道や東北にも、筋を通してきた大親分がいます。全国の裏社会を支配下に置くことは無理っすよ」

「そうだとしても、裏社会の大半を牛耳ることはできるだろう」

「ええ、それは可能だと思うっす。罠を仕掛けて各団体を衝突させれば、漁夫の利を得られるでしょうから」

「そうなんだろうが、謎の犯罪者集団は闇社会を牛耳ろうと考えてるんじゃないだろうな」

「そうっすかね。闇組織の連中は生活保護受給者、失業者、疾患者、収入のない高齢者たちが景気回復の足枷になってると考え、大量殺人を企んでるんじゃないっすか？　そうした弱者を社会の〝お荷物〟と考えてる奴らはそんな人々がいなくなれば、二十年以上も低迷してる日本の景気が好転すると思ってるんじゃないのかな」

「そういう短絡的な考えを持つ奴がいたとしたら、そいつはまともな人間じゃない。クレージーだよ」

「でも、近頃はおかしな連中が増えてる。八つ当たりの無差別殺人事件も多くなりましたでしょ？」

「そうだが、謎の人殺し集団は日本の経済のことなんか考えてないと思うよ。首謀者は何か個人的なことで、とんでもないことをしでかそうとしてるんだろう。その謀がなんなのか、まだ見えてこないがな」

剣持は口を閉じた。

そのとき、スーパーマーケットから白いビニール袋を提げた麗子が出てきた。夫人は自宅のある方向に歩きだした。

城戸が車を走らせはじめた。春名宅に引き返す。

やがて、麗子は自宅の中に消えた。スカイラインは、春名宅の四、五軒手前の生垣に寄せられた。

剣持たちコンビは張り込みを再開した。

二階堂から電話がかかってきたのは十数分後だった。

「捜二と組対四・五課の協力で、幕内達生の消息がわかったよ。幕内は出所後、議員時代から親密な関係にあった野町香澄、四十三歳の自宅に転がり込んで、現在も元麻布のマンションで同棲中らしい」

「野町香澄という名には聞き覚えがあるな」

「記憶力がいいね。十五、六年前までテレビによく出演してた美人占い師だよ」

「ああ、そうでした。タロット占いを売りものにしてたんだが、霊感と予知能力もあるということで、人気が高かったな」

「各界の著名人が五、六十万円の鑑定料を出して、自分の運勢を占ってもらってたようだね。占いがよく当たるので、女性週刊誌に連載コラムを持って、よく講演もしてたんだ。しかし、日本列島が大災害に見舞われるという予言が外れたことで、表舞台から消えてしまったんだよ」

「その後、美人占い師は何をしてたんです？」

「平河町で日本料理店を経営するようになって、政治家や財界人にひいきにされてたようだな。そのころ、野町香澄は幕内議員と愛人関係になったらしい。国会議員の援助を受けて、女占い師は宝石販売、セレクトショップ、フレンチ・レストランと次々に事業を拡大したんだが、パトロンが収賄容疑で捕まってからはすべての事業が傾いてしまったんだそうだよ」

剣持は問いかけた。

「幕内が服役中はどうしてたんでしょう？」

「香澄は民間資格なんだが、心理カウンセラーのライセンスを取得して、自宅で人生相談を受けるようになったようだ。もちろん、有料でね。毎年の確定申告は年収千数百万円らしいが、実収入は四、五倍はあるんだろうな。割に贅沢な生活をしてるみたいだからね」

「相談者の数を大幅に減らして、所得をごまかしてるんでしょう。相談者全員が領収書を求めはしないでしょうから、申告額を少なくすることは可能なはずです」

「そうだろうな」

「幕内は出所してから、香澄に喰わせてもらってたんですか？」

「最初の一、二カ月は、そうだったみたいだね。しかし、以前は国会議員だったわけだ。妻子に去られて愛人のヒモみたいな生活をしてるんじゃ、いかにも情けないと思ったんだろう」

「元政治家は何か商売をはじめたんですね？」

「商売といえば、商売なんだが……」

「何か非合法ビジネスに手を染めたわけですか」

「そうなんだ。幕内は幽霊消費者団体の代表者と称して、自動車メーカー、機械メーカー、不動産会社の商品を欠陥だと難癖をつけて、多額の〝示談金〟をせしめてるそうだ。ブレーンの経済やくざやブラックジャーナリストに恐喝材料を集めさせて、昔の経歴をちらつかせ、巧みに和解金を出させてるらしい。元国会議員を怒らせると面倒なことになると考えて、クレームをつけられた各メーカーは示談に応じてるんだろうな」

「企業恐喝屋に成り下がってたのか、汚職で失脚した政治家は。いちゃもんをつけられたのは有名企業ばかりなんでしょ？」

「そういう話だったな。幕内を刑事告発したら、企業イメージが悪くなると判断して、どこも泣き寝入りしてしまったんだろう。大企業はイメージに拘るからね」

二階堂理事官が言った。有名企業の臆病さを腑甲斐(ふがい)ないと思っているような口ぶりだった。剣持も、そう感じた。

「その幕内が最近、難癖をつけた企業に自分が代表者を務めてる消費者団体のバックには川端道人弁護士が控えてるから、告訴しても勝ち目はないぞと凄むようになったらしいんだよ。ただのはったりだと思うが、それが事実だとしたら……」

「人権派弁護士は、何か幕内に弱みを握られてるんでしょうね」

「まっすぐに生きてる法律家に弱みなどないと思うがな」

「どんなに高潔な人格者も聖者ではありません。人権派弁護士が女や金にまつわるスキャンダルの主になったとは考えにくいですが、魔が差して他人に足を掬われるようなことをしてしまった可能性は否定できないでしょう」

「誰も生身の人間だからな。完全無欠な人間はいないだろうね」

「ええ。人格者と尊敬されてる有能な弁護士は、自分の名誉や誇りに拘泥したせいで、何か汚点を残してしまったんでしょうか」

「やはり川端弁護士に限って、そういうことはないと思うな。おそらく幕内はクレームをつけた大企業が顧問弁護士と相談して告訴に踏み切ることを恐れて、バックに大物の法律家が控えてるなんてブラフを嚙ませただけなんだろう」

「そうなんですかね。理事官、その幽霊消費者団体の事務局はどこにあるんです？」

「名称は『全日本生活改善本部』で、事務局は渋谷区渋谷二丁目十×番地になる。松葉ビルの五階にあるはずだよ」

理事官が答えた。

剣持は必要なことを手帳に書き留め、野町香澄の自宅マンションの住所も教えてもらった。元麻布三丁目にある賃貸マンションの九〇五号室だった。

「大事なことを言い忘れるところだった。組対四課の話によると、野町香澄は組員たちが集まってる赤坂のサパークラブ『ミラージュ』の常連客らしいんだ。人生相談にやってきた客の悩みを解消してやるために、時には組員たちを雇ったりしてるんじゃないのかな。相談者を悩ませてる相手を暴力でビビらせてやってるとは考えられないだろうか」

「そこまでやってやれば、香澄は相談者から多額な謝礼を貰えるでしょうね」

「まさか殺人（コロシ）までは請け負ってないと思うが、そのことが気になったもんだから、きみに伝えたわけだよ」

「そうですか。徳丸・雨宮班が崎山はシロだという心証を得たら、幕内と野町香澄の動きを探らせましょう」

「そうしてもらおうか」

理事官が電話を切った。

剣持も通話終了キーに触れた。その直後、着信ランプが点滅しはじめた。発信者は世田谷署の老沼刑事だった。

「連絡が遅くなったが、うちの署長に圧力（アツ）をかけたのはどうも法務省の高官みたいだな」

「その高官は誰なんです？」

「そこまでは掴めなかったんだが、中丸遙が死んだ日に署長が法務省の偉いさんに呼び出されたことは間違いないよ」

「署長は高官に早く被害者（マルガイ）を行政解剖に回せと言われたんでしょうね」

「そうなんだろう。東都タイムズの女性記者が風呂場で自殺したことにしたかったんだろうが、不自然な点があったんで……」

「自殺では処理できなくなった。で、やむなく他殺との両面捜査をすることになったわけか」

「ああ、そうにちがいないよ。法務省の高官自身が謎の殺人請負組織のボスとは考えにくいが、そんな偉いさんを動かせる人物は大物なんだろう」

「老沼さん、もう署長の身辺を探るのはやめてください。あなたの身に何かあったら、おれ、償いようがありませんから」

剣持は言った。

くやるよ」

「ここで尻尾を巻いたら、刑事じゃない。署長や刑事課長に怪しまれないように、うまくやるよ」

「しかし、相手はそのへんの犯罪者ではありません。老沼さん、もう手を引いてください」

「心配ないって。ヘマはやらないよ。また何かわかったら、そっちに電話する」

老沼の声が途絶えた。

剣持はポリスモードを下げ、長く息を吐いた。

「最初の電話は理事官からだったんでしょ？」

城戸が問いかけてきた。

剣持は小さくうなずき、理事官との通話内容をかいつまんで城戸に話した。それから、老沼がもたらしてくれた情報も教えた。

「幕内がバックに人権派弁護士が控えてると凄んだのははったり（ブラフ）なんかじゃなく、何か作為を感じますね。謎の集団は川端法律事務所のパソコンを乗っ取って、遠隔操作で弁護士が黒幕だと印象づけようとしました」

「ああ。それは、仕組まれた偽装工作だったんだろう」

「一連の事件の絵図を画（か）いたのは、大きな発言力を持つ有力者なんじゃないっすかね？」

城戸が言った。そのすぐ後、剣持の刑事用携帯電話が着信音を刻んだ。

発信者は鏡課長だった。

「張り込みを中断して、東都国際カントリー倶楽部に急行してくれ。『日本再生クラブ』が元検事の悪徳弁護士の毛利力哉、五十六歳をきょうのうちに処刑するという内容の殺人予告メールを本庁に送信してきたんだよ」

「毛利はプレイ中なんですね？」

「そうだ。関西の大物極道たち二人と三人でコースを回ってるらしい。いたずらメールかもしれないが、一応、ゴルフ場に行ってみてくれないか。剣持君、頼むぞ」

「了解しました」

剣持は電話を切って、城戸に車を走らせるよう命じた。スカイラインは町田市の外れにある名門ゴルフ場に向かった。

4

尾根幹線道路は思いのほか空いていた。

車の流れはスムーズだった。道路の右側は多摩市だ。左手の町田市下小山田町に東都国際カントリー倶楽部がある。都内ながら、敷地は広い。

コースは、インとアウトに分かれている。インの13・14は小山田緑地に接していた。

剣持は少し前にクラブハウスに電話をかけた。毛利力哉の身内になりすまし、悪徳弁護士が最大広域暴力団の直参の組長二人とコースを回っていることを確認した。

六年前まで東京地検特捜部の副部長を務めていた毛利は担当事件を巡って検事正に苦言を呈されたことで、依願退職してしまった。名家の出身とあって、気位が高かった。

しかし、幼年期に父親が事業にしくじって、実家は没落してしまった。それがコンプレックスになっているのか、毛利はことあるごとに家柄を自慢していたようだ。傲慢な性格が他者に嫌われたらしく、弁護士になっても大手企業の顧問にはなれなかった。

そんなことで、毛利は暴力団の企業舎弟の顧問弁護士になった。関西の裏社会の守護神と呼ばれるようになるまで二年とかからなかった。毛利は巨額の顧問料や成功報酬に釣られ、黒いものを白くして、瞬く間に十数億円の年収を得るようになった。

いまや田園調布に豪邸を構え、国内外に五棟の別荘を所有している。車はロールスロイスだ。自家用ヘリコプターも二機持っている。四人の愛人を囲っているという噂だ。

「毛利はさんざん堅気を泣かせてきたようっすから、命を狙われても仕方ないっすよ」

城戸がハンドルを操りながら、冷ややかに言った。

「大名の子孫だという話は眉唾(まゆつば)臭いが、家柄は悪くないんだろう。しかし、金の魔力に負けて魂を売ってしまったんだから、法律家としては下の下だな」

「最低な奴っすよ。西日本の極道どもに甘い汁を吸わせて、たっぷりと分け前を貰ってんすから。毛利は西の勢力が関東に次々に拠点を作ったとき、いろいろ知恵を授けてやったんすよ。企業舎弟が表向きは合法ビジネスをしてることにすれば、東西の紳士協定を破ったことにはならないとかね」

「しかし、関東に進出した西の下部組織(エダ)は裏で非合法ビジネスに精出して、荒稼ぎしてる」

「ええ。関東やくざの御三家は腸(はらわた)が煮え繰り返ってるはずですが、神戸の最大勢力と抗争になったら、東京を乗っ取られてしまうかもしれないっすからね」

「そうなりかねないな」

「リーダー、関東御三家のどこかが『日本再生クラブ』の犯行(ヤマ)に見せかけて、悪徳弁護士の毛利を殺(や)るつもりなんじゃないっすかね？」

「そうなんだろうか」

「組対四課時代の元同僚たちは、そのうち毛利は東京の筋者に命(タマ)を奪(と)られるだろうと言ってたんすよ。実際、毛利は関東のやくざには目の敵（かたき）にされてますからね。去年の秋、毛利邸に手榴弾（パイナップル）が投げ込まれた事件（ヤマ）がありましたが、あれは多分……」

「まだ犯人（ホシ）は逃走中だったよな？」

「ええ。迷宮入り（オミヤ）になるんじゃないっすか。本庁（うち）の暴力団係刑事（マルボウ）はみんな、関西極道の掟破りを苦々しく思ってますので。心情的には誰も関東御三家寄りなんすよ」

「東京育ちとしては、おれも同じだね。しかし、関東のやくざが毛利を消して抗争の引き金を絞るだろうか」

「剣持さんは、悪徳弁護士の抹殺を引き受けたのは例の殺人請負組織だと思ってるみたいっすね？」

「殺人予告メールが虚偽（ガセ）じゃなかったら、そうなんだろう」

「関西の企業舎弟にビルか、土地を買い叩かれた東京の人間が殺人を依頼したのかな」

城戸がクラブハウスの前を抜け、車をゴルフ場の外周路に入れた。毛利は二人の極道とインの11か12のあたりでプレイ中らしい。

スカイラインは、時計回りとは逆に外周路を巡りはじめた。しばらく道なりに進むと、特殊犯捜査第三係の係員が前方に見えた。

「車を脇道に入れろ」

剣持は城戸に命じた。城戸がスカイラインを横道に突っ込む。

「捜査一課の特三（とくさん）の人間が立ってたっすね。籠城（ろうじょう）や誘拐じゃないんで特殊犯捜査係（SIT）や警備第一課の特殊急襲部隊（SAT）に出動指令は下ってないと思ってたっすけど、特三と狙撃班の連中が来てそうだな」

「特三が動いてるってことは、刑事部長が殺人予告メールは本物（モノホン）と判断したんだろう」

「そうみたいっすね。おれたちの姿を見られると、まずいでしょ？」

「ああ。歩いてゴルフ場内に入ろう」

剣持はグローブボックスから高性能な双眼鏡を掴みだし、黒いレザーコートのポケットに収めた。

二人は静かに車を降り、外周路まで引き返した。特殊犯捜査係員の姿は見当たらない。剣持たちはゴルフ場内の林の中に走り入った。足音を殺しながら、数百メートル横に歩く。それからコースに近づいた。

剣持は中腰になって、双眼鏡を目に当てた。レンズの倍率を最大にする。グリーンが眼前に迫った。インの11と12にプレイヤーが見えるが、毛利たちではなかった。

「剣持さん、あそこに……」

城戸が小声で言い、右側を指差した。特三のメンバーが三人固まっていた。

「迂回(うかい)してインの13付近に行こう」

剣持は身を翻し、急いで外周路に出た。反対側に渡って、外周路に並行している裏通りを進む。

二人は、ふたたびゴルフ場内に足を踏み入れた。

すぐに屈(かが)み込んで、耳をそばだてる。人の話し声は聞こえない。特三のメンバーや狙撃手は近くにいないようだ。

城戸たちは樹間を縫いながら、横に移動した。

二百メートルあまり歩くと、斜め前にイン13が見えた。三つの人影が目に留(と)まった。その向こうには、キャディーの姿もあった。

剣持は双眼鏡を覗いた。

右端に立っているのは毛利力哉だった。数年前にベストセラーになった著書に載っていた顔写真よりも少し老けているが、まさしく当の本人だ。一緒にコースを回っている五、六十代の二人の男は、どちらも恰幅(かっぷく)がよかった。

ゴルフウェアは安物ではなかったが、ともに品がない顔立ちだった。目の配り方が堅気とは違う。粘っこい光を放っていた。

「真ん中にいるのは門馬組の組長で、左端の男は富賀組の親分っすよ」

城戸が耳打ちした。

そのとき、グリーンの向こうの林で何かが勢いよく爆ぜた。爆竹のような音だった。キャディーたちが悲鳴をあげ、左右に散る。

毛利たち三人は芝生に身を伏せていた。

両側の林から、四人の男が飛び出した。特三の捜査員たちだった。四人のひとりが毛利に何か声をかけ、すぐに向こう側の林を手で示した。

「殺し屋が近くに身を潜めてるようだな。城戸、いつでもハンドガンを抜けるようにしておけ」

剣持は言って、インサイドホルスターに手をやった。ベレッタ・ジェットファイアーの銃把を握る。

城戸がマウザーM2のグリップを摑んだ。毛利たち三人が姿勢を低くしながら、イン13のある方向に走りだした。

それから間もなく、小山田緑地の森の上空にパラ・プレーンが見えた。パラシュートとエンジンを組み合わせた軽便飛行遊具だ。高度は三、四十メートルだろう。肉眼でもよく見える。

パラ・プレーンはひとり乗りだが、高度五、六百メートルまで上昇できる。数十キロの水平飛行が可能だ。

操縦しているのは男だが、風防マスクをしていた。顔かたちは判然としない。

パイロットは膝の上に、消音器付きの戦闘用散弾銃を載せている。イタリア製のフランキ・スパス12だろうか。狙撃者に間違いない。

剣持と城戸は、ほぼ同時にホルスターから拳銃を引き抜いた。すぐにスライドを滑らせたが、パラ・プレーンの位置が高すぎる。

パラ・プレーンが急降下し、毛利の頭上を旋回しはじめた。すでにパイロットは戦闘用散弾銃を構えている。

「林の中に逃げ込め！」

剣持は、毛利に向かって叫んだ。だが、その声はパラ・プレーンのエンジン音で掻(か)き消されてしまった。

パラ・プレーンがさらに高度を下げた。

数秒後、毛利は頭部を撃ち砕かれた。鮮血がしぶき、脳漿(のうしょう)が四散した。毛利の体は七、八メートル吹っ飛び、芝生の上にどさりと倒れた。

「わしは撃たんといてくれーっ」

「まだ死にとうないねん」

二人の組長が情けない声で命乞いし、這(は)って林の中に逃れた。パラ・プレーンが急上昇し、小山田緑地の向こうに飛んでいく。水平飛行だった。

「後は特三の連中に任せよう。城戸、パラ・プレーンを追うぞ」

剣持は語尾とともに駆けはじめた。

二人はゴルフ場の外周路に出ると、スカイラインを駐(と)めた場所まで全速力で走った。急いで車に乗り込み、上空を仰(あお)ぐ。パラ・プレーンはもう見えない。城戸がスカイラインを外周路までバックさせ、小山田緑地まで走らせた。

樹木の間から、点のように小さくなったパラ・プレーンが目視できた。

「おれが方向を指示するから、とにかく追うんだ」

剣持は怒鳴るように言った。城戸が指示に従って、スカイラインを右左折させる。

パラ・プレーンを何度も見失ったが、二人は諦めなかった。パラ・プレーンは相模湖を越え、陣馬山(じんばざん)の北麓(ほくろく)の畑に舞い降りた。和田(わだ)林道の少し手前だった。あたりは雑木林と畑だけで、民家は見当たらない。

毛利を撃った男はパラ・プレーンの操縦席を離れ、パラシュートを折り畳んでいる。

城戸がスカイラインを農道に停めた。すると、男の動きが止まった。剣持は助手席から躍り出て、大声を放った。

「警視庁の者だ。おまえがパラ・プレーンを操りながら、毛利力哉をシュートした瞬間を目撃したんだよ」

「何を言ってるんだ!?　おれは、ここで飛行訓練してただけだぜ。なんのことかさっぱりわからねえな」

「いいから、パラ・プレーンから離れるんだっ」

「なんだってんだよ」

男が舌打ちして、足許の戦闘用散弾銃を摑み上げた。やはり、フランキ・スパス12だった。銃床は折り畳み式だ。銃身はあまり長くない。対暴動用に開発され、普通弾はもちろんペレット弾や催涙ガス弾も撃てる。

剣持はイタリア製のポケットピストルをインサイドホルスターから手早く抜き、すぐに威嚇射撃した。放った銃弾が男の足許の土塊を撥ね上げる。

スカイラインから飛び出してきた城戸が、すかさずマウザーM2の引き金を絞った。

重い銃声が轟いた。弾は、男の頭上を抜けていった。

「武器を前に投げろ！」

剣持は吼えて、相手との間合いを詰めはじめた。城戸が横に並ぶ。

「おまえら、偽刑事だな。マウザーM2やベレッタ・ジェットファイアーを持ってるお巡りなんかいない」

「銃器に精しいな。陸自のレンジャー部隊にいたことがあるのかい？　それとも、フランス陸軍で傭兵をやってたのか。え？」

「おまえら、何か勘違いしてるな。おれは、まともなサラリーマンだぜ」

「笑わせるな。早く武器を捨てるんだっ」

剣持は声を張った。

男が欧米人のように肩を竦め、消音器が装着されたフランキ・スパス12を足許に投げた。

「両手を頭の上で重ねてから、ゆっくりと胡坐をかくんだ」

剣持は命令した。男は従順に頭の上で両手を重ねた。

だが、予想外な行動を起こした。

フランキ・スパス12を捧げ持つように地べたから浮かせ、横に転がったのだ。男は横転しながら、実包を弾倉に送り込んだ。

剣持と城戸は跳びのき、一発ずつ発砲した。むろん、威嚇射撃だった。男はそれを読んでいたのか、にっと笑った。立ち上がるなり、フランキ・スパス12の引き金を絞った。

消音器の先から、かすかな銃声が洩れた。圧縮空気が吐き出されたような音だった。放たれた粒弾は、剣持と城戸の間を駆け抜けていった。散った粒弾の衝撃波は感じなかった。二メートル近く離れていたせいだろう。

男がフランキ・スパス12を抱きかかえて、斜め後ろの雑木林に逃げ込んだ。

剣持たちは、すぐ追った。樹木が連なり、見通しは悪い。おまけに薄暗かった。剣持は城戸に目配せした。

巨漢刑事が心得顔で、右から回り込む。剣持は左に動いた。

男が下生えや落葉を踏みしだく音が不意に熄んだ。

太い樹幹の陰に隠れたのだろう。頃合を計って、忍び足でふたたび動き出すにちがいない。どちらの方角に逃げる気なのか。

剣持は片膝を落とし、折り重なった病葉を手で払いのけた。

土の匂いが立ち昇ってくる。剣持は地面に片方の耳を押し当てた。右手前方から城戸の靴音が小さく響いてくるが、男の足音は耳に届かない。

少し風がある。葉擦れの音は、どこか潮騒に似ていた。

剣持は息を殺しつづけた。

だが、逃げた男が動く気配は伝わってこない。こちらから仕掛けたほうがよさそうだ。

剣持はポケットピストルの銃口を天に向けて、引き金を一気に絞った。

頭上の小枝が銃弾に弾かれ、肩口に落下してきた。痛みを感じるほどの衝撃ではなかった。太い横枝をまともに受けたら、うずくまることになっていただろう。

男は挑発には乗らなかった。何事も起こらない。

剣持は立ち上がり、少しずつ前進しはじめた。体の重心は爪先に掛けていた。ほとんど足音はたたなかった。

右斜め前方で着弾音がした。

城戸が驚きの声をあげ、横に走った。上を見上げながら、マウザーM2で反撃する。

城戸が放った銃弾は太い樫の幹の上部の樹皮を削いだ。欠片が飛散した。

なんと男は樫の太い枝の上に立ち、フランキ・スパス12を構えていた。樹木が標的を遮り、発砲できないのだろう。

「そっちが抵抗しなきゃ、もう撃たない。被弾したくなかったら、武器を先に下に落として、ゆっくりと樫から滑り降りろ！」

剣持は相手に命じた。

返事の代わりに、粒弾が飛んできた。扇の形に散り、数本の常緑樹の幹にめり込んだ。

「この野郎、手加減しねえぞ。おれはヤー公と三十分近く銃撃戦を繰り広げて、取っ捕まえたことがあるんだ」

城戸がマウザーM2のトリガーを絞った。銃声が響き、尾を曳く。薬莢が舞い、硝煙がたなびきはじめた。

城戸が見舞った弾は、樫の小枝の葉を四、五枚散らしただけだった。

「射撃術は中級以下だな」

男が城戸を嘲った。城戸がいきり立ち、銃把に両手を掛けた。

両手保持だと、銃口はぶれなくなる。標的を狙いやすくなるわけだが、場所が悪い。枝と枝が重なっているから、どうしても命中率は低くなる。

「やめとけ！」

剣持は城戸に忠告した。

「おれは、野郎に小ばかにされたんすよ。このままじゃ、腹の虫が収まらないな」

「城戸、冷静になれ！」

「は、はい」

城戸がグリップから左手を放した。剣持は、枝の上にいる男を見上げた。

「おれたち二人は丸腰じゃない。おまえはもう逃げ場を失ったんだ。観念するんだなっ」

「ここに上がったのは作戦なんだよ。敵に背中を向けて逃げ回ってたら、そのうちシュートされるかもしれねえからな。でも、ここにいれば、被弾する恐れは少ない。それに、反撃もできるってわけだ」

男がフランキ・スパス12を持ち直し、照準（サイト）を覗き込んだ。しかし、やたら発砲はしてこなかった。

剣持はわざと樹木の陰から身を乗り出した。相手に無駄弾を連射させようとしたのだが、狙いを看破されていたようだ。男はなかなか撃ってこない。

睨み合いは十五分ほどつづいた。

剣持は足許から拳大（こぶしだい）の石を拾い上げ、男をめがけて投げつけた。石ころは相手の左の向こう臑（ずね）に当たった。

骨が鈍く鳴った。男が呻いて棒立ちになった。隙だらけだ。剣持はベレッタ・ジェットファイアーの引き金を引いた。

銃弾は、男の左腕の筋肉を抉（えぐ）った。二の腕の部分だった。男がフランキ・スパス12を落とした。城戸が素早くフランキ・スパス12を回収し、ドイツ製の大型拳銃の銃口を向けた。

「下に降りて来いっ」

「くそったれども！」

「おまえは殺人請負組織の実行犯メンバーだな！　誰の指示で、悪徳弁護士を射殺したんだ？」

　剣持は追及した。

「その質問には答えられねえな、毛利をシュートしたことは認めるが」

「やっと犯行を認めたか。春名勝利、三雲すみれ、久方彬晃、安宅和幸、常盤志保、遠州会の梅川清総長、それから国会議員と全経連のナンバーツーも葬ったんだな、おまえらの組織が」

「好きなように考えてくれ」

「しぶといな。とにかく、降りてくるんだっ」

「わかったよ」

　男が不貞腐れた顔で言い、樹木の幹を両脚で挟んだ。そのままの恰好で、一気に根方まで下ってきた。まるで猿だ。

　着地した瞬間、男は隠し持っていたコマンドナイフを一閃させた。城戸がバックステップを踏む。木の根に足を取られて、巨漢刑事はよろけた。

　男が抜け目なく城戸の手から、フランキ・スパス12を奪い取った。そのすぐ後、剣持の背後に何かが落とされた。

振り返ると、二メートルあまり先に手榴弾が転がっていた。すでにピン・リングは外されている。近くに黒いフェイスマスクを被った男が立っていた。パラ・プレーンに乗っていた男の仲間にちがいない。

「城戸、横に逃げろ！」

剣持は前に踏み込んで、手榴弾を蹴り返した。黒っぽい塊は樹木にぶち当たってから、勢いよく爆発した。

橙色がかった赤い閃光が走り、爆煙が拡散する。地面も揺れた。

剣持は斜めの大木の陰に走り入り、爆風を避けた。ダメージは免れた。手榴弾の破片すら浴びずに済んだ。運がいい。

「城戸、大丈夫か？」

「吹っ飛んできた枝を浴びましたが、自分は無傷です。主任は？」

「おれも怪我はしなかった」

「よかった。あっ、フランキ・スパス12をぶっ放した奴が逃げました」

城戸がむせながら、大声で告げた。剣持は両手で爆煙を振り払った。

視界が展けた。

フェイスマスクを被った男は消えていた。退散したようだ。

剣持たちは雑木林の中をくまなく検べたが、二人の男はどこにもいなかった。

「自動小銃を奪い返されなかったら、付着してる指掌紋でパラ・プレーンの男の身許は割り出せたのに。主任、すみません。おれが悪いんです」

「城戸、しょげるな。畑にパラ・プレーンがあるはずだ。レバーやフレーム・パイプから射殺犯の指紋が出るさ」

「そうだといいけどな」

「行こう」

二人は雑木林を走り出て、畑に戻った。

パラ・プレーンはなくなっていた。敵の一味が証拠になる物を持ち去ったのだろう。

「奴らのほうが一枚上手だったな。雑木林から煙が立ち昇りはじめてる。一一九番したら、春名宅の前に戻ろう」

剣持は城戸に言って、懐の私物のスマートフォンを摑み出した。

第六章　大量殺人の動機

1

複数のサイレンが響いてきた。

ちょうど薬莢を回収し終えたときだ。自分たちの拳銃弾の薬莢だけではなく、フランキ・スパス12の分も拾い集めた。

「城戸、姿を消そう」

剣持は雑木林を出た。城戸がすぐに従いてくる。

二人は畑を突っ切って、農道に駐めた黒いスカイラインに乗り込んだ。

雑木林の灌木が燃えくすぶっているが、大火災にはならないだろう。消防隊員が消火してくれるにちがいない。私物のスマートフォンで一一九番したわけだから、後で消防署と地元署に事情聴取されることになりそうだが、付近の住民に姿は見られていない。極秘捜査中だったことは隠し通せるだろう。

　城戸が警察車輌をスタートさせた。

　農道から市道に出たとき、三台の消防車が前方から走ってきた。城戸がスカイラインを徐行運転させはじめた。

　消防車が次々に擦(す)れ違う。城戸がアクセルペダルを踏み込んだ。

　車が都内に入ったとき、剣持の刑事用携帯電話(ポリスモード)が鳴った。発信者は徳丸だった。

「崎山惣司がてめえの会社の会長室で執務中に向かいの雑居ビルの屋上から狙撃されて死んだぜ、十数分前にな」

「徳(トク)丸さん、狙撃者を見ました？」

「ああ、見たよ。雑居ビルから出てきた黒いニット帽を被ってた三十代と思われる野郎は、トロンボーンケースを提げてた。バトルジャケットを羽織ってやがった。靴はジャングルブーツだった。トロンボーン奏者がそんな身なり(ナリ)してるわけねえよな？」

「そうですね」

「銃声はまったく聞こえなかったから、トロンボーンケースには消音器付きの狙撃銃が入ってたにちがいねえ。雨宮もおれも、ニット帽の男が崎山をシュートしたと直感したんで、そいつの車を追ったんだ」

「それで、どうなったんです？」

　剣持は訊いた。

「犯人（ホシ）が運転してるクラウンを立ち往生させようとしたとき、脇道から大型トラックが出てきやがったんだ。四トン車だったよ」

「狙撃犯の仲間が追跡を妨害したんですね？」

「冴（さ）えてるな、そっちは。トラックを転がしてた野郎はクラウンを逃がすと、運転台から飛び降りて、一目散にずらかりやがった。雨宮にナンバー照会してもらったんだが、やはり盗難車だったよ」

「そう」

「剣持ちゃん、逃走車輛のクラウンはなんと川端法律事務所名義だったんだ」

「えっ」

「おれはクラウンのナンバーを頭に叩き込んで、照会したんだよ。だから、車の所有者は間違いねえな。けど、崎山を射殺した野郎がクラウンのナンバーを隠そうとしなかったのは、いかにも作為的だ」

「そうですね。狙撃犯は、人権派弁護士が黒幕だと見せかけたかったんでしょう」

「子供騙(だま)しの手を使いやがって。少し前に雨宮が川端法律事務所に問い合わせの電話をかけたんだ。やっぱり、クラウンは三日前に月極(つきぎめ)駐車場から盗(ギ)られてたよ」

「謎の人殺し集団は、殺人代行の依頼人の口を封じる気になったようだな。食肉卸し問屋の会長は投資した十三億円を詐取した安宅を片づけてくれと依頼し、そのことでつけ込まれて恐喝されてたんでしょうね。しかし、際限なく口止め料をせびられたくないんで、崎山は開き直ったんじゃないのかな」

「警察に駆け込むと言ったんじゃねえのか」

「そうじゃないとしたら、関東誠真会荒井組に動いてもらうぞと逆襲に出たんでしょうね」

「ああ、それも考えられるな」

「徳丸(トク)さん、悪徳弁護士の毛利力哉もゴルフ場で狙撃されたんですよ」

「なんだって⁉」

徳丸が絶句した。剣持は詳しいことを話した。

「毛利は関東のやくざに目の敵にされてたから、御三家のどこかが例の殺人請負組織に野郎を始末させたんじゃねえのか」

「城戸もそう読んだようですが、おれは関東のやくざは毛利の事件(ヤマ)には関与してないと思います。毛利と一緒にプレイしてた最大勢力の直参の組長二人は、フランキ・スパス12で撃たれなかったんですよ。銃口も向けられなかったな」

「関東御三家のどこかが殺しの依頼人なら、ついでに二人の組長も射殺させるだろうな。剣持ちゃんの読みは正しいんだろう」

「長いこと毛利とは蜜月関係にあった神戸の最大組織が、増長しはじめた弁護士を斬り捨てたとは考えられないだろうか。毛利は都合の悪いことをいろいろ知ってるはずですからね」

「そういうことも考えられるな。崎山が死人(ロク)になっちまったわけだから、殺人請負組織を割り出すキーマンは春名麗子ひとりになっちまったのか」

「そうなりますね。おれたちは春名宅に引き返して、また張り込む予定です。徳丸(トク)さんと雨宮は、少し野町香澄に張りついてください。一緒に暮らしてる幕内達生が一連の事件に関わってる疑惑があるんでね」

「その二人をマークしてりゃ、そのうち何か尻尾を出すだろう。香澄の家(ヤサ)は元麻布にあるんだったよな?」

「ええ。『元麻布アビタシオン』の九〇五号室です。幕内が隠れ蓑(みの)にしてる『全日本生活改善本部』の事務局は、渋谷区渋谷二丁目の松葉ビルの五階にあるそうです」

「おれたち二人は単独で、その二カ所に張りついたほうがいいんじゃねえのか？」

「きょうは、二人で野町香澄に張りついてください。どうせ夜になったら、幕内は香澄の部屋に戻るでしょう。春名麗子に動きがないようだったら、明日から城戸とおれが幕内の動きを探りますよ」

「そうかい」

「徳丸さん、崎山がニット帽を被った男に射殺されたことは理事官に報告済みなんでしょ？」

剣持は訊いた。

「そっちに電話する前に二階堂さんには報告を上げといたよ。それで、事件現場から数キロ離れた場所から剣持ちゃんに電話したわけさ」

「そうですか。なら、崎山の会社には所轄署の刑事課と本庁の機捜が間もなく臨場するな」

「と思うよ。剣持ちゃん、毛利が殺られたことを鏡さんか二階堂さんに報告したのかい？」

「まだ報告を上げてないんですよ。報告しようと思ってたとき、徳丸さんから電話があったんでね」

「そうだったのか。そいつは悪かったな。それじゃ、おれたち二人は野町香澄の自宅マンションに向かうよ」

徳丸が電話を切った。剣持は通話終了ボタンを押した。数秒後、鏡課長が電話をかけてきた。

「毛利がゴルフのプレイ中に射殺されたそうじゃないか」

「報告が遅れて申し訳ありません。悪徳弁護士を射殺した男を追跡してたんですよ。結局、身柄は確保できなかったんですが……」

剣持は経過をつぶさに語った。

「犯人はパラ・プレーンを操縦しながら、消音器付きの戦闘用散弾銃で毛利の頭を撃ち砕いたのか」

「ええ」

「しかも観念したと見せかけて、きみら二人を雑木林に誘い込んだんなら、特殊な訓練を受けた奴なんだろうな」

「それは間違いないでしょう。鏡課長、自衛隊、警視庁、海上保安庁の特殊チームにいたことのある退官者をすべてリストアップしていただけますか。殺人請負組織の実行犯グループは、そうした連中で構成されてるようなんです。安宅を刺殺した男装の女殺し屋はアジア系のアメリカ人で、軍事訓練を受けてるのかもしれません」

「海外で傭兵経験のある者たちもチェックさせよう。剣持君、闇の組織と『日本再生クラブ』の繋がりは透けてきたのか？」

「そこまで捜査は進んでいませんが、二つの組織の根っこは同一だと睨んでます。というよりも、おそらく例の殺人請負組織が捜査の目を逸らしたくて、『日本再生クラブ』が一連の犯行（ヤマ）を踏んだように見せかけてるんでしょう」

「その証拠を押さえてほしいね」

「ベストを尽くします。理事官におれと城戸は春名宅に戻るとお伝え願えますか」

「わかった。徳丸・雨宮班は？」

「二人には、野町香澄と幕内達生の動きを探ってもらうことにしました」

「そうか。何か進展があったら、両班とも理事官に報告してくれ。頼むよ」

鏡警視が通話を切り上げた。

剣持はポリスモードを所定のポケットに収めてから、徳丸から聞いた話を先に城戸に伝えた。捜査一課長との遣り取りもざっと話した。

「有料で人生相談に乗ってる野町香澄は、ヤー公たちが通ってる赤坂の『ミラージュ』というサパークラブに出入りしてるって話でしたよね」

「城戸、それがどうしたと言うんだ？」

「香澄は悩める男女の相談に乗ってるだけじゃ、べらぼうな謝礼は貰えないと思うんすよ」

「だろうな」

「それだから、野町香澄は裏ビジネスとして〝私刑幹旋（リンチあっせん）〟みたいなことをしてるんじゃないっすかね。相談に訪れた人間が恨みや憎しみを懐（いだ）いてる奴をとことんぶちのめしたり、場合によっては息の根を止めてくれる組織があると持ちかけてるんじゃないのかな」

「つまり、香澄は例の殺人請負組織の窓口になってるんじゃないかってことか？」

「ええ、そうっす。だから、香澄は組員たちが集まるサパークラブによく顔を出してるんじゃないかと考えたんすよ」

「殺人の実行犯は、ただのヤー公じゃないはずだ」

「あっ、そうでしたね」

「香澄が『ミラージュ』に足繁く通ってるのは、幕内達生の企業恐喝の協力者を調達するためなんじゃないのか。元政治家は各メーカーにまず欠陥商品のクレームをつけて、やくざ者を先方に送りつけ、大声で凄ませる。それから、示談交渉に入ってるのかもしれないぞ」

「そうすれば、相手の企業は怯えて高額な和解金を出しそうっすね。ええ、そうなのかもしれません」

「城戸、いいヒントを与えてくれた。幕内が企業を強請る際に組員を使ってることは充分に考えられるが、それとは別に香澄が復讐や殺人代行の窓口になってる可能性もあるな。香澄の血縁者の中に自衛官や傭兵崩れがいたとしたら、その筋読みはビンゴだろう。理事官に香澄の身内のことを調べてもらうか」

「一応、チェックしてもらったほうがいいっすね」

城戸が同調した。

剣持は、すぐ二階堂のポリスモードを鳴らした。スリーコールの途中で、理事官が電話口に出た。

「鏡課長から毛利を射殺した犯人（ホシ）を取り逃がしたことは聞いたよ」

「申し訳ありませんでした」

「謝ることはないさ。敵は並の殺し屋ではないんだろうから、仕方ないさ。きみら二人が被弾しなかったことが儲けものだよ。狙撃犯の遺留品（リュウ）は回収できたのかな？」

「フランキ・スパス12の薬莢は回収しましたんで、明日にでも鑑識課に回していただけますか。薬莢の指紋や掌紋は装填前にきれいに拭われたと思われますが……」

「多分、そうだろうな。しかし、もしかしたら、指紋が一つぐらいは拭い切れてないかもしれない。薬莢は必ず鑑識に回そう」

「お願いします」

「本庁の機捜が所轄署と一緒に崎山と毛利を狙撃した二人の加害者の割り出しを急いでるんだが、まだ担当管理官には何も報告が入ってないそうなんだ」

「そうですか。二階堂さん、野町香澄の血縁者に警察、自衛隊、海上保安庁の特殊チームに所属した人間がいるかどうか調べてもらいたいんです」

剣持は、そうしてほしい理由を述べた。

「急いで管理官にチェックさせ、なるべく早くコールバックするよ」

理事官の声が沈黙した。

スカイラインが目的地に到着したのは、およそ三十分後だった。いつしか夕闇が濃くなっていた。

城戸が春名宅の数軒手前の民家の石塀の横に停めた。手早くヘッドライトを消す。

春名宅の門灯は煌々と点いていた。家の中の照明も灯っている。麗子は在宅中なのだろう。

張り込んで十分も経たないうちに、理事官から電話があった。

「野町香澄の二つ下の弟の卓也（たくや）は七年前まで陸上自衛隊レンジャー部隊の助教を務めてたんだが、コンビを組んでた教官と訓練のことで意見がぶつかって、上司に大怪我を負わせてしまったようだ。懲戒免職になった野町卓也はロンドンの傭兵派遣会社に登録し、中東やアフリカの紛争地を転々としてた。日本に戻ってきたのは一年数カ月前なんだが、その後は住所不定だね。職歴もわかってないという話だったよ」

「そうですか。それでも実の姉さんと野町卓也が連絡を取り合ってた可能性はありそうだな。血の繋がった姉弟（きょうだい）なんですから」

「多分、連絡は取り合ってたんだろう。そうだとしたら、香澄は殺人請負組織のメンバーかもしれない実弟に殺人の依頼主を紹介してた可能性があるな」

「そうですね。しかし、推測だけで野町香澄に任意同行は求められません。春名麗子の動きを探りつづけてみます。理事官、ありがとうございました」

剣持はポリスモードを懐に戻し、城戸に大きな手がかりを得たことを告げた。

「そういうことなら、謎の殺人請負組織を仕切ってるのは幕内達生臭いな。リーダー、そう思わないっすか？」

「前にも言ったが、幕内が殺人ビジネスに関わってるとしても、黒幕じゃないだろう」

「ええ、幕内はアンダーボスなんでしょうね。ビッグボスは何者なのかな。相手が何者でも、闇の奥から必ず引きずり出してやりましょうよ。殺害された男女は強欲な悪人ばかりだったけど、虫けらじゃないんすから。法治国家で、殺人は赦せないっすよ」

城戸が言った。自分に言い聞かせるような口調だった。

車内が沈黙に支配されたとき、またもや剣持のポリスモードが着信音を発した。電話をかけてきたのは、世田谷署の老沼刑事だった。

「署に圧力をかけてきたのは、法務省の長沢幹久事務次官だったよ。五十七歳で、法務省の事務方のトップだね」

「高官も高官じゃないですか。老沼さん、よく突き止められましたね。どんな手品を使ったんです？」

「種明かしをしちまうか。うちの署長は交通課の女性警察官と不倫してるんだよ。そのことをちらつかせたら、署長は苦り切った顔で口を割ったんだ。長沢事務次官は旧知の法律家に泣きつかれて、中丸遙の死を深く探らないよう手を打ってほしいと頼まれたみたいだな。署長は十八歳も若い彼女を見せびらかしたいのか、無防備にデートを重ねてたんだ。それで、長沢事務次官にも不倫してることを知られてしまったようだね。だから、外部の圧力を撥ねのけられなかったんだろう。で、腹心の刑事課長に女性記者の遺体を東京都監察医務院に急いで搬送させたにちがいない」

「長沢事務次官の弱みを押さえれば、圧力をかけさせた法律家がわかりそうですね」

「いや、事務次官は口を割らないと思うよ。長沢に圧力をかけた法律家は紳士然としてるが、裏で信じられないことをやってるみたいなんだ。署長の話によると、長沢はだいぶビビってる様子だったらしいよ」

「その法律家が殺人請負組織の黒幕なのかもしれないな」

「わたしも、そう睨んだんだ。長沢を追い込んでも、圧力(アッ)をかけた人物の名は吐かないだろう。別の線から、一連の事件の首謀者を割り出したほうが早いんじゃないかね」

「そうします」

剣持は老沼を犒(ねぎら)ってから、電話を切った。そのとき、なぜだか脳裏に川端弁護士の顔が浮かんで消えた。

剣持は頭を小さく振って、老沼から入手した情報を城戸に話しはじめた。

2

午後九時を回った。

春名麗子は、もう外出しないのか。数十分前に息子と娘は帰宅していた。家族三人は居間で寛いでいる様子だ。

剣持は、助手席の背凭れに上体を預けた。同じ姿勢で張り込んでいるからか、腰のあたりが強張っていた。

「理事官からコールバックがないっすね」

城戸が運転席で低く呟いた。

剣持は黙って顎を引いた。二階堂に法務省の長沢事務次官の交友関係を洗ってほしいと頼んだのは、一時間以上も前だ。

理事官の指示を担当管理官が無視したとは思えない。長沢と親交のある法律家をじっくりと調べてくれているのだろう。

「徳丸さんの報告によると、幕内は七時過ぎに香澄の部屋に戻って、すぐ風呂に入ったらしいっすよね。二人は寄せ鍋でもつつきながら、酒を酌み交わしてるんじゃないっすか。春名麗子も、今夜はもう出かけないでしょ？」

「城戸、早く張り込みを切り上げてほしいみたいだな。競艇選手の彼女のマンションに行くことになってるのか？」

「違うっすよ。亜希は東京にいないんす。群馬の桐生に遠征中なんすよ」

「だったら、そわそわすることないだろうが？　体調が悪いのか？」

「たいしたことないっす。ちょっと熱っぽいんすよ」

「辛いようだったら、塒（ねぐら）に帰ってもいいぞ」

「大丈夫っすよ。自分、このまま張り込みを続行するっす」

「しばらく後部座席で横になってろ」

「そこまでしなくても大丈夫ですって」

「運転、替わろう」

「平気っすよ」

「リアシートに移れ。これは命令だ」

剣持は助手席から出て、車の前を回り込んだ。城戸が頭に手を当てながら、後部座席に横になる。

剣持は運転席に乗り込んだ。

ドアを閉めたとき、二階堂から電話がかかってきた。剣持はすぐポリスモードを耳に当てた。

「連絡が遅くなってしまったね。管理官が丁寧に調べてくれてたみたいなんだ。長沢幹久は東大法学部の先輩で、五年前まで最高裁の判事だった最匠毅（さいしょうつよし）、六十四歳を兄のように慕ってるそうだよ」

「長沢は、元判事に何か恩義があるんですかね？」

「そうらしい。十八年前、法曹界で働く東大ＯＢが仕立て船で外房に鮃釣りに出て転覆事故に巻き込まれたというんだ。全員、ライフジャケットを着用してたというんだが、荒波に揉まれてるうちに長沢の救命具は脱げて流されたらしいんだよ。長沢は息継ぎが下手でクロールで十五、六メートルしか泳げなかったとかで、溺れてしまったそうだ」

「そのとき、最匠が救ってやったんですね？」

「ああ、そういう話だった。最匠は泳ぎが達者なんだそうだよ」

「長沢事務次官にとって、最匠は命の恩人なわけか」

「そういうことになるね。大学の先輩でもあるんで、長沢は最匠にずっと頭が上がらなかったようだ」

「そうなら、長沢は元判事の最匠に中丸遙の死を深くつつかないでもらいたいと頼まれて、世田谷署の署長に圧力をかけたんでしょうね」

「剣持君、そうとも決めつけられないんだよ。というのは、裁判官時代から最匠は人権派弁護士の川端氏と人目を避けて会ってたというんだ。その後、何年間かは接触してなかったみたいなんだが、最近、また二人はこっそり会うようになってたらしい」

「警察に圧力（アツ）をかけた疑いのあるのは最匠毅だけではなく……」

剣持は、意想外の展開になったことに戸惑いを覚えた。謎の殺人請負組織の親玉は、数々の冤罪を晴らしてきた人権派弁護士なのだろうか。何か裏がありそうだ。

「川端氏も疑えるだろうね」

「しかし、理事官、川端さんは志の高い弁護士なんですよ。ゴルフ場で射殺された毛利なんかとは生きる姿勢が違うでしょ？」

「そうしたことを考えると、最匠のほうが怪しく思えるな。だが、どんな人間も魔が差すことはあるし、人生は落とし穴だらけだからね」

「二階堂さん、最匠は停年前に退官したわけですが、弁護士に転じたんですか？」

「いや、現在の最匠は無職だよ」

「えっ、無職なんですか!?」

「そう。六年前の夏のある夜、最匠のひとり息子が歌舞伎町の路上で上海マフィアの一員に因縁（いんねん）をつけられて、半殺しにされてしまったんだ。重い脳挫傷を負って、いま現在も倅（せがれ）は意識がないんだよ」

「運動神経が麻痺（まひ）して、寝たきりなんですね？」

「そうらしい。息子の駆（かける）はちょうど三十歳で、東大地震研究所の研究員だったんだ。最匠殺は退職金を切り崩しながら、奥さんと一緒に息子の介護に専念してるそうだよ」

「加害者の不良中国人は逮捕されたんでしょ？」

「いや、犯人の唐聖富(タンションフー)は令状が下りる前夜に何者かに大久保(おおくぼ)の雑居ビルの階段から突き落とされて首の骨を折り、即死してしまったんだよ。当時二十九だったかな。その事件(ヤマ)の加害者はいまも検挙されてないんだ。所轄署は防犯カメラに録画されてたソフト帽を目深(まぶか)に被ってた五十代と思われる男を容疑者と目(もく)したようなんだが、その人物を突き止めることはできなかったんだよ」

「その男は最匠殺だったのかもしれません」

「わたしもそう思ったんだ。元判事が最愛の息子の前途を暗くしたチャイニーズ・マフィアの一員に仕返しをして、無法者狩りをする気になったとしたら、日本に不法滞在して悪事を働いてる中国人犯罪者どもを次々に処刑していきそうだな」

二階堂が言った。

「すぐに不良中国人たちを私的に裁いたら、元判事は警察に怪しまれるでしょう」

「それだから、意図的に時間を措(お)いて復讐・殺人代行組織を結成し、先に狡(ずる)い生き方をしてる男女を次々に実行犯に片づけさせたんだろうか」

「ええ、多分。そして殺しの報酬を軍資金にして、不良中国人を大量に殺害し、日本で暗躍してる外国人マフィアたちもついでに一掃する気でいるんではないのかな」

「不良外国人たちの皆殺しを企んでるんだろうか。チャイニーズ・マフィアだけじゃなく、イラン人犯罪グループやアフリカ系犯罪者集団も日本のやくざ以上の悪事を重ねてる。もっと治安が悪くなれば、アメリカのような犯罪社会になってしまうだろう」

「そうなるでしょうね。元判事は個人的な復讐に留まらずに、不良外国人狩りを企んでるのかもしれませんよ」

「川端氏は法の無力さを痛感させられていたんで、最匠の歪んだ形の世直しに共鳴し、協力する気になったんだろうか。もしかしたら、川端弁護士が最匠を唆したとも考えられるな。そうなら、人格者として知られた高名な法律家が首謀者なんだろう」

「いや、弁護士は一連の事件には関与してないと思います。川端さんは、濡衣を着せられそうになっただけですよ」

「怪しいのは元最高裁判事の最匠だけか」

「理事官、最匠と川端さんには接点があったんですか？」

剣持は訊ねた。

「二人は五年半前に法廷で見えてる。川端氏は強盗殺人事件の被告人は無実だと主張してたんだが、高検は被告人が真犯人として上告したんだよ。司法記者の多くは検察側が勝訴すると予想してたんだが、上告は棄却されて無罪判決になった。そのときの裁判長が最匠だったんだ」

「大方の予想を覆して、川端さんが弁護してた被告人は無罪になったわけか」

「そうなんだ。一部の週刊誌が弁護人は裁判長と何か裏取引をしたんではないかと遠回しに書いて、あわや告訴されそうになったんだよ。弁護士が検事や判事に鼻薬をきかすなんてことは日本ではあり得ないことだが……」

「三者とも生身の人間ですから、魔が差すことが絶対にないとは言い切れないでしょう。理事官、その強盗殺人事件の調書と公判記録を取り寄せてもらえますか」

「剣持君は、何か裏取引があったと考えてるのか⁉」

「そんなことはないと思いたいですが、念のためにチェックしてみたいんです」

「しかし、DNA鑑定が決め手になったんだよ。検察側の鑑定では被告人はクロだったんだ。だが、最高裁はDNA鑑定に操作ミスがあった可能性も全面的には否定できないということで、被告人を無罪にしたんだよ。その判決は妥当だったんじゃないのかね」

「とにかく、調書と公判記録に目を通してみたいんです。法律家ではない者が、そう簡単に矛盾点は見つけられないでしょうが」

「わかった。すぐに手配するよ」

二階堂が通話を切り上げた。剣持はポリスモードを折り畳み、後部座席に横たわっている城戸に通話内容を伝えた。

「最匠と川端弁護士が裏取引をしたんだとしたら、おそらく……」

城戸が言い澱(よど)んだ。

「どうした？」

「根拠もない推測を口にするのは軽率だと思ったんすよ」

「いいから、言ってみろ」

「は、はい。元最高裁判事は、息子を半殺しにした唐(タン)とかいう不良中国人を雑居ビルの階段から突き落として死なせたんじゃないっすか。川端弁護士は被告人に不審な点が出てきたんで、最高裁では有罪判決が下されるかもしれないと不安になった。弁護してた被告人が実は強盗殺人犯だったとなったら、次々に冤罪を晴らしてきた有能な弁護士の実績が台なしになって、信用も失うことになるっすよね？」

「それは避けられないだろうな。だから、川端さんは何がなんでも無罪判決を勝ち取りたかった。そこで、人権派弁護士は最匠が息子の仕返しをしたくて、不良中国人を階段から転落死させたのではないかと推測し、こっそり事件のことを調べはじめた。おまえは、そう筋を読んだようだな？」

「そうっす。リーダーも、自分と同じように推測したみたいっすね」

「ああ、そうだ。川端さんは独自調査の結果、最匠が唐聖富を殺害したという確証、いや、心証を得たんだろうな。そして、最匠に揺さぶりをかけてみた。強(したた)かな犯罪者ではない判事はシラを切り通せなかった。自分の犯罪が暴かれることを恐れた最匠は検察側の論告を心の中で認めながらも、川端に有利な判決を下さざるを得なかった。で、担当判事たちを従わせたのかもしれない」

「そうなら、どっちも法曹界で働く資格はないっすよ」

「そうだな。しかし、おれたちの筋読みは推測、いや、臆測にすぎない。いまの段階ではな。だから、まだ二人を犯罪者扱いするのは慎もう」

剣持は口を結んだ。

そのすぐ後、春名宅から麗子が走り出てきた。着飾っている。麗子は小走りに走り、表通りでタクシーを拾った。

剣持は一定の車間距離を保ちながら、スカイラインでタクシーを追尾しはじめた。徳丸から電話がかかってきたのは、渋谷を通過した直後だった。

運転中に携帯電話やスマートフォンを耳に当てることは道路交通法違反だ。しかし、チームはちょくちょく法律を犯していた。

「幕内がてめえのレクサスの助手席に香澄を乗せて、元麻布のマンションを出たぜ。赤坂のサパークラブに行くのかもしれねえな」

「いま、春名麗子を乗せたタクシーを尾(つ)けてるんです。渋谷を抜けたとこなんだ。夫人は、『ミラージュ』というサパークラブで幕内たち二人と落ち合うことになってるんじゃないだろうか」

「それ、考えられるな」

「幕内たち二人が『ミラージュ』に入ったら、雨宮にレクサスの車体の下にGPS端末を装着させてほしいんです」

「あいよ」

「多分、徳丸(トク)さんたちと合流することになると思います」

剣持は電話を切って、運転に専念した。マークしたタクシーはしばらく青山通りを直進し、予想通りに赤坂三丁目にある『ミラージュ』に横づけされた。麗子は料金を払うと、急ぎ足でサパークラブの中に入っていった。

店の少し先の暗がりにプリウスが見える。剣持はスカイラインをプリウスの後方に停め、ごく自然に運転席から出た。素早くプリウスの後部座席に入る。

「店の専用駐車場に入れられた幕内のレクサスにGPS端末を装着しました」

運転席の梨乃が振り返って、早口で報告した。

「そうか。急いで店に入った麗子は自宅を売りに出してることを幕内と香澄に話して、口止め料の支払いを少し待ってくれと頼むんじゃないかな。おれは、そう読んでる」

「主任の読みは正しいんだと思います。幕内たち二人が復讐や殺人代行の依頼人を集めてたんでしょう。それから、殺人請負組織が『日本再生クラブ』と称して、カモフラージュの細工をしたんでしょうね。ただ、まだ人殺し集団のビッグボスがわかりませんけど」

「首謀者は、おそらく最高裁の元判事の最匠毅なんだと思うよ。最匠は、主犯が川端弁護士と見せかけようとして小細工を弄したんだろう」

「なぜ、そこまでわかったんです⁉」

「理事官の情報で、事件の真相が透けてきたんだ」

剣持はそう前置きして、事の経過を梨乃と徳丸に話した。先に応じたのは、徳丸だった。

「元判事と人権派弁護士が裏取引をしたんだったら、互いに弱みを握り合ってることになるな。最匠毅が主犯なら、川端道人は協力を強いられたんじゃねえのか。そうなら、共犯ってことになるぜ」

「あの弁護士は、そこまで堕落はしてないと思います」

「まだ、わからねえぞ。で、どうする？　四人で『ミラージュ』に踏み込んで、幕内と香澄を締め上げるかい？」

「春名麗子が店から出てきたら、まず彼女を揺さぶりましょう。麗子が香澄に夫殺しを依頼したという供述を取らないと、幕内たち二人は何も自白しないはずですから。レクサスにGPS端末を取り付けたわけだから、元国会議員は少しの間、泳がせても問題ないでしょう」

「そうだな。そういう段取りでいくか。剣持ちゃん、城戸はどうしてるんだい？」

「熱っぽいというんで、スカイラインの後部座席で横にならせてるんですよ」

「そうかい」

「高い熱が出ないといいけど……」

梨乃が話に加わった。

その数秒後、剣持の懐で刑事用携帯電話（ポリスモード）が鳴った。発信者は二階堂理事官だった。

「歌舞伎町と百人町（ひゃくにんちょう）にある上海マフィアのアジトに六人のフェイスマスクを被った暴漢が手榴弾を何発も投げ込み、表に出てきた不良中国人を短機関銃（サブマシンガン）で射殺して、二台のRV車に分乗して逃走中らしい。暴漢のひとりは体型から察して、どうやら女のようだというんだ」

「安宅を刺殺した男装の女殺し屋なんでしょう」

「本庁のホームページには『日本再生クラブ』からの犯行声明が寄せられ、近いうちに池袋にある福建マフィアのアジトも襲撃すると予告されてた。不良中国人狩りをした後は、イラン人、タイ人、フィリピン人、コロンビア人、ナイジェリア人、ガーナ人犯罪者たちを血祭りにあげるとも付記してあったな」

「殺人請負組織の首謀者が、本来の目的を果たしはじめたんでしょう。理事官、黒幕は元最高裁判事の最匠ですよ。川端弁護士は共犯者ではない気がしますが、まだ断言はできません」

剣持は春名麗子に迫る段取りになっていることを二階堂に伝え、通話を切り上げた。

そのとき、『ミラージュ』から麗子が出てきた。剣持は徳丸と梨乃に目配せして、プリウスを降りた。麗子に歩み寄る。

「どなたなんです？」

「警視庁の者です。あなたを内偵してたんですよ」

「えっ⁉」

麗子が目を丸くし、わなわなと震えはじめた。

剣持は未亡人の片腕をむんずと摑み、プリウスの後部座席に押し込んだ。その横に乗り込み、ドアを閉める。

「あなたは野町香澄に人生相談に乗ってもらってるとき、彼女に旦那をいっそ亡き者にしてしまえと言われて、その気になったんじゃありませんか？」

「わ、わたし、夫が憎かったんです。春名はキャリア官僚でしたが、欲の深い下劣な男でした。わたし、自由になりたかったの。だから、一千万円を香澄さんに渡して、夫を殺してもらったんです。でも、香澄さんの彼氏の元政治家はわたしの弱みにつけ込んで、主人の遺産をほとんど吸い上げたの」

「あなたは預金や亡夫の生命保険金を脅し取られ、自宅まで売却させられる羽目になったんでしょ？」

「そうなんです。香澄さんと幕内はグルだったんですよ。殺人請負組織の手先だったんです、どっちもね」

「その組織のボスは最高裁の元判事だったんでしょ？」

「そこまでは、わたしにはわかりません。なんて愚かだったんでしょう。わたしは、ばかな女です」

麗子は助手席の背凭れに顔を埋め、幼女のように泣きじゃくりはじめた。

剣持は慰めの言葉もかけられなかった。嗚咽(おえつ)が高くなった。

3

レクサスの尾灯(テールランプ)は見えない。

剣持は少しも焦っていなかった。

プリウスを高速で走らせていた。中央自動車道の下り線だ。

助手席の梨乃は膝の上に置いたタブレットを覗き込み、幕内の車の現在位置を確認中だった。五、六分前に長坂ＩＣ(ながさかインターチェンジ)を通過していた。プリウスの七、八十メートル後方をスカイラインが走行中だ。

ハンドルを握っているのは徳丸だった。城戸は助手席に坐っている。

あと数分で、午前零時になる。『ミラージュ』の前で春名麗子の身柄を担当管理官と強行犯係員に引き渡したのは午後十時前だった。

剣持たち四人は、あえてサパークラブに踏み込まなかった。段取りに従って、幕内と香澄の動きを探ることにしたのである。

二人が『ミラージュ』から姿を見せたのは、十時四十分ごろだった。

幕内は助手席に香澄を坐らせると、レクサスを走らせはじめた。新宿まで一般道をたどり、ハイウェイに車を乗り入れたのだ。警察の尾行に気づいた様子はうかがえない。

「山梨か長野のどこかに、殺人請負組織のアジトがあるんじゃないのかしら？」

梨乃が口を開いた。

「ああ、多分な。そのアジトには、実行犯グループがいるんだろう。幕内は汚れ役を演じた奴らを犒って、次の不良外国人狩りの指示を与えるつもりなんだろうな」

「そうなんでしょうね。でも、幕内はアンダーボスにすぎない。ビッグボスは最匠毅なんでしょう。今夜、上海マフィアの二カ所のアジトが襲撃されましたからね」

「闇の組織の黒幕は、元最高裁判事だと考えていいだろう。麗子の身柄を引き取りに来た小出管理官の話では、六十数人の不良中国人が死亡したらしい。重傷を負った者が十数人いるそうだから、死者数はもっと増えそうだな」

「まさに大量殺人ですね。予告通りに福建グループのメンバーも襲われたら、死者は数百人にのぼりそうだな。最愛の息子が理不尽な目に遭って寝たきり状態にされたからといって、不良中国人をはじめ外国人マフィアを皆殺しにする気になるなんて、正気の沙汰ではありません。法律を生業にしてた元裁判官が無法者を志願するなんて世も末だわ」

「雨宮が言ったことは正論なんだが、それだけ家族の存在は大きいんだろうな」

「主任は、最匠に同情してるんですかっ」

「おい、突っかかるなよ。人間は理性で感情を完全にはコントロールできないんだと改めて思い知らされただけさ。もちろん、蛮行に目をつぶる気はない」

「それを聞いて安心しました。主任は法や道徳に縛られないとこがあるから、センチメンタリズムに負けてしまうかもしれないと少し心配だったんです」

「確かに、おれは生き方の不器用な犯罪者に甘いところがある。いや、おれだけじゃない。徳丸さんや城戸、それから雨宮だって点取り虫なんかじゃないよな？」

「ええ、そうですね。わたしたちは罪を憎んでも、人を裁くことはできないという考えですから」

「誰も優等生じゃないが、刑事の職務は忘れてない。だから、闇の殺人請負組織に関わった奴らはひとり残らず追い詰める」

「そうしましょうよ。主任、川端弁護士は強盗殺人事件の裁判の件では、裁判長を務めた最匠の弱みにつけ込んで、弁護した被告人を無罪にしてしまったんですかね？」

「調書と公判記録を読み込まないと、断定的なことは言えないな。人権派弁護士が自分の名誉やプライドを守り抜きたくて最匠と裏取引をしたとしても、被告人は真っ黒ではなかったんだろう」

「灰色だったのではないかと……」

「そうだったんだろうな。正義感を持ちつづけてきた弁護士が、力業で黒いものを白くはしないと思うよ。弁護した被告人は、限りなく白に近い灰色だったんじゃないのかな。川端さんは、被告人に死刑判決が下ったりしたら、もはや取り返しがつかないことになると考え、最匠が唐を殺った事実を裏取引の材料にしたんだろう」

「それだけで、川端弁護士は一連の凶悪事件には関与してないんでしょうね？」

「おれは、そう思ってる」

剣持は短い返事をして、ステアリングを握り直した。小淵沢ＩＣを抜け、ひたすら直進する。

「あっ、対象車輛が諏訪南ＩＣを降りて、原村方面に向かいました」

梨乃が告げた。

「原村はペンションが多いことで知られてるな。廃業したペンションを買い取って、アジトにしてるんだろうか」

「あるいは、八ヶ岳の裾野に最匠の別荘があるんですかね？　原村の先には、権現岳、赤岳、阿弥陀岳、横岳が連なってて、別荘や企業の保養所が点在してるんですよ」

「最匠のセカンドハウスを組織のアジトにはしないだろう。そんなことをしたら、わざわざ黒幕を教えてるようなものだからな」

「そうですね。元判事は人権派弁護士が黒幕であるかのような細工をしてますんで、川端さんの別荘を使わせろと迫ったのかもしれません」

「それは考えられるな。裏取引をしてたんなら、川端弁護士の立場は弱くなるからな」

剣持は諏訪南ICを出ると、原村に向かった。後続のスカイラインが従いてくる。剣持は梨乃の指示通りにプリウスを走らせつづけた。

幕内のレクサスが停止したのは、原村の先にある中央高原の外れだった。西岳の麓と思われる。

剣持は、その場所に急いだ。スカイラインも加速する。

レクサスは、川端法律事務所保養所の車寄せの端に駐めてあった。敷地は二千坪近くありそうだ。ペンション風の造りの保養所も大きい。間数は十室以上あるだろう。

剣持は、保養所の百メートルほど先の暗がりにプリウスを停めた。少し待つと、スカイラインが到着した。

剣持たち四人は車を降り、それぞれ防弾胴着を身につけた。おのおのがマガジンの残弾を数え、予備の弾倉を持つ。さらに非致死性手榴弾を一発ずつポケットに入れた。

スタングレネードは内部制圧に用いられている。閃光と大音響を発し、人間の平衡感覚と闘争心を奪う。無抵抗状態になった犯人たちを十秒以内に制圧しなければならない。

チームの四人は中腰で、保養所のある場所に引き返した。

石を積み上げた門柱はあったが、いわゆる扉はない。車寄せには、レクサスのほかRV車、ワンボックスカー、セダンが計六台見える。

塀の代わりに、丸太の柵が張り巡らされていた。剣持は幾つか足許の石を拾い上げ、保養所の内庭に投げ込んだ。耳を澄ます。

警報音は鳴らなかった。特にセキュリティー装置は施されていないようだ。四人は保養所に接する自然林に分け入り、柵に沿って奥に向かった。

「後につづいてくれないか」

剣持は三人の仲間に言って、丸太の柵を乗り越えた。徳丸、梨乃、城戸の順に保養所の敷地に飛び降りる。

徳丸がシグ・ザウエルP230JPを取り出し、スライドを引いた。梨乃がハイポイント・コンパクトを握る。城戸はホルスターから、マウザーM2を抜いた。

保養所は二階建てで、細長い。その手前に地下壕があった。

近づくと、女の呻き声と短い言葉が洩れてきた。日本語ではない。中国語だった。上海語か、北京語だろう。それとも、福建語なのか。

剣持はホルスターからベレッタ・ジェットファイアーを引き抜き、地下壕の短い階段を下った。地下壕は、秘密射撃訓練場になっているのかもしれない。

鉄扉（てっぴ）の内錠は掛けられていなかった。

剣持は重い扉を少しずつ開け、隙間から地下壕の内部を覗き込んだ。

射撃訓練場ではなく、武器保管庫だった。木箱が積み上げられ、剝き出しのロケット・ランチャーが立てかけられていた。

天井の滑車から、両手首をロープで括（くく）られた二十代半ばの女が吊るされている。素っ裸だった。裸身には五、六本の細身のナイフが浅く埋まっていた。流れ出た血条（ちすじ）が縞模様を描いている。

全裸の女の近くには、数本のナイフを握った男が立っている。背恰好に見覚えがあった。パラ・プレーンを操りながら、フランキ・スパス12で悪徳弁護士の毛利を射殺した男だった。

「わたし、上海グループの老板（ボス）の楊（ヤン）さんの彼女だったね。でも、日本の人たちに何も悪いことしてない」

女が弱々しい声で言った。弁解口調だった。

「運が悪かったと諦めるんだな。おれたちの雇い主は、チャイニーズ・マフィアが大嫌いなんだよ。息子を唐とかいう野郎に半殺しにされて、寝たきりの体にされちまったからな。唐は、楊の手下だったんだろ？」

「そうね。だけど、もう死んじゃった」

「知ってるよ、そのことは。おれたちのボスが息子の仕返しをしたみてえだぜ。おまえ、美蓮（メイリエン）って名だったな？」

「そう。わたし、美蓮ね」

「おまえのあそこはよく締まって、気持ちよかったよ。いい屄（ピー）だったぜ。上海マフィアの親分は、おまえをずっと彼女にしたかったんだろうな。けど、楊はおれが投げた手榴弾で爆死しちまった」

「楊（ヤン）さんのことは聞きたくない。あなた、好きなだけセックスすればいいね。わたし、しゃぶるよ。でも、後でわたしを逃がして」

「ボスは姦（や）りまくったら、おまえを始末しろと言ってるんだ。だから、逃がすわけにはいかねえな」

　男が冷然と言って、ナイフを投げた。細身の刃物は美蓮の下腹に沈んだ。あふれた鮮血は垂直に滴（したた）り、赤い雫（しずく）は飾り毛の中に蟠（わだかま）った。

もう傍観はしていられない。

剣持は、ことさら鉄扉を乱暴に閉めた。すぐ横の壁にへばりつく。徳丸たち三人も物陰に身を隠した。

鉄の扉が勢いよく開けられた。

剣持は、イタリア製のポケットピストルの銃口を男の側頭部に押し当てた。男の左手から、三本の細身のナイフが落ちた。

「おまえは……」

「騒いだら、撃つぞ」

剣持は相手の体の向きを変え、腰を強く蹴りつけた。男が前のめりに倒れる。美蓮が驚きの声をあげた。

「警察の者だ。きみを保護するから、協力してくれないか」

剣持は美蓮に言って、男の背を膝頭で押さえつけた。手早く体を探る。丸腰だった。

三人の部下が武器保管庫になだれ込んできた。

城戸が滑車のロープを緩めて、美蓮を抱き支える。梨乃が急いで縛め(いまし)をほどき、自分のダウンパーカで美蓮の裸身を包んだ。みごとな連繋(れんけい)プレイだった。

「てめえは変態だな」

徳丸がシグ・ザウエルP230JPの銃把(グリップ)の角で、男の後頭部をたてつづけに三度強打した。そのつど、男が呻いた。

「なんて名だ?」

「忘れたよ」

「なめやがって。一度、死んでみな」

徳丸がスライドを引き、引き金の遊びを絞り込んだ。

「やめろ! 撃つな、撃たないでくれーっ。宇部(うべ)、宇部努(つとむ)だよ」

「陸自の第一空挺団にいたんじゃねえのか?」

「おたくらと同じ職場にいたんだ。警備第一課に三年半前までいたんだよ」

「SAT(サット)の隊員だったって!?」

「そうだよ。元SPや海上保安庁の特殊チームのメンバーもいるし、タイ系アメリカ人の元女兵士もいる」

「男装の女殺し屋だな?」

剣持は話に割り込んだ。

「ああ。ノイは子供のころに両親を強盗に目の前で射殺されたのに、なぜか人殺しが好きなんだよ。その強盗は警官に撃ち殺されたんだ。復讐相手がいなくなったんで、ノイは誰でもいいから、殺りてえんだろうな。それから、彼女は好き者なんだよ。おれたち五人の男は代わりばんこにベッドに誘われてるんだ。ノイのフェラチオは抜群だし、迎え腰も最高だよ」

「実行犯のリーダーは、野町香澄の弟の卓也なんだな？」

「そうだよ」

「香澄が復讐や殺人代行の依頼人を見つけて、おまえらが処刑を担当してたわけだ？」

「ああ。春名勝利、三雲すみれ、安宅和幸、久方彬晃、毛利力哉、梅川清、それから族議員、全経連のナンバーツー、常盤志保も片づけた。殺しの依頼人たちは、それぞれ標的に恨みがあったんだよ。おれたちは成功報酬が欲しくて、手を汚したわけさ」

「安宅殺しの依頼人だった崎山惣司の口も封じたんだろ、組織のことを喋られたくなかったんで」

「そうだよ」

「東都タイムズの中丸遙記者を感電死させたのは、おまえなのか？」

「女記者を葬ったのは野町卓也さんだよ。黒幕の最匠さんはダミーのボスの幕内さんに女記者が組織のことを嗅ぎつけて証拠を集めたようだから、消してくれと言ったようだぜ」

「『日本再生クラブ』の犯行に見せかけようと言いだしたのは、誰なんだ？」

「そのアイディアを出したのは、幕内さんだよ。幕内さんは殺しの依頼人を強請って、せしめた金の四割を自分の取り分にしてるんだ。だから、ダミーのボス役を演じてきたわけさ。幕内さんは政界には復帰できないんで、香澄さんと一緒に天然水販売ビジネスに乗り出したいようだな。ビッグボスは不良中国人を皆殺しにすることを願ってるだけみたいだよ。その目的を果たすために、殺人代行ビジネスで軍資金を稼いでたのさ」

「中丸遙が集めた危（ヤバ）い証拠は、どこにあったんだ？」

「それが見つかってないんだよ、女記者の自宅マンションの隅々までチェックしたんだがな。大学の後輩の女弁護士にも預けてなかった」

「この保養所は、川端弁護士に無断でアジトに使ってるのか？」

「いや、許可は取ってるはずだよ。詳しいことは知らないが、最匠さんは川端道人の弱みを握ってるらしいんだ」

　宇部が言った。やはり、裏取引はあったようだ。

「幕内と香澄は、保養所で最匠と落ち合うことになってるのか？」

　徳丸が宇部に後ろ手錠を打ってから、大声で問いかけた。

「幕内さんたち二人は、おれたち処刑チームの報酬を東京から運んできたんだよ。上海マフィアのアジトをおれたち六人でぶっ潰したから、その成功報酬さ。ひとり頭三千万円ずつ貰えることになってる」

「幕内と香澄は殺人代行と恐喝で、これまでにどのくらい稼いだんでえ？」

「総額で十数億円にはなったと思うぜ」

「弁護士の川端は、一連の事件にゃ嚙んでねえんだな？」

「ああ。最匠さんは弁護士の弱点を知ってるんで、この保養所を組織のアジトにして、疑惑を逸らしたかったんだろうな」

「こいつを逃がすなよ」

剣持は城戸と梨乃に言って、徳丸を目顔で促した。

二人は地下壕を飛び出し、母屋に走った。テラスに上がり、大広間(サロン)を覗き込む。レースのカーテンの向こうで、幕内と香澄を挟むように四人の男と女殺し屋が腰かけている。コーヒーテーブルの上には、ジュラルミンケースが置かれていた。

蓋(ふた)は開いている。中身は札束だった。

剣持は徳丸に目配せして、スタングレネードのピン・リングに人差し指を突っ込んだ。

二人は掛け声を発し、ほぼ同時に非致死性手榴弾を大広間に投げ込んだ。

ガラスが砕け散り、閃光が駆けた。大音量も轟いた。鼓膜が震え、耳鳴りもした。

剣持は徳丸と大広間に躍り込んだ。二人とも拳銃を握っていた。目が痛い。

七人の男女がリビングソファから転げ落ち、呆然としていた。爆煙の中を万札が乱舞している。シュールな眺めだった。

「警視庁の者だ。少しでも動いたら、ぶっ放すぞ」

剣持はポケットピストルの銃口をテラスに向け、威嚇射撃した。七人の被疑者が身を伏せた。

「全員、床に這え。それから、両手を頭の上で組みやがれ！」

徳丸が声を張り上げ、ジュラルミンケースを卓上から蹴落とした。零れた札束が幕内と香澄の頭部を隠す形になった。

「長野県警に協力してもらおう」

剣持は協力を要請し終えると、二階堂理事官に電話をかけた。経過報告をし終え、早口で付け加えた。

「最匠殺の逮捕状を請求してください」

「その準備はできてる。少し前に川端弁護士が中丸遙から預かった証拠物を持って、わたしを訪ねてきたんだ。敏腕女性記者は殺人請負組織の黒幕の最匠が川端氏を陥れようとしていると話し、ＵＳＢメモリーやＩＣレコーダーの録音音声データを預けていったらしい。しかし……」

「川端さんは五年半前の裁判の際、強盗殺人事件の被告人をどうしてもシロにしたかった。それで、最匠が唐という不良中国人を転落させた事実をちらつかせ、自分に有利な判決を出すよう迫ったんでしょう？」

「ああ、そう打ち明けた。川端氏は法律家として恥ずかしいことをしたと悔み、個人的に三人の専門家に遺留物のＤＮＡ鑑定を依頼したそうなんだ」

「どんな結果が出たんです？」

「弁護した被告人はシロだと出たらしい。だが、川端氏は最匠を脅迫した事実が明るみに出ることを恐れ、中丸遙から預かった物を警察には持ってこられなかったと言ってた。しかし、最匠が自分を殺人請負組織の黒幕のように細工をしたんで、女性記者から預かった物を封印しつづけてはいけないと思い直したんだそうだよ」

「そうだったんですか」

「川端氏は自分は弁護士失格なんで、明日、廃業届を出すそうだよ。オフィスは弟子たちの共同事務所として使ってもらうつもりみたいだな。それからね、脅迫罪が立件されたら、もちろん罪を償うと語ってた」

「川端さんが弁護した被告人はＤＮＡ鑑定でシロだったんですから、立件不能でしょ

「そうなると思うがね。とにかく、ご苦労さまでした。チームのみんなを犒ってくれないか」

「ええ、そうします」

剣持は電話を切った。

パトカーのサイレンが風に乗って流れてきた。多重音だった。

剣持は拳銃を握り直し、床に這いつくばっている被疑者たちに軽蔑の眼差しを向けた。

一週間後の夜である。

極秘捜査班の四人は、馴染みの『はまなす』で打ち上げの酒を傾けていた。小上がりの卓上には、女将が料理した肴が所狭しと並んでいる。

首謀者の最匠をはじめ被疑者は全員、すでに起訴されていた。汚れた金の隠し場所も明らかになった。マンション型トランクルームに仕舞われていた。殺人依頼人たちも逮捕され、近く殺人教唆容疑で送検されるはずだ。

めでたいはずだが、剣持は心地よく酔えなかった。脅迫罪は立件されなかったが、川端が妻の同意を得て、きのう仏門に入ってしまったからだ。刑罪は科せられなかったわけだが、潔癖な元弁護士は自分の愚行を罰しなければ、どうしても気が済まなかったのだろう。

別所未咲は、人生の師と仰いでいた川端の〝秘密〟を知って以来、ずっと塞ぎ込んでいる。職場にも顔を出していない。終日、恵比寿の自宅マンションに引き籠ったままだった。

未咲のことが気がかりで仕方がない。といって、主任の自分が中坐するわけにはいかないだろう。

「剣持ちゃん、なんかピッチが上がらねえな。どうしたんだい?」

徳丸が訝しんだ。

「川端さんの潔さが立派だと思って、感心してるんですよ」

「立派だよな、決着のつけ方がさ。けど、おれたちは別に人格者じゃねえ。食み出し者ばかりなんだから、いまさら禁欲的に生きることはねえよな」

「そうですね」

「みんな、飲もうや。今夜の客は、おれたちのほかに一組だ。おれが奢るから、朝まで飲もうや。おれが売上に協力しなかったら、佳苗っぺは店の家賃も払えなくなるだろう」

「惚れた女性には、いいとこを見せたいってわけですね」

「そんなんじゃねえよ。とにかく、盛大に飲もうや」

「ええ、そうしましょう」

剣持は徳丸に応じ、鉄火肌の女将に酒を大量に注文した。卓上の向こうに並んだ城戸と梨乃が微苦笑する。

仲間たちを早く酔っ払わせ、少しでも早く美人弁護士に添い寝をしてあげたい。官能の世界に引きずり込めば、束の間でも未咲を明るくさせることはできるだろう。

本書は二〇一二年十二月光文社より刊行されました。
（『報復遊戯　警視庁極秘捜査班』改題）

本作品はフィクションであり、実在の個人・団体とは一切関係がありません。（編集部）

実業之日本社文庫　好評既刊

南 英男
刑事（デカ）くずれ
刑事を退職し、今は法で裁けぬ悪党を闇に葬る裏便利屋・郷力恭輔。彼が捨て身覚悟で守りたいものとは？ 灼熱のハードサスペンス！
み7 1

南 英男
裏捜査
美人女医を狙う巨悪の影を追え――元SAT隊員にして始末屋のアウトローが、巧妙に仕組まれた医療事故の陰謀に鉄槌を下す！ 長編傑作ハードサスペンス。
み7 2

南 英男
切断魔 警視庁特命捜査官
殺人現場には刃物で抉られた臓器、切断された五指が。美しい女を狙う悪魔の狂気。戦慄の殺人事件を警視庁特命警部が追う。累計30万部突破のベストセラー！
み7 3

南 英男
特命警部
警視庁副総監直属で特命捜査対策室に籍を置く畔上拳。未解決事件をあらゆる手を使い解決に導く。元部下の巡査部長が殺された事件も極秘捜査を命じられ…。
み7 4

南 英男
特命警部 醜悪
闇ビジネスの黒幕を壊滅せよ！ 犯罪ジャーナリストを殺したのは誰か。警視庁副総監直属の特命捜査官・畔上拳に極秘指令が下った。意外な巨悪の正体は？
み7 5

実業之日本社文庫　好評既刊

南 英男
強奪　捜査魂

自衛隊や暴力団の倉庫から大量の兵器が盗まれた。新宿署の生方警部が捜査を進める中、巨大商社にロケット砲弾が撃ち込まれた。テロ組織の目的とは……!?

み7 11

南 英男
首謀者　捜査魂

歌舞伎町の風俗嬢たちに慕われた社長が殺された。新宿署刑事・生方が周辺で頻発する凶悪事件との関連を探ると意外な黒幕が!?　灼熱のハード・サスペンス!

み7 12

南 英男
飼育者　強請屋稼業

一匹狼の私立探偵が卑劣な悪を打ち砕く!　強請屋探偵の見城(けんじょう)が、頻発する政財界人の娘や孫娘の誘拐事件の真相に迫る。ハードな犯罪サスペンスの傑作!

み7 13

南 英男
盗聴　強請屋稼業

脱走を企てた女囚が何者かに拉致された!　調査を依頼された強請屋探偵の見城豪は盗聴ハンターの松丸とともに真相を追うが……傑作ハード犯罪サスペンス!

み7 14

南 英男
強欲　強請屋稼業

ヘッドハンティング会社の女社長が殺された。一匹狼探偵・見城豪が調査を始めると、背景に石油会社の買収を企む謎の団体が。執念の追跡を悪の銃弾が襲う!

み7 15

実業之日本社文庫　好評既刊

南 英男
脅迫　強請屋稼業
新空港の利権にからみ、日本進出をもくろむアメリカ企業がスキャンダルをネタにゆさぶりをかける。敵対会社の調査を依頼された見城豪に迫る罠とは!?
み7 16

南 英男
警視庁極秘指令
柔肌を狩る連続猟奇殺人の真相を暴け！　初動捜査で解決できない難事件に四人の異端児刑事が集結。極秘捜査班の奮闘を描くハードサスペンス、出動！
み7 17

相場英雄
偽金　フェイクマネー
リストラ男とアラサー女、史上最強の大逆転劇！〈偽金〉を追いかけるふたりの陰で、現代ヤクザが暗躍――。極上エンタメ小説！（解説・田口幹人）
あ9 1

相場英雄
復讐の血
新宿歌舞伎町で金融ヤクザが惨殺。総理事務秘書官と警視庁刑事が事件を追う。名物ママの死、金融庁審議官の失踪、幾重にも張られた罠。衝撃のラスト！
あ9 2

梓 林太郎
遠州浜松殺人奏曲　私立探偵・小仏太郎
静岡・奥浜名湖にある井伊直虎ゆかりの寺院で倒れていた男に名前を騙られた私立探偵・小仏太郎。謎の男の正体をさぐるが意外な真相が…傑作旅情ミステリー！
あ3 14

実業之日本社文庫　好評既刊

安生正
襲撃犯
碓氷峠で自衛隊の運搬車が襲撃された。自衛官惨殺、プルトニウム燃料強奪。鮮やかな手口だ。自衛隊崩壊の危機に、不器用な男たちが、愚直に真実を追う！
あ24 1

草凪優
黒闇
最底辺でもがき、苦しみ、前へ進み、堕ちていく不器用な男と女。官能小説界のトップランナーが、人間の性と生を描く、暗黒の恋愛小説。草凪優の最高傑作！
く66

草凪優
知らない女が僕の部屋で死んでいた
眼が覚めると、知らない女が自宅のベッドで、死んでいた。女は誰なのか？　記憶を失った男は、女の正体を探る。怒濤の恋愛サスペンス！（解説・東えりか）
く67

今野敏
デビュー
昼はアイドル、夜は天才少女の美和子は、情報通の作曲家や凄腕スタントマンら仲間と芸能界のワルを叩きのめす。痛快アクション。（解説・関口苑生）
こ27

今野敏
殺人ライセンス
殺人請け負いオンラインゲーム「殺人ライセンス」の通りに事件が発生!?　翻弄される捜査本部をよそに、高校生たちが事件解決に乗り出した。（解説・関口苑生）
こ28

実業之日本社文庫　好評既刊

沢里裕二
極道刑事 キングメーカーの野望
政界と大手広告代理店が絡んだ汚職を暴くため、神野が闇処理に動くが……。風俗専門美人刑事は、体当たりの潜入捜査で真実を追う。人気シリーズ第4弾！
さ3 12

鳴海 章
相勤者 浅草機動捜査隊
東京下町にある老舗暴力団の若き三代目は老人介護ビジネスに参入していたが、そこには裏の目的が!? ベテラン刑事・辰見が立ち向かう事件とは!?
な2 12

貫井徳郎
微笑む人
エリート銀行員が妻子を殺害。事件の真実を小説家が追うが……。理解できない犯罪の怖さを描く、ミステリーの常識を超えた衝撃作。（解説・末國善己）
ぬ1 1

馳 星周
神（カムイ）の涙
アイヌの木彫り作家と孫娘の家に、若い男が訪ねてきた。男には明かせない過去があった。著者が故郷・北海道を舞台に描いた感涙の新家族小説！（解説・唯川恵）
は10 1

深町秋生
死は望むところ
神奈川県の山中で女刑事らが殲滅された。急襲したのは、武装犯罪組織・栄グループ。警視庁特捜隊は仲間を殺戮され、復讐を期す。血まみれの暗黒警察小説！
ふ5 1

実業之日本社文庫 み718

謀殺遊戯 警視庁極秘指令

2021年2月15日　初版第1刷発行

著　者　南 英男

発行者　岩野裕一
発行所　株式会社実業之日本社
〒107-0062　東京都港区南青山5-4-30
CoSTUME NATIONAL Aoyama Complex 2F
電話［編集］03(6809)0473［販売］03(6809)0495
ホームページ https://www.j-n.co.jp/
DTP　ラッシュ
印刷所　大日本印刷株式会社
製本所　大日本印刷株式会社

フォーマットデザイン　鈴木正道（Suzuki Design）

ISBN978-4-408-55648-2（第二文芸）